IL RISCATTO DI GRACE

Ace Security, Libro 1

SUSAN STOKER

Questo libro è un'opera di fantasia. Nomi, personaggi, luoghi ed eventi sono il prodotto dell'immaginazione dell'autrice o sono rappresentati in modo immaginario. Qualunque riferimento a eventi, luoghi o persone reali (presenti o passate) è puramente casuale.

Quest'opera non può essere sfruttata, riprodotta o trasmessa, in tutto o in parte, senza il permesso scritto dell'editore, con l'eccezione di brevi estratti a scopo di recensione, secondo quanto permesso dalla legge.

Questo libro è concesso in licenza per uso esclusivamente personale, non può essere rivenduto o ceduto a terzi. Per condividere questo libro con altri, si prega di acquistare una copia per ciascun ricevente. Se stai leggendo questo libro e non lo hai comprato, oppure questa copia non è stata acquistata per il tuo utilizzo, dovresti acquistare la tua copia personale.

Grazie per aver rispettato il duro lavoro di questa autrice.

Trovare Elodie
Trovare Lexie (10 Aug 2021)
Trovare Kenna (19 Oct 2021)
Trovare Monica
Trovare Carly
Trovare Ashlyn
Trovare Jodelle

Armi e Amori
Proteggere Caroline
Proteggere Alabama
Proteggere Fiona
Il Matrimonio di Caroline
Proteggere Summer
Proteggere Cheyenne
Proteggere Jessyka
Proteggere Julie
Proteggere Melody
Proteggere il Futuro
Proteggere Kiera
Proteggere i figli di Alabama
Proteggere Dakota

I TRE FRATELLI si radunarono attorno alla bara, rannicchiati nelle loro giacche mentre il freddo vento di primavera soffiava intorno a loro. Un custode del cimitero stava lì vicino, a una distanza rispettabile, aspettando pazientemente che gli uomini dessero il loro addio.

Logan Anderson era a disagio. Erano passati anni dall'ultima volta che aveva visto i suoi fratelli, stare ora in piedi alla tomba del padre non era esattamente il modo in cui avrebbe scelto di riavvicinarsi a loro. Era difficile, se non impossibile, limitarsi ad una sola emozione. Rabbia verso sua madre, dolore per il padre dal quale si era allontanato, vergogna di non aver contattato i suoi fratelli prima d'ora, e la frustrazione per tutta questa situazione pesavano gravemente sulle sue spalle. Si tenne le mani in tasca, chino in avanti sotto il peso delle sue emozioni e l'aria gelida.

"Avremmo dovuto essere qui", dichiarò Logan a bassa voce, le labbra socchiuse in un leggero cipiglio, i pugni stretti dentro le tasche.

"Non fare così", avvertì suo fratello Blake. "Non sapevamo che lo avrebbe fatto."

"Stronzate", disse Logan. "Sapevamo che sarebbe potuto accadere prima o poi. Non saremmo andati via appena diplomati al liceo se non avessimo temuto che un giorno sarebbe impazzita del tutto," continuò; la sua voce stretta e dura, incrinata dal dolore. "Non pensavo che sarebbe stato papà".

"Non c'era niente da fare. Non c'era nulla che avremmo potuto dire per convincerlo a lasciarla," sostenne Nathan.

"Forse. Forse no. E se ci fosse stato?"

"Che cosa vuoi dire, Logan?"

Logan si girò verso i suoi fratelli, che non aveva visto che una manciata di volte da quando si era arruolato nell'esercito, a diciotto anni. I troppi ricordi penosi di quando schivavano i pugni della madre e la paura che tutte le emozioni negative riaffiorassero di nuovo avevano impedito loro di essere vicini. Ma stando ora lì in piedi vicino a loro, se ne pentì. Questi erano i suoi fratelli, la sua carne e il suo sangue. Sì, avevano dei brutti ricordi, ma ne avevano anche di buoni. A quei tempi, erano "Quel trio Anderson". E ora, voleva che lo fossero di nuovo. Erano tre gemelli, nati a pochi minuti l'uno dall'altro, ma non si assomigliavano molto, al di là di un comune tratto di famiglia.

Avevano tutti la stessa altezza e gli stessi capelli color castano chiaro, ma la somiglianza finiva lì. Nathan, il più giovane, era alto e magro. Aveva trascorso la maggior parte del tempo a casa dei genitori dietro a un computer, il che lo teneva fuori dal mirino della madre. Era uno studente sveglio e per lui la scuola era andata a gonfie vele. I numeri erano la sua passione e non se ne vergognava. Era andato all'università con una borsa di studio ed aveva lasciato la città, alla fine aveva trovato lavoro come contabile. Logan pensò che, forse, avesse preferito usare il suo cervello anziché i muscoli, visto come erano cresciuti e data la sua natura introversa. Da quello che Logan aveva sentito dire, Nathan era bravo in quello che faceva, ma davvero bravo.

Come Logan, anche Blake si era arruolato nell'esercito appena finito il liceo, ma aveva fatto solo i suoi quattro anni e ne era uscito. Si era unito ad una società investigativa privata e aveva lavorato come addetto alla security per grandi eventi, e a tempo perso per concerti. Aveva ancora i muscoli del suo tempo nel servizio militare, ma non l'atteggiamento super macho che talvolta esibiva suo fratello maggiore. Logan intuì che Blake si sentiva spesso perso in famiglia, come se non avesse un suo posto proprio. Nathan era il più intelligente, Logan era il più duro, e Blake era solo Blake. Di conseguenza, faceva spesso di tutto per attirare l'attenzione, provocando zuffe con i suoi fratelli. Ciò portava la madre a tentare costantemente di disciplinarlo, ma Logan era solito proteggerlo dalla sua ira.

Logan era il più grande dei tre e il tipo che sembra disposto a tagliarti la gola se ti sorprende in un vicolo buio. Tatuaggi, muscoli e un piglio che si manifesta con un solo sguardo. Nessuno osa provocare Logan. Era così fin dalla scuola media. Ogni volta che qualcuno minacciava uno dei suoi fratelli, Logan era lì per proteggerli. Che si trattasse di un bullo a scuola o della madre a casa, Logan si metteva sempre tra i suoi fratelli, qualunque pericolo si presentasse. Di conseguenza, sia Blake che Nathan lo ammiravano come un leader, dipendendo da lui per tenerli al sicuro dai pugni della madre.

"Blake, se tu avessi saputo quanto andavano male le cose tra i nostri genitori negli ultimi anni, avresti fatto qualcosa?" chiese Logan.

"Sì" rispose Blake senza esitazione.

"E, Nathan, se papà ti avesse chiamato dicendoti che mamma era fuori controllo e che temeva che avrebbe fatto qualcosa di folle, saresti tornato a casa?"

"Sai che lo avrei fatto," rispose suo fratello, senza nemmeno pensarci.

"Anch'io. Perché pensate che non ci abbia detto *niente* invece?" Logan non stava tanto facendo una domanda, quanto riflettendo su come fosse talvolta ingiusta la vita. "Gli parlavo solo una volta ogni due mesi, ma sarebbe bastato che dicesse almeno *qualcosa* sulla sua situazione. Ogni volta che parlavamo, sembrava così orgoglioso di me, di tutti noi. Che eravamo fuori nel mondo a fare la differenza. Una parola era tutto ciò che sarebbe bastato, e ciascuno di noi sarebbe stato lì per farlo uscire da quella situazione".

"Era imbarazzato" concluse Nathan. "Era imbarazzato che sua moglie lo picchiava. Chi lo avrebbe creduto? Se fosse andato alla polizia, lo avrebbero considerato un mezzo uomo. Probabilmente aveva paura che *noi* lo avremmo visto nella stessa luce. Qui non ci sono centri di accoglienza per uomini dove poter andare. Era in trappola."

"Sì. Esattamente." Logan distolse gli occhi dai suoi fratelli per guardare la bara di fronte a loro. "Per non parlare del fatto che non voleva risucchiarci nella vita che avevamo lasciato. Ma perché non ci sono centri? Perché nessuno pensa che sia possibile abusare di un uomo?"

Si guardarono l'un l'altro, ma nessuno di loro aveva una risposta.

"E se facessimo noi qualcosa al riguardo?" chiese Logan.

"Tipo cosa?" chiese Blake, con la testa inclinata e le sopracciglia sollevate. "Cosa possiamo fare?"

"Quanto sei dedito al tuo lavoro?" Logan chiese a suo fratello minore invece di rispondere direttamente alla sua domanda.

Blake alzò le spalle. "È un lavoro come un altro."

"E tu?" Blake si rivolse a Nathan. "Ti piace fare il conta-fagioli, là in Missouri?"

"Non particolarmente."

"Io ho altri due mesi, poi sono fuori dall'esercito", disse Logan ai suoi fratelli.

"Cosa proponi?" chiese Nathan, una scintilla nei suoi occhi tradiva il suo interesse.

"Abbiamo competenze," esclamò Logan. "Sono stato nell'esercito per dieci anni. Fatte due missioni in Medio Oriente. Sono stato addestrato nel combattimento ravvicinato e ho già ottenuto la mia licenza di porto d'armi. Blake, tu hai lavorato quattro anni nella polizia militare. Non solo, hai preso la laurea in informatica. Sei un mago della tecnologia e saresti fantastico nella ricerca. Nathan, potresti non essere il combattente che siamo noi, ma le tue capacità in contabilità sono proprio ciò di cui abbiamo bisogno per avviare un'attività e farla funzionare in attivo.

Nostra madre è stata una codarda a suicidarsi dopo aver ucciso papà, e non me lo sarei aspettato da lei, ma non c'è più, così come non c'è più per noi una ragione per stare lontani dalla nostra città natale." I pugni di Logan erano stretti e ogni muscolo del suo corpo era irrigidito per la frustrazione e la rabbia. "Sto dicendo, torniamo qui e fondiamo la nostra compagnia. Ace Security. Con il nome di papà. Sappiamo tutti che questa non è la prima volta che una donna uccide il marito o il fidanzato dopo averlo maltrattato per anni. Siamo in grado di fornire un punto di riferimento sicuro e senza pregiudizi per gli uomini che hanno bisogno di aiuto quando non ce la fanno più. Non un centro di accoglienza, ma un luogo in cui possano ottenere assistenza, senza essere giudicati, per capire quali dovrebbero essere i passi da prendere in seguito. Possiamo fare qualsiasi cosa, fornire loro nuove identità, aiutarli a ricominciare da zero, metterli in contatto con un avvocato. Ingiunzioni restrittive, trovare loro case sicure, persino servire da guardie del corpo, se è quello che serve."

Logan fece una pausa e cercò di valutare le reazioni dei fratelli alla sua proposta. Nathan annuì immediatamente, l'espressione sul suo volto era impaziente. Blake, d'altra parte, era chiuso. Le sue braccia erano incrociate e nessuna emozione trapelava dal suo volto. Sorprendentemente, sembrava che Blake fosse più difficile da convincere.

"Ragazzi, sapete che non sono solo gli uomini ad avere bisogno di aiuto", disse Logan. "E i bambini che sono bloccati nella stessa situazione? *Sapete* come è stato per noi. Se gli uomini hanno paura di parlare, come pensate che si sentano i bambini? Essere picchiati tutti i giorni e non poter dire nulla per paura di essere presi in giro o di peggiorare la situazione famigliare. Possiamo fare qualcosa al riguardo. Nostra madre può anche averci spaventati per gran parte della nostra vita, ma ora possiamo fare del nostro meglio per assicurarci che altri non rimangano vittime di bullismo e abusi da parte di donne o di chiunque altro nella loro vita."

Il vento fischiava tra gli alberi sopra le loro teste. Logan si allontanò dai suoi fratelli e mise una mano sulla bara di suo padre.

"Papà non se lo meritava. Non lo meritavamo nemmeno noi." La voce di Logan si era ridotta a un sussurro mentre la sua testa si chinava. Gridò: "Mi dispiace che non siamo tornati a casa prima, Ace."

"Io ci sto." C'era un filo d'acciaio nella voce di Nathan, che Logan non aveva mai sentito prima. "Hai ragione, Logan. Anch'io parlavo con papà ogni due mesi e non ha mai detto nulla. Se avesse detto qualcosa, avremmo fatto qualcosa. Soffriva in silenzio, proprio come facevamo noi. Non dicevamo niente a nessuno, a quel tempo, ma forse, se lo avessimo fatto, se ci fosse stato qualcuno da cui potevamo andare, le cose sarebbero andate diversamente. Il mio lavoro fa schifo. Odio St. Louis. È sporca e pericolosa. Le estati sono un inferno terrestre, con inondazioni e umidità. Ho dei soldi da parte. Possiamo usarli per iniziare e aiutarci a prendere un prestito. Posso mettermi in moto a tal fine."

"Grazie, Nat."

I due fratelli si girarono verso Blake. Lui era sempre stato il più cauto tra loro. Si stava mordicchiando il labbro inferiore e guardava sopra le loro teste come se stesse contemplando qualcosa.

"Cosa ti preoccupa?" chiese Logan, facendo un passo avanti e mettendo una mano sulla spalla di Blake.

"Non sarà facile. Gli uomini che sono stati abusati da anni non vorranno fare il passo di chiedere aiuto. Tutto ciò che avete detto è giusto. Non è tanto il fatto di essere creduti o no, ma la vergogna che provano. Come diavolo facciamo funzionare questa cosa, se non riusciamo ad avere clienti?"

"La faremo funzionare," disse Logan con sicurezza. "Con te alla tastiera che fai le tue cose, Nat che fa le scartoffie e io che fornisco la maggior parte della sicurezza, funzionerà".

"Posso aiutare anch'io con la sicurezza fisica," borbottò Blake. "Non è che sto col culo seduto ogni giorno. Ho ancora le mie certificazioni di quando ero un ufficiale nella polizia militare."

Logan sorrise, sapendo di aver convinto suo fratello. "Allora ci stai?"

Blake sospirò, ma annuì. "Sì, ci sto. Come se avessi potuto lasciare voi due da soli. Probabilmente vi fareste arrestare entro un mese, senza di me".

Tutti risero, sapendo che aveva probabilmente ragione.

Il sorriso svanì dalla faccia di Blake e fece un respiro profondo. "Per papà," dichiarò Blake con fermezza. "Lo faremo per papà."

"Ace Security. Mi piace," confermò Nathan.

Logan rimise la mano sul centro della bara di mogano di fronte a loro. "Per papà," ripeté.

"Ace." Blake fece eco, mettendo la mano su quella di suo fratello.

"Per le famiglie maltrattate ovunque," giurò Nathan, aggiungendo la propria mano alla pila.

I tre fratelli si guardarono per un lungo momento,

vedendo il dolore condiviso della loro adolescenza, la loro risolutezza e la determinazione a rendere la loro nuova avventura un successo.

Con la consapevolezza di essere all'inizio di una nuova vita, con un nuovo scopo, i tre uomini si allontanarono dalla bara del padre. Si voltarono simultaneamente e salirono la leggera salita verso il pick-up di Logan.

"Avvierò le pratiche legali e finanziarie per fondare la società," disse Nathan ai suoi fratelli.

"Vedrò se riesco a trovare un posto adatto per l'ufficio," intervenne Blake.

"E io troverò posti in cui vivere. Funzionerà," giurò Logan.

Blake e Nathan annuirono concordando.

E così, nacque Ace Security. Logan poteva anche non essere stato in grado di salvare suo padre, ma forse poteva salvare qualcun altro.

CAPITOLO UNO

SEI MESI DOPO

"Che diavolo è successo tra voi due?"

Logan ignorò il suo amico Cole mentre si concentrava sul sollevamento della barra con i pesi. Non vedeva Cole da dieci anni, da quando aveva lasciato la città, ma dal momento in cui aveva messo piede nella palestra Rock Hard, era come se il tempo non fosse passato. Naturalmente, per come era Cole, non lasciò cadere l'argomento.

"Voi due eravate come pappa e ciccia al liceo. Pensavamo tutti che tu e Grace vi sareste sposati o qualcosa del genere. Ma lei è rimasta qui e tu non sei più tornato. E ora," Cole alzò una mano indicando attraverso la vetrata la donna attraente che, passando davanti alla palestra, si dirigeva verso il bar dall'altra parte della strada, "voi due non vi guardate nemmeno. Non ha senso."

Logan trattenne il respiro seccato, rimise la barra coi pesi sul pavimento e affrontò il suo amico. "Siamo cresciuti."

"Cazzate."

"Senti, Cole, non importa. Siamo più vecchi e più saggi. Quello che avevamo al liceo era solo una cazzata da adolescenti. Lei è rimasta qui e io volevo andarmene. Fine della storia."

Cole osservò astutamente il suo amico. "Quindi stai dicendo che quello che c'era fra *voi* era solo una cazzata da adolescenti?"

"No, certo che no."

"Allora perché rinneghi ciò che hai trascorso con *lei*?"

Logan, frustrato, si passò una mano tra i capelli sudati e sospirò. "È così e basta. Ora, puoi lasciar perdere l'argomento?"

"Sai che Felicity e Grace sono migliori amiche, vero?"

"E allora?"

"Allora, Felicity è comproprietaria di questo posto e una mia cara amica. Felicity mi ha detto che Grace era contenta che sei tornato in città, ma a causa della vostra storia, non era così entusiasta di parlarti. Voi due siete riusciti a evitarvi finora, ma arriverà un momento in cui vi imbatterete l'uno nell'altra di nuovo. Voglio solo che non sia imbarazzante."

"Non lo sarà," disse Logan con fermezza.

Cole non disse nulla per qualche momento, ma guardò Logan con uno sguardo penetrante. Alla fine, confessò a bassa voce, cosicché nessuno degli altri clienti che si allenavano potesse sentire: "Non se l'è passata facile da quando eravate al liceo, lei..."

"Non voglio saperlo," disse risoluto Logan, interrompendo il suo amico. "Non è un mio problema."

Logan detestava l'espressione delusa del suo amico, ma aveva le sue ragioni per stare alla larga da Grace Mason.

"I suoi genitori..."

"Ho detto di no," ripeté Logan, decidendo di dare un taglio al suo allenamento mattutino. Aveva un sacco di cose da fare, incluso scortare un uomo a Denver nella casa che aveva condiviso con sua moglie, in modo da poter tirar fuori le sue cose senza essere attaccato.

Nei due mesi trascorsi da quando Ace Security aveva aperto le sue porte, avevano fatto più affari di quanto si aspettassero. Scoprirono che c'erano uomini *e* donne ovunque che avevano bisogno dei loro servizi. Oh, fecero sapere che miravano ad una clientela maschile, ma poi alla fine nessuno di loro poteva negare che c'erano statisticamente più donne che uomini che erano picchiate giornalmente da un partner. Non potevano respingere una donna in lacrime che si presentava spaventata alla loro porta chiedendo protezione, quanto non potevano chiudere un occhio su un crimine in corso, dovevano fare qualcosa per fermarlo.

Vedendo Cole imbronciato, Logan cercò di metterci una toppa. "Capisco. Ha dei problemi. Noi tutti ne abbiamo. Ma è single, ha un ottimo lavoro presso lo studio di architettura dei suoi genitori ed è più ricca di quanto io possa mai sperare di essere nella mia vita. Praticamente è una principessa a Castle Rock. Non ha nulla di cui preoccuparsi. Può semplicemente andare da mamma e papà e loro risolveranno tutto ciò che la disturba, proprio come hanno sempre fatto."

Cole scosse la testa disgustato, girò i talloni e se ne andò senza dire altro.

Logan si aspettava una sorta di risposta. Cole non era il tipo da non esprimere le sue opinioni, ma Logan era grato per la tregua. Parlare con chiunque di Grace Mason non era in cima alla sua lista di cose da fare. Mai.

Come se il nome di lei nella sua mente l'avesse evocata, Logan si voltò e la vide uscire dal bar. Non stava sorridendo. In effetti, le poche volte che l'aveva vista da quando lui e i suoi fratelli erano tornati in città, non sorrideva mai. Logan si ricordò che al liceo pensava che avesse il più bel sorriso. Non aveva un sorriso a trentadue denti. Era molto meglio di quello. Ogni volta che lo vedeva, gli angoli della sua bocca si sollevavano appena e il suo viso si illuminava. Ma quella gioia, ora, mancava.

Si girò verso la fine della strada, dove si trovava lo Studio di Architettura Mason, dove lavorava dalle otto alle cinque ogni giorno, e se ne andò.

———

Grace si costrinse a ingoiare un sorso del caffè macchiato al caramello che teneva in mano mentre camminava sul marciapiede verso lo studio di architettura dei suoi genitori. Odiava il caffè. Lo detestava. Ma aveva bisogno della caffeina per svegliarsi, al mattino. Così, si assicurava sempre di prendere il caffè più dolce e dall'aroma più debole possibile, solo per renderlo appetibile.

Consapevole che Logan Anderson era molto probabilmente in palestra vicino al bar, fece del suo meglio per non guardare con desiderio alle grandi finestre a specchio che si affacciano sulla strada. Sapeva che non c'era possibilità al mondo che lui la stesse effettivamente osservando. Aveva reso abbondantemente chiaro il fatto che non voleva avere nulla a che fare con lei, nonostante tutto quello che le aveva detto prima di arruolarsi nell'esercito.

Si erano conosciuti il secondo anno di liceo, quando a Grace fu chiesto di dare ripetizioni di storia a Logan. Conversazioni su presidenti morti e guerre di tempi passati avevano forgiato un legame fra loro che pensava non si sarebbe mai spezzato. In poco tempo, le loro classi di ripetizione avevano cominciato ad avere sempre più l'aspetto di due amici che si frequentavano. Grace non era popolare, ma non era nemmeno impopolare. Era tranquilla e riservata, come si aspettavano i suoi genitori, e trascorrere del tempo con Logan era eccitante.

Lui era un tipo un po' rude. Logan e i suoi fratelli si

mettevano costantemente nei guai per piccoli reati come atti di vandalismo, fumo di erba, e occasionali invasioni di proprietà privata. Grace si ricordò della conversazione che ebbero una notte sul perché facesse quello che faceva. La sua risposta la sorprese.

Disse: "È quello che ci si aspetta da me".

Ora, lo aveva capito.

Altroché se l'aveva capito.

Grace aveva ventidue anni quando si era laureata in gestione aziendale. I suoi genitori l'avevano incaricata di lavorare presso la loro azienda; aveva deciso che avrebbe iniziato lì, e una volta imparate le basi, avrebbe cercato un altro lavoro. Dopo un anno, Grace aveva cercato di far capire ai suoi genitori che era adulta, che loro non avevano più bisogno del suo aiuto, che avrebbe cercato un lavoro a Denver e avrebbe trovato una casa propria in città.

Sua madre, Margaret, aveva perso la ragione. Prima aveva pianto dicendo che lei e il marito non potevano andare d'accordo senza di lei, che stavano invecchiando e avevano bisogno che si prendesse cura di loro. Quando questo non le aveva fatto cambiare idea, Grace era stata costretta a sedersi al tavolo della sala da pranzo, ad ascoltare i genitori che le dicevano come fosse incompetente e impreparata a vivere da sola. Poi, vedendola irremovibile nella sua decisione, le tattiche dei genitori erano cambiate. Quando Grace aveva fatto per alzarsi, suo padre l'aveva afferrata per un braccio, l'aveva costretta a sedersi di nuovo e l'aveva ammanettata alla sedia con le braccia dietro la schiena.

L'avevano lasciata lì tutta la notte. Il mattino successivo, le era stato permesso di usare il bagno, ma l'avevano ammanettata di nuovo alla sedia.

Dopo sette giorni di abuso verbale, Grace ne aveva avuto abbastanza. Si era arresa e aveva accettato di rimanere a Castle Rock allo Studio di Architettura Mason solo per far tacere i suoi genitori. Ma quello era stato l'inizio della sua ribellione interiore. Avrebbe potuto accettare la loro oppressione; dopotutto ci aveva dovuto convivere tutta una vita. Ma quella notte qualcosa si era liberato dentro di lei. La loro continua lotta per trattenerla fisicamente le aveva fatto capire che doveva allontanarsi dai suoi, per la propria stessa sopravvivenza.

Era rimasta a casa loro per un altro anno, ma dopo aver accennato sufficientemente che sembrava strano che qualcuno della sua età vivesse ancora in casa dei genitori, giocando così sul loro bisogno di mantenere la loro immagine perfetta per il mondo esterno, le avevano permesso di trasferirsi in un piccolo appartamento tra casa e ufficio. Non era esattamente quello che Grace voleva, ma era grata per ogni piccola libertà.

Tuttavia, non era completamente libera. Entrambi i suoi genitori la tenevano al guinzaglio. La facevano sentire in colpa affinché li aiutasse a organizzare feste di lavoro a casa loro, e ogni volta che avevano un minimo raffreddore si comportavano come se stessero morendo e la persuadevano a passare la notte da loro e aiutarli in casa finché non si sentivano meglio.

Grace aveva cercato di rimanere forte di fronte alla loro manipolazione ma ogni volta cedeva. Ogni singola volta. Anche se aveva casa propria, trascorreva tanto tempo nella sua casa di famiglia per "assistere" i genitori quanto ne trascorreva nel suo appartamento.

Quindi, anche se ai tempi del liceo non aveva veramente capito cosa Logan intendesse riguardo al suo fare ciò che ci si aspettava da lui, sicuramente l'aveva capito ora.

L'aveva quasi uccisa rimanere nella città natia e fare ciò che i suoi genitori volevano. Margaret e Walter Mason la possedevano. Erano i suoi carcerieri, anche se non viveva ufficialmente sotto il loro tetto, e nessuno lo sapeva. Nessuno poteva capirlo.

Grace sospirò e aprì la porta dell'ufficio, chiudendola a chiave dietro di sé. Non aprivano per un'altra ora e mezzo, ma lei arrivava sempre in anticipo. Sempre. L'ora prima che arrivasse qualcuno era tempo *suo*. Poteva essere sola con i suoi pensieri e fare ciò che voleva senza timore di rappresaglie.

Grace non si faceva illusioni. Non aveva amici veri, tranne Felicity. Ogni singola persona assunta dai suoi genitori la spiava. Se rispondeva impudentemente a un cliente, le facevano la ramanzina. Se rimaneva fuori cinque minuti in più durante la pausa pranzo, veniva rimproverata.

Quindi, l'ora prima dell'inizio del lavoro era sua. Solo sua.

Grace accese il computer alla sua scrivania, assicurandosi di accedere al suo account aziendale. I suoi genitori vedevano così che era arrivata alla solita ora e presumevano che stesse lavorando. Dopo essersi assicurata di aver effettuato l'accesso sia alla sua email che al software aziendale, Grace si rilassò sulla sedia e tirò fuori un telefono cellulare che i suoi genitori non sapevano avesse.

Il suo stipendio veniva depositato direttamente sul suo conto presso la banca locale... un conto attentamente monitorato da suo padre. Se spendeva un dollaro che non era stato approvato in precedenza, le facevano il terzo grado senza pietà e la facevano sentire in colpa per aver acquistato qualcosa per se stessa piuttosto che aiutare i suoi genitori 'anziani'.

Grace aveva imparato ad essere subdola. Doveva esserlo. Aveva quasi trent'anni. Odiava dover rispondere ai suoi genitori di ogni centesimo che spendeva. Le veniva data una 'paghetta' settimanale. Soldi che i suoi genitori pensavano spendesse, tra le altre cose, per pranzi e vestiti adeguati, da indossare al lavoro. E in effetti li spendeva per quelle cose, ma aveva anche messo del denaro da parte e aperto un conto in una banca grande di Denver. Aveva messo su un buon gruzzolo negli ultimi cinque anni. Denaro che Walter e Margaret non avevano idea esistesse.

Una delle prime cose che Grace aveva fatto con i suoi soldi extra era comprare un telefono cellulare. Uno che non era monitorato o pagato dai suoi genitori. La bolletta andava a casa di Felicity, in caso Margaret si fermasse nel suo appartamento e prendesse la posta per esserle 'utile'. Poteva parlare liberamente, navigare in Internet a proprio piacimento e fingere di non essere completamente sotto il controllo tirannico di sua madre e suo padre.

Pranzo oggi?

Grace sorrise al messaggio breve e conciso. Felicity non era una che faceva giri di parole.

Se non fosse stato per la sua amica, Grace pensava che probabilmente si sarebbe già suicidata. E questa non era un'esagerazione. Felicity sapeva quanto fossero manipolatori i genitori di Grace, quanto fosse soffocata la vita di Grace, ma sorprendentemente, questo non sembrava importare a quella donna, così sottomessa.

Grace e Felicity sembravano l'esatto contrario. Anche se avevano la stessa altezza, Felicity sembrava una body builder. Aveva muscoli su muscoli, pelle coperta di tatuaggi e di solito indossava tute da palestra, apparentemente inconsapevole dell'esistenza di qualcosa che si chiama 'moda'.

Grace, invece, non aveva fatto nemmeno un giorno di palestra in vita sua e, sebbene non fosse grassa, aveva qualche chilo in più. La sua pelle, bianca come un giglio, era immacolata. Capelli acconciati, smalto sulle unghie, vestiti stirati, sempre scarpe col tacco.

Si erano conosciute quando Felicity e il suo socio in affari,

Cole, erano venuti in ufficio per mettere a punto un piano per trasformare l'edificio fatiscente in fondo alla strada nella loro visione ideale. Fino a quel momento, Felicity aveva continuato a lamentarsi di aver dato un centesimo a Margaret e Walter... anche se l'impresa aveva fatto un ottimo lavoro di ristrutturazione.

Grace digitò rapidamente una risposta.

Sì. Stessa ora, stesso posto.

Ci vediamo lì.

Grace sorrise, sollevata di poter parlare con Felicity. Per quanto detestasse essere curiosa, voleva sentire tutti i pettegolezzi che la sua amica aveva sui fratelli Anderson. Il loro ritorno aveva sorpreso l'intera cittadina, quando avevano avviato l'attività dopo che Ace Anderson era stato ucciso da sua moglie. Ma non solo erano tornati; sembrava pure che finora stessero facendo buoni affari.

Voleva essere invidiosa dei fratelli Anderson per essersi liberati della loro madre tiranna, ma non ci riusciva. Ne era solo orgogliosa.

Logan era cambiato. Lo aveva visto alcune volte da quando era tornato in città. Era più duro. Non aveva visto un grammo del ragazzo amichevole che aveva conosciuto quando erano adolescenti. Il ragazzo con cui credeva scioccamente che sarebbe rimasta amica per sempre. Quello che segretamente sognava sarebbe tornato dopo l'addestramento da recluta, per portarla via dalla sua vita.

Ora, invece, lui aveva spesso un'espressione cupa, aveva tatuaggi che s'intravedevano dagli orli delle sue canottiere, si allenava tutti i giorni nella palestra di Felicity e mai, nemmeno una volta, le aveva rivolto il segreto ammiccamento che era solito farle, quando la incontrava fuori dalle loro lezioni di ripetizione.

Quel ragazzo non c'era più, e al suo posto c'era un uomo che lei non conosceva.

Grace entrò nel proprio account su Facebook. Il profilo non era sotto il suo nome, perché qualcuno lo avrebbe detto ai suoi genitori, e quindi Grace non aveva molti amici su internet, ma era bello lo stesso vedere cosa facevano gli altri al di fuori della sua cerchia ristretta. Ogni giorno la pagina Facebook di Ace Security guadagnava sempre più 'mi piace', e lei aveva salvato la foto pubblicata in cui si vedono Logan, Blake e Nathan davanti al loro ufficio; tutti e tre in piedi con le braccia incrociate e gli sguardi severi. Nonostante ognuno dei fratelli fosse molto attraente, Grace aveva occhi solo per Logan. Era sempre stato così.

Peccato che lui la odiasse.

CAPITOLO DUE

"Novità riguardo alla tua domanda d'iscrizione?" Felicity chiese discretamente, mentre pranzavano al Subway, più tardi.

La catena di sandwich era economica e ogni dollaro risparmiato era un dollaro che Grace poteva mettere via nel suo conto bancario segreto per qualunque evenienza il suo futuro potesse presentare.

"No, ma hanno detto che ci sarebbero volute alcune settimane."

"E sei sicura di volerti specializzare in marketing?"

"Sì." Grace annuì. Colse lo sguardo triste sul viso di Felicity e le sembrò di aver bisogno di rassicurarla. "So che probabilmente non riuscirò mai a fare nulla con una laurea in marketing, ma per una volta, per una sola volta, voglio fare qualcosa che *io* voglio fare."

"Lo so."

Rendendosi conto che aveva bisogno di cambiare argomento prima che Felicity iniziasse a capire quanto fossero orribili Walter e Margaret... di nuovo... Grace riaprì un argomento a cui sapeva la sua amica non avrebbe potuto resistere. "Allora, Logan era di nuovo lì stamattina?"

"Ovviamente. E Cole ha provato a parlargli ma..."

"Non ha detto nulla... di me... vero?"

Felicity scosse la testa. "No. Ma non per mancanza di tentativi. Logan interrompe Cole rifiutandosi di parlare di te."

Quando Logan era tornato in città, Felicity aveva notato che Grace era avvilita e non si era arresa finché le aveva fatto svuotare il sacco. Grace le aveva raccontato tutto della sua storia con Logan. "Non so cosa ho fatto, Feli. Che cosa posso aver fatto di così terribile da fargli decidere di non parlarmi mai più? Non capisco."

"Non è colpa tua", la calmò subito Felicity, posando una mano sul braccio di Grace. "Qualunque cosa sia, dipende da lui, non da te."

Grace sollevò le spalle. Non credeva alla sua amica. Non era possibile che qualcuno così retto come Logan potesse semplicemente interrompere una relazione — un'amicizia che aveva offerto un rifugio a entrambi — senza motivo. Grace ricordava come se fosse stato ieri la conversazione che avevano avuto prima che lui salisse sull'autobus per andare a fare il militare. Era sgattaiolata fuori di casa per incontrarlo alla stazione degli autobus, una mattina presto.

Erano in piedi uno di fronte all'altra; Logan le parlava tenendole entrambe le mani tra le sue.

"Non essere triste, Grace. Ti scriverò non appena arrivo alla base di addestramento. Ti stancherai presto di avere mie notizie."

Lei aveva scosso la testa. "No, non mi stancherò. Non vedo l'ora di avere tutte le tue notizie. Prometti di non dimenticarti di me?"

"Non mi dimenticherò mai di te. Mai."

"Tua madre è arrabbiata che tu e i tuoi fratelli ve ne andate via?" aveva chiesto Grace.

Logan aveva sollevato le spalle. "Non più del solito. Ha

urlato e strepitato per farci rimanere, ma nulla di ciò che ha detto poteva farci cambiare idea."

Grace aveva allungato una mano per sfiorare con il pollice l'occhio nero che si stava formando sul viso di Logan. "Urlato e strepitato, eh?"

Logan aveva stolto il viso dal suo tocco e chinato la testa, appoggiando la fronte contro la sua. "Non è niente. Me ne vado da questa città, Grace. Non tornerò. So che andrai all'università a Denver. Rimarrai a casa dei tuoi?"

"Sì. I miei pensano che sia meglio."

"Forse, quando arrivo alla mia prima stazione, potresti venirmi a visitare? Per vedere se potremmo forse essere più che amici?"

"Dici sul serio?"

"Sì. Sicuramente. Mi piaci. Non mi sono spinto in quel senso perché sappiamo entrambi che una relazione tra di noi non funzionerebbe davvero qui, per via dei nostri genitori, il fatto che tu sei ricca e io sono povero. Ma tu mi piaci davvero. Un sacco."

Grace era arrossita. "Anche tu mi piaci. E mi piacerebbe venirti a trovare una volta che ti laurei e diventi un vero soldato".

Logan allora aveva sorriso. Un sorriso luminoso che Grace non aveva visto spesso. Non aveva il tipo di vita familiare che favoriva i sorrisi. "Anche a me piacerebbe vederti."

"Mi mancherai. Stai attento, ok?

"Lo farò. Anche tu. Aspettami, Grace Mason."

Tutto quello che poteva fare era annuire.

Logan si era chinato e l'aveva baciata brevemente sulle labbra. Quella era stata la prima volta che l'aveva toccata in modo più che amichevole. Sentire le labbra di lui sulle sue, le aveva provocato la pelle d'oca lungo le braccia, si era sentita per un po' senza fiato.

Le ultime parole che gli aveva sentito pronunciare erano:

"Rimarrò in contatto," prima che lasciasse andare le sue mani, per afferrare il suo borsone da terra e saltare a bordo dell'autobus diretto a Denver.

Ma non era rimasto in contatto.

Neanche con una lettera.

Nessuna telefonata.

Niente.

Alla faccia del 'più che amici'.

"...questo fine settimana. Cole ha invitato un gruppo di persone a una festa disco in palestra."

"Scusa, come?" Grace chiese, essendosi persa la maggior parte del commento di Felicity.

"Cole ha deciso che dobbiamo espanderci e provare qualcosa di nuovo. Quindi sabato sera faremo una festa con luci psichedeliche in palestra. A tutti è richiesto di indossare qualcosa di bianco... sarà davvero bello. Voglio che tu venga."

"Non lo so, Feli. Sabato sera?"

"Almeno provaci", esortò Felicity.

"Stasera Bradford viene a cena," sbottò Grace.

Margaret aveva cercato di metterla insieme a Bradford Grant per un anno e mezzo. Grace non aveva nulla contro Bradford, che era abbastanza gentile, di bell'aspetto, e la sua famiglia era ricca sfondata... ma non era quello che cercava.

Sua madre aveva iniziato a invitarlo più frequentemente, però, e Grace sapeva che questo non era un buon segno. Sua madre non accettava un 'no' come risposta, e se voleva che Bradford e sua figlia stessero insieme, allora per Dio, si sarebbero messi insieme.

Per Grace questa era una cosa in più di cui preoccuparsi.

Grace non aveva idea di cosa avrebbe fatto se fosse stata costretta a sposare Bradford. Sì, voleva un marito e una famiglia, ma non qualcuno scelto da sua madre per lei. Non sarebbe più uscita da sotto il suo pugno se questo fosse accaduto. Mai.

"Oh merda. Bradford Grant? Quell'architetto tutto d'un pezzo?" chiese Felicity con gli occhi spalancati per l'incredulità.

Grace annuì. "Non penso che sia così male. In realtà è molto carino. Ma non mi attrae. Affatto."

"E lasciami indovinare, tua madre l'ha invitato e ti ha detto che non poteva servire una cena semplice senza il tuo aiuto?"

Grace annuì di nuovo, notando l'accelerazione nella mente della sua amica.

"Non va bene. Sai che ti sta solo manipolando per farti essere lì e forzarti a stare con Bradford."

"Vedrò cosa posso fare per sabato." Grace non si preoccupò di rispondere al 'non va bene' o al resto del suo commento. Era ben consapevole della manipolazione di sua madre... anche se non riusciva a farla smettere di influenzarla.

"Fammi sapere se hai bisogno di un passaggio. So che i tuoi ti faranno in qualche modo restare lì questo fine settimana."

Solo perché era stata risucchiata a passare la notte a casa loro invece che nel suo appartamento non significava che Felicity l'avrebbe lasciata perdere. Lei e Felicity avevano pianificato un modo per cui Grace sarebbe sgattaiolata fuori di casa dopo che i suoi genitori erano andati a letto, per incontrasi in fondo alla strada. Fortunatamente la sua stanza da letto era sul lato opposto della mostruosa villa rispetto alla suite dei suoi genitori, così non l'avevano mai beccata.

"Lo farò. Grazie, Feli. Non so cosa farei senza di te."

Finirono di mangiare e si alzarono entrambe. Felicity si sporse e avvolse Grace in un abbraccio. Poi si tirò indietro e guardò seriamente la sua amica, stringendole fermamente le spalle fra le sue mani. "Ti voglio bene, Grace. Sei una delle persone più pure e oneste che abbia mai incontrato in vita mia. Odio che tu viva come vivi, sotto il loro pugno di ferro.

Odio che tu debba trascorrere un minuto in più in quella casa quando dovresti goderti la tua libertà e vivere come vuoi. E soprattutto odio il fatto che nessuno, a parte me e Cole, sa dell'inferno che vivi ogni giorno della tua vita."

"Non fa niente."

"E invece sì. Ma ti ripeto, Grace. Se hai bisogno di me, tutto quello che devi fare è chiamarmi. O mandarmi un messaggio. O un'email. E io ci sarò. Va bene? Non importa quando. Non importa cosa."

"Grazie. Io... Questo significa molto per me."

"Significa un cazzo a meno che non accetti."

Grace sorrise all'intensità delle parole della sua migliore amica. "Lo farò."

"Prometti," ordinò Felicity.

"Lo prometto." Grace stava mentendo, ma se udire la sua promessa faceva sentire meglio Felicity, andava bene.

"Grazie. Adesso andiamo. Hai 4,2 minuti per tornare al lavoro prima che le spie riportino che sei in ritardo".

Grace sorrise, anche se Felicity non aveva torto. A volte valeva la pena essere in ritardo. A volte.

CAPITOLO TRE

"NON SO perché ti preoccupi di cercare qualcosa in quella casa," disse Logan a Blake mentre entrava in ufficio.

Blake era il fratello che godeva nel risolvere misteri, scavare, scavare e scavare fino a trovare risposte. Anche se la loro attività era aperta da solo un paio di mesi, Blake aveva trovato da solo le informazioni necessarie per chiudere già diversi casi, guadagnando ad Ace Security il rispetto sia dei detective locali che degli agenti federali.

In uno di questi casi, una donna a Colorado Springs aveva perseguitato il suo ex fidanzato e la sua nuova fidanzata per mesi. Aveva iniziato con piccole cose irritanti, come sgonfiare le gomme della sua macchina, ma aveva rincarato la dose presentandosi in casa loro nel cuore della notte, urlando oscenità alla coppia fino a che i due non avevano iniziato a temere per la loro stessa vita. Blake era riuscito a collegare l'ex pazza e un caso vicino a Washington, dove una donna aveva fatto irruzione nella casa di un suo ex fidanzato e ucciso la sua nuova ragazza. Quella donna era scomparsa, ma Blake aveva trovato abbastanza coincidenze da allertare il dipartimento di polizia di Colorado Springs e l'FBI. La donna era stata fermata ed estradata a Washington per affrontare un'accusa di omicidio.

Data la sua tenacia, il fatto che Blake stesse frugando nella roba che i genitori avevano accumulato e tenuto in casa per anni non era troppo sorprendente. Ma a Logan non gliene fregava niente. Aveva trascorso gli ultimi dieci anni cercando di dimenticare la sua infanzia, e non desiderava approfondire. Neanche per suo fratello.

"Credi davvero che troverai qualcosa che spieghi perché mamma era una stronza così violenta?" Logan chiese a suo fratello.

"Non lo so. Ma non troverò nulla se non cerco," rispose Blake.

"Abbiamo altra merda da fare," gli disse Logan con voce dura. "Abbiamo ricevuto due nuovi casi ieri."

"Lo so, e ci sto lavorando. Ma non sei nemmeno un po' curioso di sapere perché mamma era com'era? "

"No."

"Dai, Logan, tu..."

"Ho detto no."

"Bene. Ma non smetterò."

"Come ti pare. Ma non portare questa faccenda al lavoro, okay?"

"Nessun problema."

"Vuoi davvero vivere in quel buco di merda?" Logan chiese l'altra cosa che gli era venuta in mente. Quando i tre fratelli erano tornati a Castle Rock, Logan aveva affittato un appartamento, Nathan aveva comprato una piccola casa, ma Blake aveva voluto ristrutturare la casa che era stata lasciata loro dopo la morte dei genitori, per trasferirsi in essa.

"Sì. È una buona casa. E la zona non è più così brutta come quando vivevamo lì. Posso sistemarla e trasformarla in una gran bella casa."

"I ricordi non ti danno fastidio?" chiese Logan incuriosito.

"Veramente no." Blake scosse la testa. "La mamma era più dura con te. Non dico che non abbia messo a dura prova anche me e Nathan, ma tu sei quello che ha avuto la peggio. Forse perché ci hai sempre difeso."

Logan si rifiutò di approfondire. Non voleva ricordare l'inferno della sua infanzia. Inoltre, avrebbe fatto qualsiasi cosa per proteggere i suoi fratelli. Il groppo che si teneva dentro, fatto di sensi di colpa per tutte le volte in cui non aveva potuto proteggerli, minacciava di esplodergli fuori dall'intestino, ma lo trattenne e scrollò le spalle con nonchalance. "Va be'. Ma non aspettarti che io e Nat ci intratterremo molto laggiù."

"Non te lo chiederei."

Avendo bisogno di cambiare argomento, Logan chiese: "Andrai alla festa di Cole questo fine settimana?"

Blake alzò le spalle. "Non ci ho pensato ancora. Forse. Tu?"

"Sì. Potrebbe essere un buon posto per distribuire biglietti da visita."

Blake rise. "C'è mai un momento in cui *non* lavori?"

"No."

"Allora in bocca al lupo. E se non mi faccio vedere, saluta Cole per me."

"Lo farò. Pensi ci sia qualche possibilità che possa convincere Nat a venire con me?"

"Nemmeno per sogno. Sai che odia quel genere di cose."

"Cosa, ballare?" chiese Logan.

"Ballare. Parlare con estranei. Le folle... cose così" confermò Blake.

"Potrebbe essere una cosa buona per lui."

"Forse, ma in bocca al lupo a convincerlo."

Logan borbottò sottovoce. Se non avesse saputo per certo che Nathan era suo fratello, avrebbe pensato che quest'uomo fosse stato adottato. Era esattamente l'opposto di lui e Blake.

Era introspettivo, mite e raramente diceva la sua... molto simile a com'era loro padre. Ma non era uno zerbino. Era capitato a Logan di assistere a una scena in cui Nathan aveva riempito di botte un uomo che aveva osato picchiare suo figlio in pubblico. Non aveva problemi a difendere qualcuno più debole, ma non sembrava prendersela se ci si prendeva gioco di lui.

"Forse dirà di sì, questa volta," replicò Logan, sorridendo.

"Non smetterai mai di chiedergli di uscire dalla sua zona di comfort, vero?"

"No."

"Bene. Ha bisogno di qualcuno che lo scuota. Trascorre troppo tempo con i suoi amati numeri," commentò Blake.

"Mi fai sapere cosa scopri nei casi nuovi?" chiese Logan.

"Ovviamente. Vai a Denver?"

"Sì. Ho un'intervista con un potenziale cliente. Sua figlia lo sta importunando, contesta il testamento di sua madre dicendo che è stata lasciata fuori e che il padre le deve soldi".

"Quanti anni ha il padre?"

"Ottantatré."

"Accidenti," respirò Blake. "Vai. Ti sostituisco io qui."

"Ok. A dopo."

"Ciao, Logan."

Logan lasciò l'ufficio della Ace Security e si diresse verso la sua moto. Non la guidava spesso, ma era una bella giornata e aveva bisogno di fare un giro.

Aveva visto Grace e Felicity pranzare al Subway prima di andare in ufficio. Grace rideva di qualcosa che aveva detto la sua amica. La sua testa reclinata indietro, sembrava più spensierata di quanto non l'avesse mai vista da quando era tornato in città.

Logan ripensò alla Grace che conosceva. Era amichevole, felice e avrebbe lasciato tutto per parlargli, quando aveva bisogno di lei. Lo ascoltava per ore parlare di quella stronza di sua madre. Quando una volta aveva notato il suo occhio nero, gli aveva portato una borsa di ghiaccio dall'infermiera dell'ufficio, senza fare domande.

Sapeva dei suoi sogni di lavorare nel marketing per una grande azienda e di quanto volesse viaggiare. Avevano parlato più di una volta di come sarebbe stato l'oceano e la sensazione di avere la sabbia sotto i loro piedi. In quei tempi, Logan vedeva speranze e sogni nei suoi occhi e non aveva dubbi che avrebbe realizzato ognuno di loro.

Una volta tornato a Castle Rock, qualche mese prima, era rimasto sconcertato quando l'aveva incontrata per caso, dopo tanto tempo. Erano in un negozio di alimentari e lui camminava con il suo carrello verso la fine degli scaffali, quando lei era comparsa dall'angolo della corsia. Lo aveva guardato come se stesse per dire qualcosa, ma vedendo che era lui, si era morsa semplicemente un labbro e si era girata nella direzione opposta.

Non era il fatto che l'avesse ignorato a sconcertare Logan, quanto lo sguardo negli occhi di lei. La Grace che aveva conosciuto al liceo era sparita. Non c'erano più le stelle nei suoi occhi. Niente sogni. Era come se si fosse imbattuto in un robot. Non c'era più il sorriso accogliente sulle sue labbra; solo uno sguardo vuoto. Logan aveva aperto la bocca per dire qualcosa, non sapeva cosa, ma Grace era già scomparsa in un'altra corsia.

Ogni mattina la guardava mentre usciva dal bar di fronte alla palestra Rock Hard e si dirigeva al lavoro. Come esperto di sicurezza, odiava il fatto che la sua routine non variasse mai. Come uomo che una volta aveva pensato di stare con lei, detestava il fatto che sembrava non stesse vivendo la sua vita, ma solo tirando avanti.

E anche se forse poteva ingannare chi le stava intorno, non poteva ingannare lui. Anche se gli aveva strappato il cuore, gli importava ancora di lei. Troppo. Pensava di averla dimenticata, ma nel momento in cui l'aveva rivista, l'attrazione era tornata più forte che mai.

Grace era ancora composta come lo era sempre stata al liceo. Le sue camicie classiche sembravano fatte su misura, portava scarpe con tacchi bassi che mostravano i muscoli dei polpacci esposti dalle gonne fino al ginocchio che indossava sempre. I suoi capelli color castano chiaro erano tirati nel consueto chignon dietro al collo, che faceva venire voglia a Logan di sciogliere e avvolgerle i capelli attorno alla mano mentre la baciava. Era sempre stata formosa, ma negli anni era cresciuta nel suo corpo, con fianchi pieni, il sedere ondeggiante quando camminava per strada.

Ma non era solo il suo aspetto a interessare Logan. L'aveva osservata da lontano quei pochi mesi da quando era tornato. Era premurosa nei confronti di tutti quelli che incontrava, si fermava a parlare con un vecchio senzatetto seduto fuori dal bar, a cui una mattina aveva anche offerto un caffè. Un'altra mattina, Grace si era persino fermata a intrattenere il bambino di una mamma stressata, mentre la donna cercava il portafoglio nella sua borsa.

Grace era riservata e tranquilla, ma proprio come la ricordava dai giorni del liceo quando trascorreva tanto tempo con lei, si interessava sinceramente a coloro che la circondavano. Ed era quello il tratto che ancora oggi lo attirava.

Avrebbe potuto essere in grado di ignorarla se Felicity e Cole non stravedessero per lei. Logan sapeva che erano entrambi tipi difficili da conquistare. Cole non smetteva di cercare di indovinare cosa fosse successo tra loro, e Felicity non era tanto meglio.

Ma vedere Grace sorridere e ridere con Felicity era stato un duro colpo. A quanto pare non era poi così morta dentro come pensava. Ma ora non era più Logan a tirar fuori quella gioia in lei. Questo gli faceva male. Più di quanto volesse ammettere.

Logan scrollò le spalle mentalmente e afferrò il casco dal manubrio della sua Harley. Sapeva che prima o poi avrebbe dovuto chiarire le cose con Grace. Doveva. Se voleva andare avanti con la sua vita o anche solo vivere nella stessa città, doveva avere delle risposte. Ma non aveva fretta. Alla fine avrebbero trovato l'opportunità. Nel frattempo, aveva un lavoro da svolgere.

Logan mandò su di giri il motore della sua grossa Harley, amava la potenza della moto sotto di lui. Mentre si avvicinava alla Strada Interstatale 25 per dirigersi a nord verso Denver, allontanò i suoi pensieri su Grace Mason per concentrarsi sulla sua prossima intervista.

CAPITOLO QUATTRO

QUELLA SERA, Grace sedeva dritta sulla sedia, a tavola, ascoltava sua madre e Bradford che chiacchieravano. Aveva aiutato in cucina, assicurandosi che il cuoco avesse preparato la bevanda preferita di Bradford, che la tavola fosse apparecchiata, che la sala da pranzo fosse pulita e spolverata prima che arrivasse l'ospite. Anche se i suoi genitori avevano dei domestici, c'era sempre qualche emergenza dell'ultimo minuto che "richiedeva" l'assistenza di Grace.

"Su cosa stai lavorando, Bradford?"

"Sa, signora Mason, sto finalizzando i progetti per un nuovo complesso residenziale a Denver. Fa parte dell'abbellimento del centro."

"Wow, è impressionante", esclamò Margaret.

Bradford alzò le spalle. "Vorrei poter dire di averci messo una mano, ma mentirei. La maggior parte del lavoro del progetto è stata svolta da uno dei nostri assistenti esecutivi. Ha lavorato come un bulldog, non si fermava mai anche quando le porte le si chiudevano in faccia."

"Vedi, Grace? Devi essere più così", la rimproverò suo

padre. "Se ti impegnassi un po' di più, potresti uscire da quel front office e salire di livello."

Grace arrossì ma non si difese. Non avrebbe fatto differenza; lo aveva imparato bene nel corso degli anni.

"Oh, io non intendevo..." cominciò a dire Bradford, ma Margaret lo interruppe.

"Va bene. Grace sa che ha ancora molta strada da fare prima di avere il calibro di un assistente esecutivo. Ma penso che con l'uomo giusto al suo fianco, non avrebbe tante distrazioni esterne".

Grace pensava di morire. Era già brutto abbastanza ascoltare i suoi genitori denigrarla di fronte agli altri, ma essere praticamente gettata in grembo a Bradford era proprio un colpo basso.

"Sono sicuro che andrà tutto bene", Bradford cercò di attenuare la situazione. "Ho lavorato con lei alcune volte e non è stata altro che meravigliosa."

"Grazie," disse Grace a voce bassa. Bradford non era una persona cattiva. Era gentile e non concordava con i suoi genitori quando la sminuivano. Cercava sempre di cambiare argomento o di lodarla. Ma lei non provava niente per lui. Nessuna scintilla. Nessun desiderio di tenergli la mano. Nessuna reazione chimica. Il pensiero di andare a letto con lui era orribile. Sarebbe stato come farlo con un fratello o qualcosa del genere. Grace non aveva idea di cosa provasse Bradford per lei, ma immaginava che fosse più o meno la stessa cosa.

Le poche volte in cui erano stati costretti insieme, senza altri presenti, non le aveva mai fatto una avance e non aveva mai nemmeno provato a baciarla. Avevano sempre solo parlato di affari e fatto due chiacchiere. Si stimavano a vicenda e Grace considerava Bradford un amico... anche se non erano mai usciti insieme. Era a suo agio con lui e non si doveva preoccupare che cercasse di baciarla o di portarsela a letto. Era ovvio che sua madre stava cercando di metterli insieme, ma questo cominciava a diventare imbarazzante per entrambi.

Il resto della cena fu penoso, ma arrivarono finalmente al dessert e Margaret si spinse indietro sulla sua sedia.

"È stato bello rivederti, Bradford. Per favore, dì ai tuoi genitori che li chiamerò presto. È passato troppo tempo dall'ultima volta che abbiamo chiacchierato".

"Lo farò, signora Mason. Grazie per la cena deliziosa."

"Chiamami Margaret. Dopotutto è appropriato." Non dando loro il tempo di meditare sul suo commento, continuò: "Mi sento un po' stanca. Vi lasciamo continuare la visita. Grace può accompagnarti alla porta, una volta finita".

"Ovviamente. Grazie."

Walter tese la mano mentre si alzava. "Grazie per essere venuto stasera, Bradford. È sempre bello passare del tempo con un giovane ambizioso come te. Grace potrebbe imparare molto da te."

Le frecciate di suo padre non la scomposero. Grace mantenne la schiena dritta e il sorriso educato sul suo viso mentre i suoi genitori lasciavano la grande sala da pranzo. Poi, si rivolse a Bradford. "Mi dispiace per tutto questo. Veramente."

"Non fa niente, Grace. Non voglio metterti in imbarazzo, ma sento di dover dire qualcosa al riguardo. Mi piacciono i tuoi genitori, li ammiro. Hanno creato un'azienda straordinaria e riscuotono un enorme successo. So che i miei non sarebbero dove sono ora senza il loro supporto. Non so come dirlo, quindi lo dirò subito, insomma, non sono interessato a frequentarti romanticamente."

"Lo so. È lo stesso anche per me," concordò Grace immediatamente.

"Meno male!" Bradford sospirò, mimando il gesto di asciugarsi il sudore dalla fronte. "Per un momento ho pensato che avrebbero fatto uscire un prete da dietro una tenda e insistito che ci sposassimo proprio qui e ora."

Grace rise debolmente. "Sento di doverti avvisare, Bradford, non rinunceranno facilmente all'idea di metterci insieme."

"Per favore, chiamami Brad. Bradford ha un suono così formale. E me ne rendo conto. Non avrebbero una delle compagnie di architettura di maggior successo del Colorado se fossero il tipo di persone che si arrende facilmente. Non ti preoccupare," diede una lieve pacca sulla mano di Grace: "Sono sicuro che alla fine lo accetteranno. Mi accompagni?"

Grace spinse indietro la sedia, appoggiando il tovagliolo sul tavolo. Si alzò con grazia e camminò dietro Brad verso la porta d'ingresso.

La Porsche di Brad era parcheggiata nel vialetto circolare di fronte alla villa e Grace lo seguì alla portiera del conducente.

"Non essere così preoccupata, Grace. I tuoi genitori sono persone ragionevoli. Capiranno alla fine che siamo solo amici."

Grace non rispose, ma semplicemente annuì. Lasciò che Brad si chinasse per baciarle la guancia brevemente. Fece un passo indietro e guardò l'auto allontanarsi lungo il vialetto, finché svoltò e non riuscì più a vedere l'elegante macchina nera.

Sapendo cosa l'aspettava dentro, fece fatica a tornare in casa.

"Grace Mason, sei un completo fallimento. Avresti dovuto portare Bradford in salotto. Come pensi che ti conoscerà se non trascorri del tempo con lui? E stavi di fronte a lui, là fuori, come un gelido pezzo di legno. La prossima volta che ti bacia, devi baciarlo anche tu. Non lo conquisterai mai se non gli dai almeno un assaggio di quello che potrebbe avere una volta sposato."

"Ma non voglio sposarlo", protestò Grace a voce bassa, sapendo che era inutile, ma che doveva comunque dirlo.

Margaret Mason fece volar via le parole di sua figlia con un gesto della sua mano pesantemente ingioiellata. "Sciocchezze. Non hai idea di quello che vuoi. Non l'hai mai avuta. Sei una donna debole che non può prendere alcuna decisione senza un uomo al tuo fianco. Bradford è proprio ciò di cui abbiamo bisogno. La sua famiglia è ricca e avere le nostre due compagnie unite in matrimonio ci renderà ancora più forti. Farai come dico o te ne pentirai per il resto della tua vita".

Visto che Grace non rispondeva, Margaret si avvicinò a sua figlia e le afferrò il mento, sollevandole la testa così che dovesse guardarla negli occhi. "Sono stata chiara? Tu *sposerai* Bradford Grant. È la cosa migliore che tu possa fare per te e per noi. I Grant hanno i soldi di cui avremo bisogno per mantenere il nostro tenore di vita quando andremo in pensione. So che non ci vuoi imbarazzare, vero?"

"Ovviamente no." Grace pronunciò le parole che sua madre si aspettava di sentire.

"Spero tu non stia pensando di tornare a casa tua a quest'ora tarda della notte. Vai in camera tua e dormi, Grace. Hai borse enormi sotto gli occhi e so che non vorresti essere vista in pubblico in questo stato. Sarebbe mortificante. Sei anche ingrassata. Lo vedono tutti, ho anche ricevuto alcuni commenti da parte di certi clienti a riguardo. Ho detto al cuoco che non hai bisogno di fare colazione quando sei qui. Sei in sovrappeso e stai diventando un imbarazzo per noi. Spero che non ti stia rimpinzando di ciambelle quando sei da sola. Se ti trasferissi qui, potrei aiutarti molto meglio a prenderti cura di te. Abbiamo bisogno che tu sia sana per prenderti cura di noi quando abbiamo bisogno di te. Lo sai che ho avuto dolori al petto l'altro giorno? È stato terribile e non potevo contattarti.

"Oh, e vorrei che smettessi di pranzare con quella tipa,

Felicity. Sai, quella coperta da quei tatuaggi orribili. Perché qualcuno debba marchiare permanentemente la propria pelle con quella schifezza, non lo posso proprio capire. È inferiore a te, e ora che sarai sposata a Bradford, non puoi associarti a nessuno che ti metta in cattiva luce. Le gente comincerebbe a parlare e a portare i suoi affari altrove. Cosa faremmo allora? Il nostro business potrebbe andare in rosso e rimarremmo senza un soldo. Vai adesso. Sali di sopra e vai a dormire. Sono sicura che ti sentirai meglio domattina. Forse andremo a fare shopping domani e ti aiuterò a trovare qualche vestito che ti valorizzi di più."

Grace non commentò e uscì con calma dalla stanza dirigendosi verso le scale. Si spogliò e si preparò roboticamente ad andare a letto. Erano solo le otto e mezza, ma non importava. Grace non aveva voglia di litigare con sua madre, quella sera. La volta che tentò di mostrare spina dorsale, Margaret la uccise col senso di colpa o con parole avvelenate che le divorarono l'anima.

Aveva contemplato di prendere i soldi che aveva nascosto e scomparire, andando verso la costa per mettere le dita dei piedi nella sabbia per la prima volta in vita sua, ma qualcosa l'aveva sempre trattenuta. Era come se Margaret sapesse sempre quando aveva spinto troppo pesantemente, così improvvisamente diventava "mamma dell'anno", dicendo quanto fosse orgogliosa di Grace e quanto fosse grata che sua figlia vivesse nella stessa città e aiutasse i suoi genitori quando ne avevano bisogno. Grace viveva per le parole di lode che sentiva raramente da sua madre. Anche se sapeva di essere manipolata, non riusciva a farne a meno.

Sapeva che Felicity non capiva e Grace non era sicura di poterlo nemmeno spiegare all'amica. Lei voleva andarsene. *Voleva* fuggire dal pugno di ferro dei suoi genitori. Ma ogni volta che si faceva coraggio per farlo, sua madre se ne usciva con qualche disperato bisogno di lei, e così rimaneva.

Una volta era sul punto di andarsene per sempre. Aveva segretamente fatto la valigia, l'aveva nascosta nel bagagliaio della sua auto e aveva dato la caparra per un appartamento a Denver. Ma il giorno prima di andarsene il padrone di casa l'aveva chiamata annunciandole che l'appartamento non era più disponibile.

Poi, la sera a cena, Margaret le aveva chiesto com'era andata la giornata e le aveva fatto un cenno di disapprovazione. "Grace, non so cosa pensavi di fare. Quell'appartamento a Denver non era abbastanza buono per te. Lo sapevi che ci sono tre colpevoli di reati sessuali nel condominio? Sarebbe una follia per te vivere lì. Inoltre, fare la pendolare per venire al tuo lavoro qui prenderebbe troppo tempo, e non c'è modo che tu possa trovare un lavoro adatto lassù. Walter e io ne abbiamo parlato, e siamo d'accordo che ovviamente non stai bene di testa. Pertanto, trascorrerai il prossimo mese al West Springs Hospital".

Il West Springs Hospital era una struttura per malati di mente a Grand Junction. I suoi genitori avevano corrotto, ricattato, minacciato o in qualche modo convinto un medico ad ammetterla nell'ospedale seguendo la procedura M-1, contro la sua volontà. L'istanza prevedeva che sarebbe stata trattenuta per settantadue ore, ma Grace aveva avuto tanta paura di ciò che i suoi genitori avrebbero fatto una volta rilasciata, che aveva detto ai medici di farla rimanere altri trenta giorni... proprio come le era stato detto di fare da sua madre.

Quel mese, durante il quale visse con malati di mente, veri e propri malati di mente, non persone costrette come lei a stare lì, fu orrendo. Bastò a dimostrarle che era meglio acconsentire a quello che i suoi genitori volevano. Per non parlare del fatto che, una volta uscita, suo padre fu portato al pronto soccorso a causa di un forte dolore addominale, provocato dallo stress dell'essersi preoccupato per sua figlia.

Per la prima volta dopo tanto tempo, i pensieri di Grace

ritornarono a quel luogo nero in cui erano prima che incontrasse Felicity, quando era spaventata e sola in quell'ospedale psichiatrico. Prima che l'altra donna le desse una visione della persona che Grace aveva sempre voluto essere. Doveva rinunciare a Felicity. Ai loro pranzi. Al suo sogno di lavorare nel campo del marketing. Tutto. Sapeva che era un sogno irrealizzabile, ma aveva comunque tentato di afferrarlo. Questa serata le aveva mostrato che non si sarebbe potuto realizzare.

Margaret Mason l'aveva sempre vinta. Sempre.

CAPITOLO CINQUE

Grace fissò il messaggio. Era in ufficio, di sabato, perché Margaret aveva deciso che sua figlia doveva mostrare iniziativa. Pensò che poteva sempre mentire e *dire* di aver lavorato nel fine settimana, ma sua madre avrebbe probabilmente controllato le telecamere di sicurezza. Non valeva la pena. Nella mente di Margaret, se Grace avesse lavorato il fine settimana, questo avrebbe in qualche modo dimostrato ai genitori di Bradford che era "da sposare"... anche se non *voleva* essere la moglie di Brad.

Dopo il lavoro, tornò a casa dei suoi genitori invece che al suo appartamento. Avrebbe voluto mangiare un gelato e guardare *Cenerentola* per la milionesima volta. Era uno dei suoi film preferiti perché poteva immedesimarsi completamente con la povera Ella. Ma suo padre non si sentiva bene e le aveva chiesto se poteva venire e fargli la sua zuppa di pollo preferita che secondo lui solo lei poteva preparare correttamente. Aveva accettato, amava il fatto che lui volesse qualcosa che solo lei poteva fornire.

Era sola in ufficio, ovviamente, e Grace si era arrischiata a tirar fuori il suo telefono per vedere se Felicity l'aveva contattata. Non aveva pranzato con lei il resto di quella settimana, spaventata da ciò che sua madre avrebbe detto se lo avesse fatto, ma aveva continuato a comunicare con lei con email e SMS.

Grace: Non sono sicura di poter andare

Felicity: Cazzate. Verrai

Grace: Non posso

Felicity: Stai andando a casa dei tuoi genitori?

Grace: Sì

Felicity: Vengo a prenderti nella tua strada alle otto

Grace: Feli, non posso

Felicity: Se non ci sei, vengo io e busso alla porta

. . .

Grace sospirò. Sapeva che non parlava a vuoto. Il fatto che Felicity non accettasse un rifiuto era uno dei motivi per cui Grace le voleva bene.

Grace: Ok. Alle otto

Felicity: Tirati su i capelli

Grace: Non posso

Felicity: Sì che puoi. Voglio vedere il tuo tatuaggio sotto la luce ultravioletta. Non ci sarà nessuno che lo dirà alla strega

Grace si morse il labbro. Adorava il suo tatuaggio. Una notte aveva detto a Felicity che i suoi tatuaggi erano meravigliosi e che le sarebbe piaciuto farsene uno. Tutto qua. Ma Felicity l'aveva spinta, insistendo fino a convincerla a farsene uno. Si erano recate a Denver, una domenica — Grace aveva detto a sua madre che andava a visitare Bradford — e l'artista che aveva fatto la maggior parte dei tatuaggi di Felicity aveva completato il piccolo disegno in venti minuti.

Erano due passeri in volo, proprio sotto l'attaccatura dei capelli sulla nuca. Margaret esortava Grace a indossare sempre i capelli in un chignon basso, definendolo raffinato e appropriato, quindi il tatuaggio era di solito coperto. Ma anche se non lo fosse stato, non importava, perché era fatto con un inchiostro speciale che poteva essere visto solo sotto una luce speciale.

Margaret avrebbe avuto una crisi se lo avesse saputo. Letteralmente, avrebbe probabilmente avuto un infarto se avesse avuto la minima idea che sua figlia si era fatta un tatuaggio permanentemente inchiostrato sulla sua pelle. Quella piccola ribellione aveva fatto sorridere Grace per giorni. Non tanto per il tatuaggio in sé e per sé, quanto per il fatto che aveva sfidato sua madre e se l'era cavata. Era una cosa piccola, quanto a ribellione contro i suoi severi genitori, ma era pur sempre qualcosa.

Il suo telefono vibrò con un altro messaggio di Felicity.

Felicity: Fallo, stronza :)

Grace digitò rapidamente una risposta, sapendo che Felicity avrebbe continuato ad assillarla fino a che avesse accettato.

Grace: Va bene

Felicity: Non far tardi. Le 8

Grace: Ci sarò

Sentendo il suono di un motore fuori in strada, Grace cacciò velocemente il telefono clandestino dentro la sua borsa e si alzò in piedi. Si avvicinò alle finestre dell'ufficio e guardò fuori.

Logan Anderson.

Si era fermato in sella alla sua moto per parcheggiarla un po' lontano dall'ingresso del suo nuovo ufficio e Grace lo vide proprio mentre faceva oscillare una gamba sopra il sedile della moto.

Buon Dio in Cielo. Quant'era bello.

Grace lo guardò per bene, sapendo che non la poteva vedere dietro il vetro colorato dello Studio di Architettura Mason. Lo esaminò a lungo per la prima volta da quando era tornato in città.

Indossava un paio di jeans neri attillati. Non riusciva a vedere gran parte delle sue cosce, ma il suo sedere era delineato chiaramente. Aveva il tipo di sedere che supplica di essere spremuto. Si voltò verso la moto e allungò una mano per slacciarsi il casco.

La maglietta a maniche corte sulla sua figura non faceva nulla per nascondere i muscoli delle sue braccia, che si flettevano e si muovevano mentre appendeva il casco al manubrio. Grace lo guardava, mentre si metteva entrambe le mani sulla testa e si stiracchiava, evidentemente sciogliendo la tensione causata dalla guida della moto.

Si sporse indietro, poi da un lato all'altro, con la camicia che si alzava da una parte e dall'altra, dando a Grace un assaggio di un tatuaggio sul suo fianco. Quindi si voltò, appoggiò le mani sul sedile curvo della moto e si chinò. Grace deglutì l'acquolina che le si era formata in bocca. Di nuovo, la sua maglietta si sollevò esponendo i forti muscoli della parte bassa della schiena, ma era il suo sedere che attirò di nuovo l'attenzione di Grace. Avrebbe voluto infilare una mano sotto i suoi jeans e strizzarglielo, per stuzzicarlo a ringhiare e spingerla sulla sua moto, sollevandole la gonna che indossava, tirandole giù le mutandine e...

Grace fece un respiro profondo mentre Logan si girava e si dirigeva verso la porta d'ingresso di Ace Security. Inciampò all'indietro, la parte posteriore delle sue cosce colpì il bordo della sua scrivania. Dio. Non aveva certo problemi a sbavare per Logan Anderson. L'aveva lasciata tanti anni prima senza più guardarsi indietro. Non importa quali belle parole le avesse detto prima di salire su quell'autobus. Ma ciò non le aveva impedito di desiderarlo, un tipo di bisogno che non aveva mai provato prima.

Grace aveva fatto sesso alcune volte. Sua madre non lo sapeva, desiderava che rimanesse la stessa vergine candida come un giglio che era il giorno in cui era nata, ma Grace aveva fatto altrimenti per sfidarla. Era uscita con un uomo che aveva incontrato al lavoro, il figlio del presidente di uno studio di architettura rivale di Denver. Era venuto in ufficio con suo padre per un incontro. Avevano chiacchierato, Grace aveva cenato con lui e in seguito erano tornati a casa sua. Il sesso non era stato un gran che, e Grace era tornata nel suo appartamento con emozioni estremamente contrastanti. Soddisfatta di aver finalmente perso la verginità, felice di essere riuscita a sfidare il volere di sua madre, ma sentendosi in colpa allo stesso tempo. Nonostante il modo in cui sua madre la trattava, Grace le voleva bene e voleva compiacerla per essere amata, in cambio.

Grace era riuscita a fare sesso altre due volte, con due uomini diversi, ottenendo lo stesso esito poco soddisfacente. Non che odiasse il sesso, ma gli uomini con cui era stata erano più preoccupati del proprio piacere che non del suo. Nessuna delle sue esperienze sessuali era stata lontanamente soddisfacente, ma Grace per qualche motivo sapeva fino in fondo al midollo che Logan non sarebbe stato così. Era *certa* che quando portava una donna a letto, lei ne usciva esausta e sazia.

Sfiorandosi il tatuaggio sulla nuca, Grace chiuse gli occhi e sospirò. Non avrebbe più pensato a Logan e al letto. Non avrebbe più pensato a quanto avrebbe voluto passare anche solo una notte con lui. Non si sarebbe più nemmeno avvicinata all'idea. No. Assolutamente no, mai più.

Il giorno in cui aveva conosciuto Logan Anderson, seduto di fronte a lei con l'atteggiamento da duro, mentre lei cercava di dargli ripetizioni di storia, l'aveva subito conquistata. Si comportava come se non gli importasse niente dei suoi voti, ma il modo in cui l'ascoltava e s'impegnava a comprendere i concetti che gli insegnava, rendeva più che ovvio che era interessato a *lei*. Poi, conoscendolo meglio e vedendo come difendeva e proteggeva i suoi fratelli, Grace aveva sentito un desiderio profondo di avere qualcuno come lui nella sua vita.

Ma lui non le aveva mai fatto capire che volesse qualcosa di più di un'amicizia, e Grace non lo aveva mai spinto in quella direzione. Quando sua madre era venuta a sapere a chi stesse insegnando, aveva ammonito Grace di non passare troppo tempo con 'quel ragazzo spazzatura di un Anderson'. Diceva che l'avrebbe solo buttata giù, e che sarebbe stato pessimo per una Mason essere vista con un tipo del rango di Logan.

All'inizio Grace aveva resistito. Logan era una brava persona. Divertente. Gentile. Protettivo. Quella era una delle prime volte che Grace aveva sfidato sua madre. Ma quando quest'ultima aveva detto che suo padre poteva fare una telefonata e far perdere il lavoro al padre di Logan, se avesse continuato a passare troppo tempo con lui, Grace aveva ceduto e aveva ridotto a metà il tempo che trascorreva con Logan per le ripetizioni.

Ma non riusciva a stare lontana da lui. Grace sapeva che lo stava confondendo. Diavolo, stava confondendo se stessa, ma ogni volta che diceva a Logan che non poteva più dargli ripetizioni, lui la punzecchiava, cercava di persuaderla, faceva il carino e lo spiritoso fino a farla cedere, convincendola ad incontrarlo di nuovo... e il ciclo ricominciava. Era andata avanti così durante gli ultimi due anni di liceo, finché l'ennesima minaccia di sua madre di mettere a repentaglio l'arruolamento di Logan nell'esercito l'aveva costretta a dirgli una volta per tutte che non potevano più continuare.

Logan e i suoi fratelli non avevano avuto una vita facile. Veniva sempre a scuola con lividi e tagli. Ogni volta, Grace sapeva che sua madre lo aveva malmenato, ma non lo menzionava mai, così come non menzionava quanto sua madre fosse insoddisfatta della donna che Grace stava diventando. Ebbero un'unica conversazione sulla vita famigliare di lui. Solo una.

Era venuto a scuola con un occhio nero quasi gonfio. Grace aveva sentito dai pettegolezzi a scuola che aveva detto in giro di aver litigato con alcuni ragazzi a Denver, ma non aveva potuto fare a meno di chiedergli spiegazioni, una volta trovatisi nel loro angolo tranquillo in biblioteca.

Avevano trascorso tutti i loro quaranta minuti di lezione parlando di questo. Logan le aveva raccontato quanto fosse orribile sua madre con suo padre. Come lui e i suoi fratelli fossero sempre in sospeso, non sapendo mai cosa l'avrebbe fatta scatenare. Le aveva detto che l'occhio nero era il risultato del suo tentativo di proteggere Nat e Blake dall'ira di sua madre. I suoi fratelli non avevano pulito le loro stanze secondo le aspettative della madre, e lei si era infuriata. Logan era entrato nella mischia e aveva pungolato sua madre abbastanza da farle rivolgere l'attenzione a lui piuttosto che ai suoi fratelli. Logan aveva guardato Grace negli occhi, dopo averle raccontato la storia, per ammettere che, non appena laureato, avrebbe lasciato la città e non sarebbe più tornato.

Grace aveva cercato di confortarlo, mentre rifletteva sul fatto che, tra tutte le persone della scuola, lei era l'unica che capiva veramente quello che stava vivendo. Oh, i suoi genitori non l'avevano mai picchiata, ma sicuramente sapevano come farla a pezzi con le loro parole. Ma di solito la colpa era la sua. Se fosse stata una figlia migliore, non avrebbero dovuto evidenziare tutto ciò che faceva per metterli in imbarazzo.

Per non parlare di come la rinchiudevano nella sua stanza per non doverla vedere, quando li contrariava.

Il giorno migliore e peggiore della vita di Grace fu quando Logan Anderson lasciò Castle Rock. Sapeva che le sarebbe mancato terribilmente e non riusciva a credere che non lo avrebbe più visto ogni giorno. Ma le aveva detto che sarebbe rimasto in contatto. Le aveva detto anche che la voleva con lui. Sembrava che alla fine l'unica cosa che aveva desiderato per tre anni al liceo si sarebbe avverata... Ma invece non si avverò affatto.

Le parole di lui le erano rimaste impresse nella mente per anni... fino al giorno in cui aveva dovuto ammettere a se stessa che lui aveva cambiato idea. Che si era reso conto che non ne valeva la pena. I suoi genitori avevano ragione, era una delusione per tutti quelli che la circondavano e doveva impegnarsi di più per essere il tipo di persona di cui si può essere orgogliosi.

Grace guardò intorno alla scrivania e si sistemò di nuovo sulla sua sedia, cercando di concentrarsi sulle email che doveva inviare.

Il pensiero la stava tormentando da mesi. Voleva sapere. Voleva confrontarsi con Logan e chiedergli perché. Perché aveva detto che avrebbe scritto, senza poi farlo. Voleva risposte, ma aveva anche paura di ciò che le risposte potessero essere.

Una piccola parte ribelle dentro di lei diceva che meritava di sapere perché l'aveva ignorata così crudelmente. La stessa parte che aveva permesso a Felicity di convincerla a farsi fare un tatuaggio segreto. La parte che aveva accettato l'invito a cena di uno sconosciuto, per poi prendere un bicchierino insieme, nel suo appartamento. Il lato che sgattaiolava fuori di casa per uscire con la sua unica amica, quando avrebbe dovuto stare a casa a prendersi cura dei suoi genitori anziani, rendendoli orgogliosi.

Stringendo i denti, Grace prese una decisione in una frazione di secondo.

Stasera. Se Logan si fosse presentato alla festa in palestra, glielo avrebbe chiesto. Voleva sapere. Prima di dover sposare Bradford. Prima che i suoi genitori la sopraffacessero completamente. *Doveva* sapere.

CAPITOLO SEI

LOGAN STAVA in piedi in fondo alla palestra, godendosi l'atmosfera. Felicity e Cole si erano superati. Castle Rock non era esattamente il fulcro di Colorado Springs o di Denver, ma questo era un evento unico per la piccola città.

La palla di luci da discoteca ruotava e girava su se stessa sopra le loro teste, illuminata a tratti da forti luci bianche. Tutte le luci sul soffitto erano state sostituite da luci psichedeliche. Il risultato era una miscela disorientante di luci viola e cerchi rotanti. Felicity si era assicurata che nessuna persona epilettica entrasse in palestra, per ovvie ragioni.

Inoltre, tutti indossavano qualcosa di bianco. Se non l'indossavano al loro arrivo, Cole e Felicity fornivano magliette bianche semplici per gli uomini e sciarpe bianche per le donne. Il risultato fu uno spettacolo incredibile che superava qualsiasi club in cui Logan era stato.

Non c'erano tantissime persone alla festa, ma sorprendentemente Nat e Blake, come la maggior parte dei clienti abituali della palestra, avevano deciso di presentarsi. Cole aveva portato un frigorifero pieno di ghiaccio e birra, Felicity aveva portato altre bevande in bottiglia, comprese bevande analcoliche e acqua per coloro che guidavano o cercavano di controllare il contenuto calorico. La palestra non aveva esattamente una licenza alcolici, ma fintanto che tutto era sotto controllo, Felicity e Cole avevano pensato di cavarsela dichiarando di aver organizzato una semplice "festa".

Con una birra Lone Star in mano, Logan sorseggiava mentre guardava entrare nella palestra i nuovi arrivati sorridenti e inebetiti, che girovagavano a salutare gli amici. Il volume della musica era alto, ma non insopportabile. Ancora poche persone ballavano, ma Logan pensò che fosse solo una questione di tempo.

Logan era estremamente consapevole del fatto che Grace Mason fosse in piedi dall'altra parte della stanza. Era arrivata con Felicity e indossava una canotta bianca e un paio di jeans. Poteva contare sulle dita di una mano le volte in cui l'aveva vista vestita così casual. Anche al liceo, Grace indossava solitamente pantaloni e camicie formali. I suoi capelli erano sempre acconciati perfettamente, i suoi vestiti stirati, e le eleganti scarpe col tacchetto erano sempre presenti.

Ma stasera lei era... spettacolare. Più alla mano, più accessibile. Logan spostava il suo peso da una gamba all'altra nervosamente, frustrato dal fatto che questa donna avesse ancora qualsiasi tipo di potere su di lui. La voleva ancora. L'attrazione con cui avevano flirtato tanti anni prima era ancora lì. Per lui, ora, perfino più forte di prima. Grace Mason era cresciuta. Non era più una ragazza, era una donna, e i palmi delle mani di Logan quasi bruciavano dal desiderio di toccarla. E non era tutto. Ogni volta che la vedeva parlare con un uomo, avrebbe voluto precipitarsi lì e mollargli un pugno perché era troppo vicino a colei che voleva per se stesso. Era irrazionale da morire.

Non era passato un giorno da quando era partito che non pensava a Grace. Dov'era. Cosa faceva. Con chi era. Almeno i primi anni.

Col tempo, era subentrata la distanza. Aveva smesso di vedere lei ogni volta che vedeva una bella mora. Alla fine, aveva anche smesso di sperare che ci sarebbe stata una sua lettera ad aspettarlo, quando si recava alla cassetta della posta. E solo occasionalmente si chiedeva ancora "chissà...".

Ma stanotte era fenomenale. I suoi capelli erano raccolti in una semplice coda di cavallo che pendeva dall'alto della sulla testa e gli lasciavano intravedere il suo collo sottile, a cui aveva voglia di dare un succhiotto affinché tutti vedessero e sapessero che era presa. La sua canotta era infilata sotto i jeans e indossava una cintura nera con una fibbia enorme. I suoi jeans si assottigliavano lungo le sue gambe fino ad arrivare al paio di infradito che indossava. Il suo abbigliamento non era sexy. Non stava cercando di attirare l'attenzione... ma l'attirava comunque.

Logan non riusciva a smettere di guardarle i piedi. Non l'aveva mai vista, nemmeno una volta, indossare un paio di infradito. Anche se si trovava dall'altra parte della stanza, riusciva ancora a vedere i suoi mignoli sexy. Grace rise di qualcosa che Felicity aveva detto e i suoi denti bianchi brillarono chiaramente nelle luci della stanza.

"Perché non vai lì e le parli?"

La domanda fece sussultare Logan dalla sua introspezione. Si voltò e vide Cole accanto a lui.

"Non voglio."

Cole rise come se Logan avesse appena raccontato una battuta esilarante. "Oh, che cazzata. Stai morendo dalla voglia di parlarle. Lo può vedere qualunque idiota."

Logan si accigliò e incrociò le braccia sul petto e lanciò un'occhiataccia a Grace e Felicity attraverso la stanza. "Perché mi assilli, Cole? Non abbiamo già avuto questa conversazione? Lascia perdere."

Invece di rispondere, Cole si appoggiò al muro, imitando la posizione di Logan, e fece segno con la testa per indicare le due donne. "Felicity è andata a prenderla stasera. Ha parcheggiato e aspettato che Grace uscisse di soppiatto da quella maledetta casa in cui trascorre più tempo che nel suo appartamento. È scesa dalla finestra e ha incontrato Felicity per strada."

"Non voleva che i genitori sapessero che andava a bassifondi?" Logan sogghignò. Non sapeva perché si stava comportando come un tale cazzone. Voleva davvero andare a parlare con Grace, conoscerla di nuovo, vedere se l'intesa che avevano una volta era ancora lì, ma aveva paura che, se lo avesse fatto, l'avrebbe sentita dire che non voleva nulla a che vedere con lui. Era pazzesco. Era un ex soldato tosto. Non avrebbe dovuto essere così intimidito dal parlare con lei.

Per la prima volta, Cole sembrava veramente arrabbiato. "Ascoltami, cazzo", disse, alzandosi dritto e fissando Logan. "Felicity tiene vestiti nella sua auto perché Grace si cambi, perché se Margaret Mason trovasse un paio di infradito o jeans nell'armadio di sua figlia, o li trovasse in una delle tante visite a sorpresa che le fa nel suo appartamento, perderebbe la testa. So che pensi di essere intelligente e di aver capito tutto di Grace, ma io sono qui a dirti che non la conosci per un cazzo. Non ho mai visto una donna così persa in vita mia."

Logan indicò Grace, che ridacchiava con Felicity. "Veramente? Perché a me non sembra poi tanto persa."

"Allora non stai guardando abbastanza in profondità", Cole ribatté immediatamente con forza, colpendo il muro accanto al suo amico per sottolineare il suo punto. "Si dice che sia praticamente fidanzata con Bradford Grant."

Logan allora guardò attentamente il suo amico. "Bradford?"

"Mamma e papà vogliono che si sposino. E quindi si sposeranno."

Guardando di nuovo Grace, Logan mormorò: "Ha senso.

È ricco sfondato. Lei è straricca. Saranno una bella coppia... Ahia!"

Logan si allontanò di un passo dal suo amico e si massaggiò la nuca dove Cole lo aveva appena colpito. "Che diavolo...?"

"Non mi stai *ascoltando*", disse Cole semplicemente.

"Ti *sto* ascoltando, ma parli in codice. Cazzo, parla chiaro." Logan era arrabbiato. Odiava i giri di parole. Era un tipo bianco e nero. Per non menzionare il fatto che il pensiero di Bradford Grant e Grace insieme gli faceva venire voglia di andare a cercare l'uomo e gonfiarlo di botte per aver preso quello che era suo. Il pensiero lo sorprese, ma non ebbe il tempo di rifletterci sopra.

"Grace Mason è tuttora nel pugno di ferro dei suoi genitori, non riesce a respirare. Sta affogando e ogni giorno che passa affonda sempre più. Vuole la loro approvazione più di quanto voglia vivere la propria vita. L'hanno manipolata dal giorno in cui è nata e hanno usato il ricatto emotivo per farle fare quello che vogliono. Grace non possiede un paio di *jeans*, Logan, perché i suoi genitori le hanno detto che sembra una troia quando li indossa.

"I suoi genitori la possiedono del tutto. E a meno che non ti togli la testa dal culo adesso, lei entro la fine dell'anno sarà sposata con Bradford Grant. E allora sarà persa sia per te che per Felicity, per sempre. E la merda anche peggiore è che lei lo sa. Sta ridendo ora, certo, ma se guardi più da vicino, vedrai che è tutto in superficie."

Logan socchiuse gli occhi guardando l'amico per un attimo, prima di voltarsi a guardare di nuovo Grace. Cercò di mettere da parte la sua rabbia folle al pensiero di Grace con qualcun altro, per guardarla come farebbe un investigatore privato. Cosa vedeva Cole, che gli era sfuggito a causa dei suoi sentimenti e dei suoi ricordi?

C'era solo una decina di metri tra dove lui e Cole si trovavano e dov'erano Grace e Felicity. La schiena di Grace era appoggiata al muro e i suoi piedi erano incrociati. Ora che si stava davvero concentrando sul linguaggio del corpo di Grace, Logan capì cosa intendesse Cole. Una mano teneva una bevanda, ma l'altra giocherellava costantemente con se stessa, nervosamente. Si strofinava la nuca, si toccava la fibbia della cintura attorno alla vita, si asciugava la mano sul lato dei jeans. Gli occhi di Grace vagavano costantemente nella stanza, come se cercassero qualcuno... o fosse in attesa che qualcuno si presentasse. Rideva e sorrideva, ma si mordeva anche il labbro nervosamente. Le sue spalle erano ricurve, come se fosse a disagio nella propria pelle e volesse essere ovunque tranne dov'era.

"Davvero, cosa le succede?" Logan chiese a Cole, sentendo il senso di protezione che credeva perso da tanto tempo riemergere dentro di sé come un'onda che gli si schiantava contro la testa. Si era ripromesso di non lasciarsi andare più a quei sentimenti, ma vedere Grace, vederla ora, *davvero*, per la prima volta da quando era tornato in città, fece frantumare la sua promessa in mille granelli di sabbia. "Ha più soldi di quanti ne possa mai spendere in questa vita. È carina. Ha un buon lavoro, ma hai ragione, qualcosa non va. Avrei dovuto vederlo prima."

"Non lo so. Non esattamente. Ho i miei sospetti, così come tutti noi che la conosciamo, ma niente di concreto."

"Cosa dice Felicity?"

Cole scrollò le spalle. "Niente. Non a me. Non tradirebbe la fiducia di Grace. Mi ha solo fatto capire che i genitori di Grace non sono l'emblema della perfezione. Ma questa non era esattamente una rivelazione."

"Non *sembra* essere maltrattata", osservò Logan che non vedeva segni di lividi sulle braccia o sul viso. "O lo è? La luce qui fa schifo e non si vede."

"Fisicamente? Non penso. Emotivamente? È tutta un'altra storia", rispose Cole.

Logan agitò la mano. "L'abuso emotivo non esiste veramente. È solo una cosa inventata dagli psicologi per giustificare le persone deboli che non sono mentalmente forti abbastanza da liberarsi di una relazione indesiderata."

"Wow, amico. Questa era tosta."

Logan guardò Cole confuso. "Che cosa?"

"Non puoi veramente crederlo."

"Che cosa? Che l'abuso emotivo non esiste? Sì lo credo. Senti, sai quant'era stronza mia madre. *Questo* è abuso. Trascorrere ogni giorno a chiedermi se avrebbe pestato me, i miei fratelli, o mio padre. Chiedermi se avrebbe tirato fuori il bastone dall'armadio o se avrebbe usato la cintura. Cercare di capire come nascondere un altro livido, inventando storie in modo che le autorità non separassero Blake, Nat e me. *Questo* è un abuso. Grace è un'adulta. Può andarsene se non le piace passare così tanto tempo a casa dei suoi. Lei ha il suo appartamento; non è costretta a stare laggiù. Si chiama libero arbitrio".

Cole guardò Logan per un momento, con un'espressione di tale disgusto sul viso, che Logan fece un passo indietro.

"Se questo è davvero quello che pensi, e non stai solo parlando col culo perché sei incazzato per qualcos'altro, allora stai lontano da lei. Dico sul serio, Logan. So che siamo amici e sono strafelice che sei tornato in città, ma quella donna non ha bisogno di un'altra persona che la tormenti. So che voi due avete un passato, ma solo perché non riesci a vedere quello che c'è davanti alla tua faccia non significa che non ci sia. Sì, hai avuto un'infanzia di merda. Tua madre ha fatto del male a te, ai tuoi fratelli e a tuo padre. Un sacco. Ma se non hai capito che a volte le parole possono ferire più dei pugni, allora non sei la metà dell'uomo che pensavo tu fossi."

Con quel commento, Cole si girò e attraversò la palestra verso la donna di cui stavano parlando.

Logan osservò Cole posare una mano sulla spalla di Grace, chinarsi e baciare leggermente la sua guancia. Le mise un braccio attorno alla spalla e la strinse in un mezzo abbraccio. Lei gli sorrise e gli disse qualcosa. Logan serrò i denti.

Non gli serviva tutto questo. Non adesso. Lui e i suoi fratelli stavano avviando i loro affari... che stavano funzionando. Erano indaffarati e la loro fama si stava ovviamente diffondendo. Non aveva tempo di meditare su Grace Mason e su quale potesse essere la sua situazione.

Ma tutto ciò non impedì alla sua mente di ritornare a ciò che Cole gli aveva appena detto e di chiedersi se tutto ciò che aveva creduto da una vita riguardo all'abuso fosse sbagliato.

Non impedì ai suoi piedi di muoversi nella direzione di Grace.

Non impedì alla sua attrazione a lungo sepolta di riemergere dal profondo della sua anima.

Sua. Grace Mason era sua, maledizione.

Se lei era nei guai, voleva essere lì, per lei.

Doveva essere lì, per lei.

La loro nuova relazione stava iniziando oggi.

Proprio in quel momento.

CAPITOLO SETTE

GRACE CERCÒ di concentrarsi su ciò che Felicity stava dicendo, ma era difficile. Era tesa. Pensava di essere stata vista mentre usciva di casa di nascosto quella sera. Aveva sentito un cigolio fuori dalla porta della sua camera da letto mentre teneva un piede fuori dal davanzale della finestra. Si era bloccata per la paura per almeno cinque minuti, senza muovere un muscolo, ma vedendo che né sua madre né suo padre avevano fatto irruzione nella sua stanza, aveva finito per filarsela dalla finestra.

Negli ultimi anni, era diventata brava a sgattaiolare fuori di casa. Era ridicolo, davvero. Aveva passato da tempo l'età in cui si esce di soppiatto dalla casa dei propri genitori, e oltre tutto non viveva nemmeno lì a tempo pieno, ma questo era quanto.

Si era cambiata nei jeans e nella maglietta che la sua amica le aveva portato in macchina, mentre si dirigevano a Castle Rock. Felicity non aveva commentato sulla coda di cavallo che Grace si era fatta, ma aveva visto i suoi occhi posarsi su di essa e il piccolo sorriso insinuarsi sulle sue labbra. A volte, per

Grace compiacere Felicity era quasi tanto importante quanto piacere ai suoi genitori.

Come se la preoccupazione che qualcuno l'avesse notata e che la notizia arrivasse ai suoi genitori non fosse già abbastanza, Logan Anderson aveva preso posizione nella parte opposta della palestra e aveva continuato a fissarla per gran parte della serata. Lei aveva salutato i suoi fratelli, che si erano fermati brevemente a chiacchierare, ma si erano congedati rapidamente. Anche se c'era una forte somiglianza tra i fratelli Anderson — dopo tutto, erano fratelli gemelli — agli occhi di Grace, Logan era sempre stato il più bello.

E quella sera non faceva eccezione. Indossava ancora i jeans neri che portava prima, ma ora aveva una maglietta bianca, come gran parte degli uomini. Però, per qualche motivo, lui le sembrava molto più sexy di chiunque altro. Rispetto al metro e settantadue centimetri di Grace, Logan era più alto di circa cinque centimetri e sembrava che potesse sollevare un'automobile. Era evidente che trascorreva molto tempo in palestra, e lo mostrava. Così, dall'altra parte della sala, Grace non riusciva a vedere i suoi tatuaggi ma sapeva che c'erano.

"...non credi?"

Grace riportò la sua attenzione su Felicity. "Scusa, cosa?"

Felicity rise, ma fortunatamente non la imbarazzò sottolineando ciò che ovviamente le aveva fatto vagare la mente. "Ho detto, penso che dovremmo farlo più spesso. No?"

"Sicuro. Sembra che sia venuta molta gente nonostante questa sia la prima volta. E non hai nemmeno fatto pubblicità, ad eccezione delle insegne intorno alla palestra. Se avessi avuto più tempo, avresti potuto mettere un annuncio sul giornale e magari anche collaborare con alcuni dei proprietari delle palestre a Denver che conosci. Avresti bisogno di richiedere una licenza alcolici però, se vuoi continuare a servire birra e cocktail. Forse potresti organizzare una sorta di scambio palestre reciproco o qualcosa del genere. Lasciare che i loro clienti usino le tue attrezzature qui gratuitamente, e i clienti di qui potrebbero a volte andare a Denver ad allenarsi. Potrebbe essere una buona strategia di marketing per entrambe le parti e..."

"Ehi, bloccati!" esclamò Felicity. "Non chiedevo che mi entrassi in modalità lavorativa, volevo solo avere una tua impressione. Ma tutto ciò che hai detto è una buona idea, in realtà."

Grace arrossì, lieta della scarsezza di luce. "Scusami."

"No, è fantastico. A proposito... hai già ricevuto notizie dal college?"

Grace si guardò intorno, felice di vedere che nessuno sembrava interessato alla loro conversazione. "Sì, ho ricevuto l'email di accettazione questa settimana. Diceva che un pacchetto è stato inviato, quindi dovresti ricevere presto della posta per me."

Felicity strillò e tirò a sé Grace in un grande abbraccio. "È fantastico! Sono così felice per te!"

Grace abbracciò Felicity e allontanandosi ridimensionò: "Grazie. Non è niente di ché. È solo un programma online. Non è che sono entrata a Harvard o qualcosa del genere."

"Sì, ma dato che hai già una laurea, hai già completato tutti i corsi di istruzione di base. Ti manca solo di prendere quelli di marketing ora. Avrai questa seconda laurea in pochissimo tempo".

"Sì," concordò Grace senza entusiasmo. In fondo, probabilmente non avrebbe mai potuto usare una laurea in marketing. Una volta sposata con Bradford, sarebbe rimasta bloccata come segretaria per il resto della sua vita; almeno fino a quando avrebbe iniziato ad avere figli. A quel punto, sarebbe dovuta restare a casa con loro, ricevere ospiti per un tè, imparare da Margaret Mason come essere una madre migliore e probabilmente morire di una morte lenta e solitaria.

Felicity sollevò la bottiglia di birra. "Cin cin, a un grande futuro!"

"Cin cin", borbottò Grace, ingoiando un sorso dello Screwdriver che aveva in mano, senza veramente assaporare la bevanda dolce.

"Ehi, a cosa stiamo brindando?" chiese una voce profonda accanto a loro.

Grace alzò lo sguardo e vide Cole in piedi vicino a loro. Lui si chinò e la baciò sulla guancia, poi le gettò un braccio sopra la spalla. Cole era enorme. Torreggiava a un metro e novantatré centimetri, sovrastando la maggior parte della gente. Lui e Felicity erano molto amici ma Felicity ripeteva che erano solo come fratello e sorella. Grace all'inizio non ci aveva creduto. Cole era attraente e Felicity era bella, ma più trascorreva il tempo con loro due e più ci credeva. Non aveva la sensazione che i due fossero segretamente innamorati l'uno dell'altra.

"Ehi, Cole", rispose Felicity. "Stiamo solo brindando a una serata di successo."

Grace emise un sospiro di sollievo per l'occhiolino che Felicity le strizzò. Non perché pensasse che l'amica avrebbe vuotato il sacco riguardo la sua ripresa degli studi, ma con Felicity non si poteva mai essere sicuri di cosa le sarebbe uscito di bocca. A differenza di lei, Felicity non sembrava preoccuparsi di piacere a nessuno o di seguire norme sociali.

"Ciao, Cole," disse Grace guardando quell'uomo enorme. "Gran successo stasera."

"Sì. Penso che dobbiamo assolutamente farlo più spesso", concordò. "Ehi, Feli, hai un secondo?"

"Certo, che succede?"

"Ho avuto una richiesta oggi di cui voglio parlarti."

"Proprio adesso?" chiese Felicity, le sopracciglia arricciate per la confusione.

"Sì."

"Va bene. Torno subito. Starai bene?" Felicity chiese a Grace.

"Certamente. Vai. Non c'è problema."

Grace non aveva visto lo sguardo che Cole aveva lanciato sopra la sua testa prima che se ne andasse con la sua migliore amica.

"Ehi, Grace."

Lei sussultò così forte che quasi lasciò cadere il bicchiere che teneva in mano. Si voltò e vide l'uomo che non riusciva a togliersi dalla testa, in piedi accanto a lei. Era chiaramente venuto appena prima che Cole e Felicity se ne andassero, e non l'aveva sentito per via della musica.

"Mi spiace, non volevo spaventarti."

"Oh, ciao, Logan."

"Ti trovo bene."

"Grazie. Anche tu." Uhm. Questa conversazione *non* stava andando bene.

"Hai un secondo per parlare?"

Grace si guardò attorno, desiderando che la terra sotto i suoi piedi si aprisse e la inghiottisse. Prima, si era detta che voleva parlare con Logan una volta per tutte, chiarire le cose, scoprire che cosa aveva mai fatto per averle mentito in quel modo prima di partire, ma vederlo ora in piedi di fronte a lei, con quel suo aspetto così... maschile... beh, cambiò improvvisamente idea. Avrebbe voluto non parlare con lui mai più, mai più sapere cosa avesse fatto di così sbagliato da costringerlo a scaricarla come aveva fatto. Uffa, era così debole. "Ah, dici adesso? La musica è piuttosto alta."

"Sì, adesso. A Cole e Felicity non dispiacerà se utilizziamo uno dei loro uffici".

Il respiro di Grace le si bloccò in gola. Prima che potesse

rispondere, Logan le tese la mano come se sapesse che voleva scappare. "Per favore?"

Fu il *per favore* che la convinse. Senza pensarci, Grace mise una mano nella sua. Il calore della sua pelle e la sensazione del suo palmo calloso contro il suo le fecero venire le lacrime agli occhi. La sua mano si chiuse attorno alla sua e disse: "Vieni."

Mentre camminava dietro di lui, lasciandosi condurre fuori dalla palestra, dentro il corridoio tranquillo, Grace lasciò che l'esperienza di quel momento permeasse la sua anima. Era passato tanto tempo da quando si era sentita così. L'ultima volta, infatti, era quando aveva tenuto la *sua* mano. Erano a una partita di football ai tempi del liceo e qualcuno in piedi dietro di lei aveva rovesciato una bibita sul retro della sua maglietta. Era rimasta agghiacciata, sapendo che sua madre l'avrebbe incolpata di aver rovinato la sua camicetta firmata. Logan, vedendo quello che era successo da alcune file dietro di lei, si era fatto strada a gomitate fino a raggiungere la sua fila, e dopo aver rimproverato il ragazzo dietro di lei, le aveva preso la mano e l'aveva condotta giù per le gradinate.

Si era preso cura di lei, allora. Ed ora ebbe la stessa sensazione. Come se, con la sua mano nella mano di Logan Anderson, avesse il potere di affrontare il mondo intero.

CAPITOLO OTTO

LOGAN NON DISSE una parola mentre si dirigeva verso l'ufficio
di Cole. La sensazione della mano di Grace nella sua gli ricordava i tempi del liceo. Non le aveva tenuto spesso la mano,
solo poche volte che riuscisse a ricordare, ma sentire il palmo
caldo della sua mano suo dopo tutti quegli anni, gliene
ricordò una in particolare.

Erano a una partita di football e qualche idiota aveva
rovesciato il suo drink sulla maglietta di Grace. Aveva assi-
stito alla scena poche file più indietro di lei, da dove l'osservava come al solito, e si era alzato in piedi prima di sapere
cosa stesse facendo. Le aveva afferrato la mano, proprio
come aveva fatto adesso, e l'aveva tirata fuori dalla tribuna
per portarla al chiosco. Aveva afferrato un sacco di tovaglioli
di carta e l'aveva portata nel parcheggio, vicino al suo
pick-up.

L'aveva aiutata ad asciugarsi, con poco successo. Alla fine,
rendendosi conto che sarebbe stata estremamente a disagio se
non si fosse cambiata la maglietta, le aveva dato una maglietta
in più che teneva nel suo pick-up. Si era voltato mentre lei la
indossava. Con quella cosa addosso sembrava una nana, tanto

le stava grande. Avevano riso e l'aveva aiutata ad annodarsi la maglietta sull'addome.

La sensazione che aveva provato vedendola indossare la sua maglietta, ridendo, e sfiorando con le sue dita la pelle calda del suo ventre, gli era rimasta impressa nella memoria per anni. Allora si era reso conto per la prima volta che i sentimenti che nutriva verso la sua insegnante di storia si erano decisamente trasformati da tolleranza a rispetto, fino a protezione ed affetto.

A quei tempi pensava di non avere nulla da offrirle. Viveva dall'altra parte della città, la parte opposta a dove si trovavano le grandi ville e le famiglie che avevano più soldi di quanti potessero spenderne. Ma lui adesso era una persona diversa. Era riuscito a farsi strada nel mondo, era più sicuro di se stesso... e la voleva ancora.

Logan girò la maniglia dell'ufficio di Cole e la condusse all'interno, chiudendo la porta dietro di loro. Si guardò attorno. Tipico di Cole, era un casino. C'erano fogli accatastati ovunque. La libreria contro una parete era piena zeppa di libri e sulla sua scrivania non c'era un centimetro quadrato vuoto.

Fortunatamente, la poltrona era relativamente sgombra, immaginò che Cole schiacciasse lì i suoi pisolini. Vi guidò Grace e disse "Siediti."

Lei fece come richiesto, ma non incontrò i suoi occhi. Lui si sistemò accanto a lei e sospirò.

Grace era seduta dritta con le mani strette sul grembo. Teneva lo sguardo basso sulle sue dita come se contenessero la risposta al significato della vita.

"Guardami, Grace."

Lei non si mosse.

"Per favore."

A ciò, i suoi occhi si avvicinarono a quelli di lui, con riluttanza.

"È tempo di chiarire le cose", le disse Logan. "Sono tornato in città per sempre, e non voglio che ci sentiamo a disagio perché viviamo nella stessa zona. Devo ammettere che ti ho evitato, e questa è colpa mia, ma ora basta. Cole è uno dei miei buoni amici e so che tu e Felicity siete vicine. Non voglio più che le cose siano scomode fra di noi."

Grace annuì, ma non disse nulla.

"Ogni parola che dissi quella mattina dieci anni fa, la dissi sul serio. So che eravamo giovani, ma avevo tutte le intenzioni di portarti in qualunque base a cui mi avrebbero assegnato." Non aveva davvero programmato di iniziare la loro conversazione in quel modo, ma avendo deciso di affrontarla per scoprire cosa fosse successo, non poteva *non* farlo. Logan sussultò quando gli occhi di Grace si spalancarono come se l'avesse colpita.

"Io... Non voglio" mormorò cominciando ad alzarsi.

Logan le mise una mano sulla gamba, fermandola. "Per favore, Grace. Dobbiamo. Penso che entrambi abbiamo domande alle quali dobbiamo avere risposte." Sapeva di essere un po' pesante, ma voleva davvero parlarle. Lei si adagiò di nuovo sulla poltrona e annuì. Era un cenno riluttante, ma a Logan bastò.

"Non sono mai stato tanto felice di lasciare un posto come questa città", le disse. "Non conteneva altro che ricordi orribili per me e volevo andarmene più di quanto avessi bisogno del mio prossimo respiro. Sì, avrei potuto semplicemente andarmene di casa e trovarmi una casa mia, ma avrei comunque dovuto vedere mia madre. Avrei continuato a vedere mio padre pestato da quella stronza di mia madre. Non volevo più esserne testimone. Non volevo più dover guardare altrove, fingendo che non stesse accadendo, come avevo fatto per tutta la vita. Arruolarmi era la mia via d'uscita."

Gli occhi di Grace erano spalancati e le sue guance erano arrossate, come se ciò che le stava raccontando avesse un effetto emotivo. Le mani di Grace si strinsero forte, tanto da far apparire bianche le sue nocche. Annuì come se avesse capito perfettamente.

"Tu eri il mio porto sicuro, Grace", le disse Logan onestamente. "Quando ero con te, mi sentivo l'uomo che mia madre non mi lasciava mai essere. Mi sembrava di piacerti per quello che ero. Quella notte alla partita di football, quando indossasti la mia maglietta, mi sentii felice. Mi resi conto che mi piaceva stare con te. Mi piaceva prendermi cura di te. Mi piaceva proteggerti."

"Anche a me piaceva." disse lei piano, e Logan emise un sospiro di sollievo. Sapeva che stava impasticciandosi col suo discorso e che probabilmente stava passando da sfigato rammollito, ma sapeva anche che non se ne doveva preoccupare. La Grace che conosceva non lo avrebbe mai preso in giro o fatto sentire a disagio riguardo ai suoi sentimenti. Proseguì.

"E così, quando me ne andai quella mattina, ero completamente serio nel volere che tu venissi a vivere con me, una volta sistemato. Pensavo che anche tu provassi lo stesso, ma quando non ricevetti risposta alle mie lettere, pensai che avevi cambiato idea. O che avevi trovato qualcun altro con cui stare." Logan scrollò le spalle, cercando di essere disinvolto riguardo alla spiegazione. Ma quelle parole gli sembravano troppo inadeguate a descrivere l'inferno che aveva vissuto in quel periodo.

"Aspetta, cosa?"

"Non fa niente," Logan si affrettò a rassicurarla. "Come dicevo, eravamo giovani. Non ti ho mai veramente detto cosa provavo, a parte quella mattina alla stazione degli autobus. È colpa mia. Dopo un po', continuando a non trovare le tue lettere, a parte le mie lettere che mi ritornavano indietro, pensai di essere un egoista a chiederti di essere la fidanzata di un militare. Mi trasferivano ogni due anni. Avresti dovuto lasciare il tuo lavoro, se fossi venuta con me ad ogni cambio di base. Per non parlare delle missioni e degli orari difficili. Ho anche immaginato che te ne fossi andata via da questa città per inseguire i tuoi sogni, che probabilmente avevi trovato l'uomo dei tuoi sogni con cui condividerli."

Logan smise di parlare quando Grace gli mise una mano sul braccio e vi affondò le unghie. Non aveva idea se lei si rendesse conto o meno di cosa faceva, ma le sue parole lo colsero di sorpresa.

"Non mi hai scritto."

La guardò confuso. "Sì, ti ho scritto", insisté. "Ogni settimana quando ero in addestramento di base, e poi ogni tanto, dopo. Per quasi un anno intero."

"No, non mi hai scritto", insisté Grace.

Logan cominciava ad arrabbiarsi. "Grace. Ti *ho* scritto. Lo saprò io che ero quello a scrivere le lettere. Scriverle a mano, poi, non digitarle. Ero io quello che aspettava ogni giorno che tu mi rispondessi, che mi facessi sapere di averle ricevute. Ma me le hai rimandate tutte indietro, le mie lettere, tranne l'ultima. Mai aperta. Nelle mie ultime, sul retro scrivesti persino: "Sto frequentando qualcuno. Lasciami in pace".

Grace non rispose, ma si accasciò sulle ginocchia e iniziò a iperventilare.

"Grace! Oddio. Cosa c'è? Stai bene? Devi rallentare il respiro o sverrai. Dai, Smarty, respira." Il soprannome che le aveva dato quando erano ragazzi gli uscì di bocca senza pensarci. "Mi stai spaventando, Grace. Fai un respiro profondo. Brava. Un altro. Continua. Sì, così."

Alla fine, quando il suo respiro ebbe rallentato, ritornando alla normalità, Grace girò la testa a guardarlo. Non si preoccupò di risedersi dritta, rimase rannicchiata sulle sue ginocchia.

"Non ho ricevuto nessuna lettera."

Logan sentì a malapena le sue parole sussurrate. Non le credette. "Va bene, Grace. Non importa più. È stato tanto tempo fa."

"Io... non ho... ricevuto... nessuna... lettera," enunciò lentamente, poi chiuse gli occhi e si rimise la fronte sulle ginocchia. La sua voce era soffocata, ma Logan sentì ogni parola come se fossero coltellate che gli affondavano nel cuore.

"Aspettavo. Ogni giorno, dopo le lezioni di università, mi precipitavo a casa a controllare la posta. E ogni giorno non c'era niente inviato da te. All'inizio mi dicevo che dovevi essere occupato. Potevo immaginare come fosse l'addestramento di base. Probabilmente eri davvero stanco e non avevi il tempo di scrivermi. Ho aspettato. Dopo otto settimane, ho pensato che avresti iniziato a scrivere. Ma ogni giorno mi veniva detto che non c'era niente. Io però ti ho scritto. Devo aver scritto almeno cinquanta lettere. Ho pensato di metterle da parte e di inviartele tutte insieme, non appena ricevuto il tuo indirizzo. Ma non hai mai scritto. Così, ho pensato che mi avessi solo detto una carineria quella mattina alla stazione degli autobus." La voce di Grace si affievolì e non alzò lo sguardo.

Logan era congelato, incredulo. All'improvviso si drizzò in piedi e cominciò a camminare avanti e indietro di fronte a lei. Nessuno dei due disse nulla per alcuni istanti. Alla fine, Logan si fermò di fronte a Grace e si mise entrambe le mani tra i capelli, mantenendo a malapena la calma. "Grace, te lo giuro, ti ho scritto. Ho riversato il mio cuore in quelle lettere. Sono riuscito a superare quelle prime otto settimane infernali solo perché pensavo che mi stessi aspettando. Non vedevo l'ora di rivederti."

Le sue parole sembravano aver infranto una barriera, perché all'improvviso Grace si alzò e si diresse alla scrivania di Cole, si chinò e fece scivolare sul pavimento ogni foglio di carta e aggeggio. "No! No, no, no, *no!*" Si voltò verso di lui, con il viso rosso, respirando così forte che Logan poteva vedere il suo petto sollevarsi e collassare nella sua agitazione. "Non le ho ricevute, Logan. *Nessuna.* Neanche una lettera! Ho aspettato. Ogni notte mi addormentavo piangendo, dicendomi che domani sarebbe stato il giorno in cui avrei avuto tue notizie. Domani ti avrei inviato le lettere che avevo scritto *per te.*" La sua rabbia si esaurì come se non ci fosse mai stata, e le sue spalle si abbassarono. Continuò, ma questa volta con voce sconfitta "Me le nascondevano. Loro sapevano... *Certo* che lo sapevano."

Logan non sapeva chi fossero 'loro'. Aveva un'idea, ma in quel momento non importava. Sentì il ghiaccio attorno al suo cuore sciogliersi come se non ci fosse mai stato. Per la prima volta in dieci anni, sentì speranza. Avanzò verso Grace con passo deciso. Senza dire una parola, l'avvolse fra le sue braccia e la strinse al petto.

"Ogni volta che dovevo vedermela con un test, pensavo a ciò che la mia insegnante mi aveva detto. Come rilassarmi e lasciare che le informazioni venissero a me. Mi dicevi sempre che sono intelligente e non ti ho mai creduto. Ma tu eri con me ad ogni passo di ogni singola marcia, in ogni missione, in ogni prova che ho affrontato. Ti sentivo che mi incoraggiavi. Anche quando ero arrabbiato. Anche quando pensavo che ti fossi sbarazzata di me, non riuscivo a smettere di pensarti."

"Non ho mai ricevuto le tue lettere, Logan," mormorò lei al suo collo.

"Sì, penso di averlo capito, Smarty. Ce le ho ancora se vuoi leggerle."

Grace allora lo guardò. I suoi occhi spalancati e scintillanti di lacrime. "Che cosa?"

"Le lettere che ti ho scritto. Ce le ho ancora. Mi sono tornate indietro tutte tranne una, che non vorrei vedessi comunque, ma le altre le ho tenute tutte. Si vede che sono masochista, suppongo."

Grace si morse il labbro. "Mi dispiace, Logan. Sono così dispiaciuta. Pensavo mi avessi preso in giro. Pensavo che mi avessi lasciato e che non ti importasse nulla di me."

"Ci tengo a te." Logan era consapevole che stava usando il verbo al presente, ma gli sembrava corretto. Non conosceva più Grace Mason, in realtà. Ma se il fuoco che stava provando nelle sue viscere significava qualcosa, sapeva che avrebbe solo ingannato se stesso se avesse fatto finta di non essere ancora attratto dalla donna che stava tenendo tra le braccia. "Ci tengo *ancora* a te, Grace."

"Che ore sono?"

La domanda sembrava incongruente con la loro conversazione ma Logan lanciò un'occhiata al polso. "Dieci e trenta."

"Devo andare."

"Rimani. Voglio sapere cosa hai fatto in tutti questi anni. Voglio sapere del tuo lavoro. I pettegolezzi sulle persone del liceo che conosciamo. Non voglio lasciarti andare ancora."

Grace abbassò la testa e la rannicchiò di nuovo sul lato del suo collo. Logan sentì il suo respiro caldo sfiorargli la pelle, le mani appoggiate leggermente sui suoi fianchi e le strinse le braccia attorno alla vita.

"Non posso. Devo andare."

"Sei un'adulta, Grace. Puoi stare fuori fino a mezzanotte. Va bene."

Le sue parole sembravano aver spezzato l'incantesimo in cui si trovava, perché si drizzò in piedi e si allontanò da lui. Si guardò intorno sgomenta per il disordine dell'ufficio di Cole. "Ti scuserai con Cole per me? Non so cosa mi sia successo."

"Certo, ma Grace..."

"Va bene, rimango ancora un po', ma non troppo a lungo."

Logan emise un sospiro di sollievo. Gli era mancata. Gli era mancato il suo sorriso. Gli era mancata la sensazione che provava quando era con lei. Sentiva di potersi frapporre tra lei e tutto ciò che avrebbe potuto ferirla.

"Dai," le tese la mano. "Andiamo nella palestra per un po'. Va bene?"

"Va bene."

La sua risposta sembrò incerta, ma le sue dita si chiusero attorno alle sue, come se si stesse aggrappando alla vita stessa. Lasciarono l'ufficio di Cole, mano nella mano, proprio come vi erano entrati. Anche se non avevano discusso tutto, Logan si sentiva bene. Non era contento del fatto che non avesse mai ricevuto le sue lettere, ma sentiva di avere una seconda possibilità.

Tornarono nella palestra, sussultando per il volume della musica. Sembrava molto alto dopo il silenzio dell'ufficio.

"Vuoi un altro drink?" chiese a Grace.

"Posso avere un po' d'acqua?"

"Certo. Torno subito", le disse Logan, lasciandole la mano con riluttanza. Si diresse verso il frigo portatile, afferrò un'acqua ghiacciata e tornò immediatamente dove aveva lasciato Grace. Era ancora in piedi contro il muro, ma la vedeva guardarsi intorno nella stanza, come se stesse cercando qualcuno.

"Chi stai cercando?" chiese mentre le si avvicinava da dietro.

Grace scrollò le spalle. "Nessuno, veramente."

"Se stai aspettando qualcuno, posso..."

"No!" intervenne Grace. "Mi chiedevo solo... chi ci fosse, tutto qua."

Sentendosi lieto che non stesse cercando un altro uomo, Logan aprì la bottiglia d'acqua e gliela porse. "Un'acqua, per la signorina."

Lei sorrise e Logan sentì come se la stanza si fosse mossa sotto i suoi piedi. Era come se gli anni non fossero mai passati. Guardò la donna di fronte a sé, non più con gli occhi di un ragazzo alla soglia dell'età virile, ma con quelli di un uomo adulto. E gli piaceva quello che stava vedendo. Grace aveva la stessa struttura sinuosa che aveva al liceo. La canotta che indossava non nascondeva la voluttuosità del suo petto. I suoi fianchi si allargavano nei jeans che indossava, lo smalto rosa spiccava sulle unghie dei suoi piedi. Era qualche centimetro più bassa di lui. Rivivendo la sensazione che aveva provato, tenendola fra le sue braccia in ufficio, Logan sorrise, rendendosi conto di quanto stessero bene insieme.

Lei lo sorprese quando sollevò lo sguardo e lo fissò, con la bottiglia d'acqua quasi alla bocca. Alla faccia della discrezione che pensava di aver avuto nello scrutarla. All'improvviso, gli ritornò in mente ciò che aveva visto poco prima, mentre le si era avvicinato da dietro. Si sporse al suo lato e diede un'altra occhiata alla sua nuca. Portandovi una mano, spostò la sua coda di cavallo e si chinò, girandosi in modo che la luce cadesse su di loro completamente.

Logan passò il pollice sopra il piccolo tatuaggio luminoso sulla sua nuca e sentì Grace rabbrividire al suo tocco. Ripassò il pollice, di nuovo ed ebbe la stessa reazione. Il tatuaggio non era niente di straordinario... due uccelli in volo, ma il fatto che fosse tatuato con un inchiostro speciale che brillava solo sotto le luci fluorescenti lo affascinava.

Il tatuaggio era come Grace. Era lì, chiaro come la luce del sole, per chiunque si prendesse la briga di dare una seconda occhiata, ma la maggior parte delle persone non se ne sarebbe preoccupata. All'improvviso Logan si sentì male dentro. Pur conoscendo Grace, sapendo che era dolce e onesta, dopo essersene andato aveva creduto il peggio di lei.

Logan si chinò, continuando ad accarezzarle la nuca col

pollice, amando la reazione involontaria di lei al suo tocco. "Mi piace, Smarty. Ti sta bene. Uccelli, eh?"

Con il volume alto della musica, la sentiva a malapena e quindi fece un passo in avanti e le avvolse un braccio attorno alla vita, tirandola di nuovo a sé fino a sentire il calore del suo corpo lungo il suo petto. Se avesse spostato la mano dalla sua nuca per tirarla quei restanti centimetri contro di sé, Grace avrebbe sentito quello che davvero provava per lei. Ma non si mosse.

"Mi piacciono gli uccelli. Sono liberi".

Liberi. Capì. Dopo la loro chiacchierata stasera e dopo aver sentito quello che i suoi genitori avevano fatto, capì.

"E l'inchiostro speciale?" Logan pensava di saperne la ragione, ma non voleva più presumere nulla riguardo a Grace.

"Io... Non volevo che nessuno lo sapesse. È solo per me."

Logan aveva capito esattamente chi non voleva lo sapesse. Lasciò andare. "È bello, Smarty. Lo adoro. Mi piacerebbe usare quell'inchiostro sulla mia pelle, se mi dici chi te l'ha fatto."

"Grazie e... beh, Felicity può dirti dove siamo andate a farlo. Era da qualche parte a Denver. Non sono sicura dove."

Logan passò di nuovo il pollice sopra i due uccelli, poi con riluttanza portò la mano sul suo fianco. Voleva leccarle il tatuaggio. Voleva succhiarle la pelle, adorava il coraggio che aveva trovato, per mettere l'inchiostro sul suo corpo, ma non lo fece, era troppo presto. Aveva bisogno di procedere lentamente. Grace aveva appena scoperto che non era il coglione che aveva pensato che fosse per tutto quel decennio passato. Ma ciò non significava che non potesse farle sapere cosa voleva.

Appoggiandosi contro al muro, girò Grace e la tirò a sé, fino a farla appoggiare completamente contro di lui. Ora erano faccia a faccia, e non era possibile che lei non potesse sentire la sua erezione sulla pancia. Le prese la bottiglia d'acqua di mano, si chinò a posarla sul pavimento accanto a loro, poi si alzò e allacciò le dita delle mani dietro la sua schiena, abbracciandole i fianchi, tenendola di nuovo stretta contro di sé. Cercando di ignorare lo stato di eccitazione del proprio corpo e di godersi la sensazione di Grace tra le sue braccia, Logan si scusò per il suo comportamento da quando era tornato a Castle Rock: "Mi dispiace che mi ci sia voluto tanto tempo per trovare il coraggio di parlarti."

Lei scosse la testa. "No, io avrei dovuto..."

"No, non incolpare te stessa. Ti stavo volutamente evitando, Grace. Ero ferito perché pensavo che ti fossi presa gioco di me quando me ne sono andato."

Grace scosse la testa e disse tristemente: "Odio che tu lo abbia pensato."

"Lo so. Non avrei dovuto lasciar passare così tanto tempo."

Lei si morse il labbro. "Anche io... Avrei dovuto dire qualcosa la prima volta che ti ho visto in città."

"Ma è successo. Nessuno di noi lo voleva, ma è andata così. Però lo stiamo superando. Stasera inizia la nostra nuova e migliorata relazione. Voglio conoscere la Grace Mason che mi sta di fronte oggi. Non la persona che ricordavo dopo tutti quegli anni passati."

"Perché?"

"Perché?" Logan ripeté confuso. "Perché voglio sapere tutto di te?"

"Oh... beh... Sono solo me stessa." Grace scrollò le spalle goffamente nel suo abbraccio. "Non sono nessuno di speciale. Sono una segretaria nello studio di architettura dei miei genitori. Tutto qua."

Logan rise. "Questa potrebbe essere la Grace che il mondo vede, ma io so che c'è molto di più. Ne ho visto i segni, lì dentro di te, e sono curioso da morire."

"Logan, non penso..."

"Non pensare, Smarty", interruppe dolcemente. "Anche se abbiamo condiviso solo quel nostro primo e ultimo bacio alla stazione degli autobus quella mattina tanto tempo fa, io ci ho pensato, e molto, un sacco sin da allora. Mi era piaciuta la persona che eri allora tanto da desiderare che venissi a stare con me. E non ho trovato nulla, da quando sono tornato in città, che mi abbia fatto cambiato idea. Questo è parte del motivo per cui mi ci è voluto tanto tempo per alzare la testa e parlare con te. Eri la donna perfetta nella mia mente, avevo paura di distruggere quell'illusione, se ti avessi parlato. Ma, Grace, non è stata affatto distrutta. Sei cambiata, ma lo sono anch'io. E voglio conoscerti di nuovo. Conoscere la nuova te. Vedere se sono attratto dalla donna che sei oggi, quanto ero attratto dalla ragazza di allora. E te lo devo dire... finora hai superato le mie aspettative, alla grande."

Grace lo guardò con occhi enormi. Aprì la bocca per dire qualcosa, poi richiuse.

"Mi lascerai portarti fuori? Pensi anche tu di voler conoscere l'uomo che sono oggi?"

Lei annuì immediatamente. "Sì. Voglio sicuramente conoscerti di nuovo."

Logan sorrise. "Bene. Vuoi fare uno spuntino di tarda serata con me?"

"Adesso?"

"Sì, adesso. Niente di meglio del momento presente per conoscersi di nuovo."

Grace si guardò attorno nella palestra come se si fosse improvvisamente ricordata solo ora di dove si trovassero, poi si allontanò da lui di un passo. Lo sguardo di desiderio nei suoi occhi contraddiceva le parole che le uscirono di bocca, "Non posso. Mi dispiace, Logan, ma devo andare. Sono contenta che abbiamo chiarito le cose fra noi. Voglio conoscerti, ma non so se funzionerà. So che ho detto che lo avrei fatto, ma io..."

Logan le prese la mano e la tirò di nuovo al suo petto. "Di cosa hai paura, Smarty?"

"Non ho paura di niente." Gli occhi di Grace erano spalancati e comunicavano la sua menzogna forte e chiaro, anche mentre cercava di sembrare dura.

"Grace..."

"Devo andare."

Cominciò a divincolarsi tra le sue braccia e Logan la lasciò andare. Non aveva mai in vita sua forzato una donna a fare qualcosa contro la sua volontà e non avrebbe certo iniziato ora. Soprattutto non con Grace.

"Va bene, stai tranquilla, Grace. Lascia che ti porti a casa allora."

"No." La sua risposta fu immediata. "Deve portarmi Felicity. La mia roba è nella sua macchina."

"Posso prendere le tue cose. Non ti fidi di me?"

"No. Sì. Cioè, non è quello", balbettò Grace, indietreggiando verso la porta. "È solo che... Devo andare."

Logan vide che Grace era di nuovo in preda al panico. E odiava questa reazione. L'ultima cosa che voleva era che lei avesse paura di lui. Sollevò le braccia in gesto di resa, dandole lo spazio di cui aveva bisogno. "Ok ok. Nessun problema. Ti aiuto a trovare Felicity."

"Fa niente. La posso trovare da sola." Grace aveva raggiunto le porte d'ingresso della palestra e guardato Logan. Lui non riuscì a interpretare lo sguardo nei suoi occhi. "Grazie, Logan. Sono contenta che abbiamo potuto parlare. Ci vediamo in giro. Prendi cura di te."

"Anche tu, Smarty."

Alle sue parole, si voltò e fuggì dalla palestra.

"E mi prenderò cura anche di te," disse piano Logan mentre la seguiva con lo sguardo. C'era qualcosa di sbagliato. Veramente sbagliato. E non aveva trascorso quegli ultimi dieci anni imparando tutto ciò che poteva riguardo al lavoro d'investigazione per lasciar correre questa faccenda. Sapere che Grace in tutto quel tempo, per qualche motivo, non aveva visto nemmeno una delle sue lettere, e che a quanto pare era stata tanto disperata quanto lui per la mancanza di comunicazione... beh, questo fatto ora cambiava tutto.

Tutto.

CAPITOLO NOVE

GRACE SEDEVA RANNICCHIATA sul sedile anteriore del PT Cruiser di Felicity con le braccia avvolte attorno alla vita. Era tornata ai pantaloni neri e alla blusa di Louis Vuitton che aveva indossato all'inizio della serata. Ai suoi piedi c'erano i soliti tacchi di cinque centimetri che sua madre insisteva che indossasse sempre. Si era rimessa l'armatura, in posizione, ma si sentiva più vulnerabile che mai.

"Per favore, dimmi che cosa c'è che non va, Grace", pregò Felicity. "Mi stai davvero preoccupando."

"Ha scritto", disse Grace all'amica con tono inespressivo.

"Cosa? Chi ha scritto cosa?"

"Logan. Ha detto che mi ha scritto dopo essersene andato. Non ho mai ricevuto nessuna delle sue lettere."

Non aveva mai raccontato a Felicity delle lettere. Non l'aveva detto a nessuno. La ferita che Logan le aveva causato era troppo profonda per poterla condividere con chiunque. Perfino con la sua migliore amica. Ma in qualche modo stanotte Logan era riuscito ad alleviargliene il dolore... rendendola più sopportabile. Abbastanza da poter condividere con Felicity quello che era successo.

"Ti ha scritto una lettera?"

"Dozzine, a quanto pare."

"E i tuoi genitori stronzi te le hanno nascoste, vero?" La voce di Felicity si alzò nel piccolo abitacolo della sua auto.

"Rispedite al mittente, non aperte."

"Figli di puttana. Quei *bastardi*. Davvero. Ma chi fa una cosa del genere? Devi tagliarli fuori dalla tua vita, una volta per tutte, Grace. Sul serio. *Non* va affatto bene."

"Avevo solo diciotto anni. Sono sicura che pensavano di fare ciò che era giusto per me".

"No. Non lo pensare neanche. Ti hanno tenuta sotto controllo per tutta la vita. Hai ventotto anni ora. Sei un'adulta. Non hai più bisogno della loro approvazione."

"Sono i miei genitori".

"Sì, lo sono. Ma non hanno fatto altro che farti sentire una merda per tutta la vita. I genitori dovrebbero amare i loro figli senza condizioni. I tuoi ti sventagliano la loro approvazione condizionata come un'esca."

Grace si girò sul sedile e prestò la sua completa attenzione a Felicity. "Hai ragione. Ho ventotto anni e non ho nulla di mio. Mia madre ha comprato ogni cucitura di abbigliamento che possiedo. Pagano il mio stipendio, che paga il mio appartamento e il cibo che mangio. La mia auto. Ma hanno bisogno di me. Stanno invecchiando e se non sono qui io per aiutarli, cosa faranno?"

Felicity rise, ma non di divertimento. "Grace. Non sono *così* vecchi. Ti stanno usando."

"Voglio che mi amino. Sono sempre stata una delusione per loro".

"Oh, Grace. Non sei una delusione. Sei una donna incredibilmente intelligente che ha il mondo davanti a sé, se solo uscissi dal tuo guscio e lo afferrassi."

"Temo, se non li aiuto quando me lo chiedono, o se smetto di farlo, che mi costringeranno a rimanere".

"Sei paranoica, Grace. Dacci un taglio. I tuoi genitori non hanno quel tipo di potere. Tutto quello che devi fare è affrontarli e dire di *no*."

"Non è così facile. Credimi, ho imparato la lezione".

La faccia di Felicity assunse un'espressione preoccupata, così Grace si affrettò a cambiare argomento. "Stasera ho avuto l'impressione che Logan volesse uscire con me."

"Fantastico!" esultò Felicity, e riprese sobriamente: "Perché non ne sei felice?"

"Lo *sono*. L'ho praticamente amato per tutta la mia vita. Ma ai miei genitori lui non piace. Temo che faranno qualcosa per danneggiare la sua nuova attività".

Felicity rise. "Logan Anderson? Mi stai prendendo in giro. Quell'uomo è capace di prendersi cura di sé"

"Non posso correre il rischio. Nascondere le lettere allora non è niente, in confronto a quello che potrebbero fare adesso."

"Non se ne è a conoscenza ed è preparato ad affrontare qualunque cosa possano tentare."

"Ti voglio bene, Felicity", Grace disse seriamente alla sua amica, ignorando il suo ultimo commento. "Non so cosa avrei fatto negli ultimi anni se non ci fossi stata tu."

"Non fare così."

"Cosa?"

"Non parlare come se ci stessimo dando l'addio. Solo perché hai scoperto ancora una volta che genere di stronzi sono i tuoi genitori, non significa che non mi rivedrai più."

Grace sospirò. "Sono solo... questa è dura."

"La *vita* è dura", ribatté Felicity con un filo di asprezza nel suo tono. "Davvero dura, a volte. Lo so bene, quanto te. Sai cosa mi è successo, Grace. Ma devi superare le difficoltà. Incavolarti. Non hai chiesto di avere genitori stronzi. Non hai chiesto di trovarti nella situazione in cui ti trovi. Ma se continui a lasciare che Margaret e Walter gestiscano la tua vita e scelgano i tuoi amici e i tuoi fidanzati, non ne uscirai *mai*. Combatti, Grace. Combatti per quello che vuoi tu, per una volta. Non penso che i tuoi genitori saranno mai contenti di nulla nelle loro vite, ma questo è un problema *loro*, non tuo. Lascia che io ti aiuti. E Cole. E persino Logan. Ho la sensazione che farebbe qualsiasi cosa tu chiedessi, e anche cose che non chiederesti. Forse il suo ritorno in città è un segno. Dirige un'impresa che aiuta persone in situazioni come la tua."

"Non sono come i suoi clienti", protestò Grace immediatamente.

"Non esattamente, no, ma quasi."

Grace scosse la testa, ma arrendendosi sorrise a Felicity. "Hai ragione, in un certo senso. Sentire che Logan mi aveva *scritto* tutti quegli anni fa mi ha scosso. Fa male. Non so se allora le cose sarebbero andate bene tra di noi, ma non abbiamo nemmeno avuto la possibilità di provare. Lui mi piace. Beh, mi piaceva il ragazzo che era allora, e da quello che ho visto e sentito dire da quando è tornato, mi piace anche l'uomo che è oggi. Voglio vedere se quello che avevamo allora era reale. Se può forse funzionare di nuovo tra di noi. Penso che sia arrivato il momento."

"Il momento per cosa?"

"Per affrontare i miei genitori."

"Cavolo se lo è!" disse Felicity con un enorme sorriso sul viso.

"Però, non so se ce la farò. Mi aiuterai?"

"Certo", rispose subito Felicity.

"So che dovrei essere più forte, ma sono davvero debole quando si tratta di loro".

"Non lo sei. Sei una delle donne più forti che conosca", disse Felicity. Quando Grace scosse la testa, Felicity continuò: "Lo *sei*. Hai un tipo di forza interiore che ho visto raramente in donne nella tua condizione".

"Ma faccio tutto quello che vogliono."

"Di solito, ma non sono riusciti a piegarti dentro. *Questa* è la forza che vedo in te. "

"Mi *sento* piegata."

"Ma non lo sei." insisté Felicity. "E non sei sola in questo momento. Sono qui io. Anche Cole. E scommetto che anche Logan e i suoi fratelli ci saranno per te. Usa la forza che hai dentro di te per ricevere il nostro aiuto."

"Non so cosa faranno."

"Hai paura di loro?"

"Sì. Ma non mi faranno del male, beh, non tanto da non riuscire a gestirlo. Non mi hanno mai picchiata. Non mi hanno mai *veramente* maltrattata, solo punita."

"C'è maltrattamento e maltrattamento", disse Felicity con tono secco.

Grace sventolò via le preoccupazioni dell'amica e disse con tono che voleva fosse fermo, ma invece uscì un po' incerto. "Hai ragione, comunque. È tempo che mi difenda. Ho lasciato che mi maltrattassero per troppo tempo. Ci sono cose di cui non ti ho parlato, ma sono nel passato, ormai. Adesso mi rendo conto che devo stare attenta, nelle mie interazioni con loro, non ho bisogno della loro approvazione per ogni singola cosa che faccio nella mia vita. Andrà bene. Ho alcune cose di cui parlare con loro. Li farò semplicemente sedere e farò loro sapere che è ora che faccia il lavoro che desidero davvero. Continuerò a lavorare in ufficio fino a quando otterrò la laurea in marketing. Darò loro il tempo di assumere il mio sostituto."

"Sono fiera di te." Felicity si chinò e abbracciò la sua amica. Si erano fermate vicino alla casa di Grace diversi minuti prima, per chiacchierare.

"Sono orgogliosa anch'io di me stessa", disse Grace. "Grazie."

"Prego. Adesso corri. Ti scrivo domani. Pranzo?"

"Meglio di no. C'è un cliente con cui devo socializzare. Piccoli passi."

Felicity rise. "Bene. Ma mandami un messaggio per farmi sapere che stai bene. Voglio sentire tutto sulla tua chiacchierata, una volta fatta."

"Lo farò. Grazie per avermi fatta uscire stasera. Mi sono divertita."

"Prego. E non mi gongolerò nemmeno del fatto che sono stata io a farti rimettere con Logan."

Grace alzò gli occhi al cielo al commento dell'amica e scese dalla macchina. Si diresse verso la grande villa in cui era cresciuta, salutando ancora una volta Felicity e guardando il PT Cruiser che scompariva dietro l'angolo. Voleva tornare a casa nel suo piccolo appartamento. Al suo divano e ai film stupidi. La grande casa in cui vivevano i suoi genitori non conteneva tanti bei ricordi, ma il pensiero che sarebbe stata in grado di liberarsi, di iniziare una nuova vita facendo ciò che voleva per una volta, la faceva camminare a un metro da terra.

Voleva essere il tipo di donna con cui Logan voleva stare. E sapeva, senza dubbio, che una donna debole, che non fosse disposta a combattere per l'uomo che voleva, non era il tipo di donna per Logan.

Grace non aveva idea se lei e Logan sarebbero mai tornati al punto in cui erano tanti anni prima, ma sapere che non si era dimenticato di lei non appena lasciata la città aveva aiutato molto a risanare la ferita che era marcita nella sua anima durante il corso di tutti quegli anni. La ferita che sua madre aveva punzecchiato fino a farla sanguinare. Grace aveva ben notato l'erezione che aveva Logan mentre parlavano, contro il muro della palestra. A quanto pare, gli piaceva quello che aveva visto di lei. Gli piaceva il suo tatuaggio e sembrava apprezzare le sue ampie curve, che i suoi genitori avevano sempre detestato.

Voleva Logan Anderson con un desiderio così profondo,

fin dentro le sue ossa... un desiderio che scorreva nelle sue vene come un ruscello che gorgoglia sulle rocce sottostanti. Lei lo voleva. Voleva che fosse suo e voleva altrettanto essere sua.

Per riuscirci, doveva resistere una volta per tutte ai suoi genitori.

CAPITOLO DIECI

"CHE TI SUCCEDE OGGI?" Nathan chiese a suo fratello. Erano tutti alla Ace Security, ad approfondire le attività della settimana passata. Dato che si sparpagliavano per lo stato del Colorado per gran parte dei giorni feriali, ognuno con compiti diversi, avevano preso l'abitudine di riunirsi in ufficio per scambiarsi appunti, discutere dei casi che avrebbero dovuto o meno accettare, e farsi dare un aggiornamento da Nathan sullo stato del loro conto bancario.

Blake e Nathan avevano contribuito felicemente alla conversazione mentre Logan rimuginava.

"Niente."

"Cazzate. Cosa c'è? Uno dei casi ti disturba?" chiese Blake.

"No", disse Logan, rassicurando i suoi fratelli. "Niente del genere."

"Grace Mason allora?"

Logan alzò bruscamente lo sguardo verso suo fratello, chiaramente perspicace. "Cosa sai di lei?"

Blake rise e alzò le mani. "Aahh, niente. Solo che voi due siete scomparsi la notte scorsa per molto tempo, siete tornati e vi siete rannicchiati contro il muro in un angolo della palestra, e poi lei se n'è andata non molto tempo dopo."

Logan si passò una mano tra i capelli e sospirò. "Sì. Non ci capisco niente. Sapete che vi avevo detto che mi aveva piantato in asso quando mi sono arruolato?" Senza aspettare la loro risposta, proseguì. "Beh, risulta che invece non ha mai ricevuto nessuna delle lettere che le avevo inviato. Pensava che avessi piantato io *lei*."

"Che cazzo?" Blake respirò.

"Wow, che cagata," concordò Nathan.

"E la merda è che i suoi genitori le hanno nascosto le lettere. Le hanno rispedite tutte al mittente."

"Non mi coinvolgerò mai con una ragazza coi soldi", disse Blake risoluto. "Sul serio. Nessuna di loro è normale. O sono tutte prese da se stesse e vogliono solo fare shopping, oppure i loro genitori sono totalmente pazzi."

"Quali ragazze ricche conosci?" chiese Nathan confuso. "Non mi ero reso conto che ti fossi imbattuto in così tante di loro mentre eri nell'esercito, o al centro di formazione professionale."

"Vaffanculo", disse senza enfasi Blake a suo fratello minore. "So di cosa sto parlando. Fidati di me, se mai ne incontrassi una, correrei al riparo."

"Non mi posso pronunciare sulla necessità o sul desiderio di Grace di fare shopping, ma sarei d'accordo riguardo alla cosa strana dei genitori", disse seccamente Logan.

"Cosa possiamo fare?"

Logan sorrise a Nathan. Sarà anche il più giovane dei tre, seppure di pochi minuti, ma era sempre il primo a correre rischi per loro, e per qualunque svantaggiato. "Non lo so ancora. Sto prendendo le cose giorno per giorno. Le ho detto che volevo uscire con lei, conoscerla di nuovo e sono abbastanza sicuro che la pensi allo stesso modo anche lei. Ma c'è qualcosa che non va nell'intera relazione con i suoi genitori.

Non volevo affrettarla la notte scorsa, ma sapere che prova lo stesso per me come anch'io nei suoi confronti, e il fatto che sia ancora libera, mi fa sperare che forse possiamo ricominciare da capo. Conoscerci di nuovo e vedere cosa succede."

"Ti piace davvero," disse Blake, un po' sorpreso.

"Mi piace davvero," concordò Logan.

"Se lei significa così tanto per te, allora significa così tanto anche per noi. Facci sapere se hai bisogno di qualcosa", disse Nathan a suo fratello.

Logan sospirò, sollevato. I suoi sentimenti per Grace erano un pasticcio confuso nella sua testa, ma non poteva negare l'attrazione che provava per lei. Quando era partito, pensava di essere innamorato di lei, e quei sentimenti erano chiaramente ancora sepolti nel suo profondo, anche dopo dieci anni. Era bastato un solo sguardo perché tornassero alla ribalta. "Lo farò. Abbiamo finito qui? Voglio vedere se riesco a beccare Felicity in palestra. Ha accompagnato Grace a casa ieri sera e voglio assicurarmi che stesse bene quando l'ha lasciata lì.

"Vai, ci pensiamo noi, qui, per te", Blake rassicurò Logan. "Avevamo quasi finito, comunque. Ti va ancora di fare quel lavoro di scorta a Colorado Springs domani?"

"Quello in cui la donna deve uscire dal suo nascondiglio per presentarsi in tribunale contro il suo ex stronzo?"

"Sì, quello."

"Non me lo perderei," Logan rassicurò Blake.

I tre uomini si sorrisero. Non c'era nulla che piacesse loro di più che dimostrare ai bulli che la persona che avevano maltrattato per tanto tempo non era più sola. Che aveva il sostegno di qualcuno più grosso e più cattivo di loro. Non importava più tanto se il bullo fosse un uomo o una donna. Era comunque una sensazione inebriante.

"Ci sentiamo domani quando torni," disse Blake, alzandosi e battendo Logan sulla schiena.

Logan restituì il gesto fraterno e diede a Nathan un buffetto sotto il mento. "A dopo."

"Ciao."

"Ci vediamo."

Logan lasciò la Ace Security e guardò lo Studio di Architettura Mason dall'altra parte della piazza. Se fosse stato lunedì, piuttosto che domenica, avrebbe potuto andare lì e chiedere a Grace di pranzare insieme. Avrebbero così potuto parlare ancora, ma sapeva che aveva bisogno di darle spazio per riflettere su tutto. La sua testa stava ancora girando, dopo aver scoperto che erano stati intenzionalmente separati dai suoi genitori, e immaginava che fosse lo stesso anche per Grace. Avrebbe parlato con Felicity per vedere cosa poteva dirgli prima di avvicinarsi di nuovo a Grace. Voleva avere quante più informazioni possibili prima di fare la sua prossima mossa, per non rovinare inavvertitamente le cose tra lui e Grace prima ancora che iniziassero.

Logan entrò nella palestra Rock Hard, che sorprendentemente era affollata di domenica quanto il resto della settimana, e fece un sospiro di sollievo quando vide Felicity alla reception.

"Hey. Hai un minuto?"

"Sapevo che saresti passato prima o poi. Sì, fammi chiamare Josh qui", disse Felicity, indicando un ragazzo delle superiori che lavorava in palestra da alcune settimane.

Logan attese che Felicity entrasse in una stanza sul retro e uscisse con l'adolescente alto e allampanato. Fece segno a Logan di seguirla nel suo ufficio. Non appena la porta si chiuse dietro di loro, Logan chiese impaziente: "Tutto bene il suo rientro a casa?"

Sapendo che si riferiva a Grace, Felicity annuì e disse: "Sì. Non ho ancora avuto sue notizie stamattina, ma non mi sorprende. Sai che ha un cellulare segreto, vero?

"Cosa? No. Perché cazzo avrebbe bisogno di un telefono segreto?"

Felicity alzò le spalle e si sedette sulla sedia dietro la scrivania. "I suoi genitori pagano per il telefono che usa per il lavoro e controllano ogni numero che chiama. Lo monitorano e Grace è convinta che possano leggere tutti i messaggi di testo e le email che invia. Ha un indirizzo email alternativo che usiamo per parlarci. Tengo anche alcuni vestiti della sua taglia a casa mia e in macchina, così quando usciamo può vestirsi con qualcosa di comodo e appropriato. Figurati, penso di avere tanti abiti suoi nel mio armadio quanti ne ho di miei."

Logan pensò che la sua testa sarebbe esplosa. Quando era tornato in città, si era bevuto l'aspetto esteriore di Grace... e ora si vergognava di se stesso. Aveva pensato che fosse piena di sé, fredda e troppo figa per parlare con uno come lui. Più veniva a sapere cose al suo riguardo, più rimetteva in discussione tutto ciò che aveva pensato di lei prima.

"Ha il suo appartamento, giusto? Perché trascorre ancora tanto tempo a casa dei suoi genitori?"

Felicity guardò Logan con attenzione. "Non c'ero quando eravate ragazzi, ma io e Cole abbiamo parlato un po'."

A Logan non piaceva che il suo amico avesse spettegolato su di lui, ma fece a Felicity un gesto con la mano per farla continuare.

"Tu e i tuoi fratelli ne avete passate tante. E quello che sto per dire sembrerà sbagliato, ma ascoltami per favore. Tua madre ti picchiava, vero?

"Sì."

"Ti lanciava cose addosso. Lasciava segni sul tuo corpo."

"Arrivi al sodo?" la sollecitò Logan.

"Certo. Avevi paura di tua madre?"

Logan digrignò i denti. Gli sembrò di essere seduto di

fronte a uno psicoanalista, e questo non gli piaceva. "Ovviamente."

"No", Felicity scosse la testa. "Voglio dire, so che odiavi quando ti picchiava, ma quando non eri attorno a lei... avevi paura di quello che avrebbe potuto farti?"

Logan ci pensò a lungo prima di rispondere. "Non proprio. Non esserle vicino era un sollievo. Ciò non vuol dire che non avevo paura di cosa sarebbe successo una volta rientrato a casa, ma a scuola mi sentivo al sicuro. Non poteva raggiungermi lì. Mi piaceva, era una via di fuga da lei."

"E te ne andasti dalla città il prima possibile per allontanarti da lei."

Non era una domanda, ma Logan la trattò come se lo fosse. "Sì. Tutti e tre ce ne andammo."

Felicity annuì. "E una volta che te ne sei andato, il suo controllo su di te è finito. Ma immagina per un momento se non ti fossi *potuto* allontanare da lei. Se avessi passato il tempo senza sapere quando avresti girato un angolo per trovartela lì di fronte? Se *non* avessi avuto un posto sicuro?"

"I genitori di Grace non la menano", dichiarò Logan, vedendo dove Felicity stava andando con il suo discorso.

"Hai ragione. Non lo fanno", concordò immediatamente. "Ma la controllano comunque. Hanno spie dappertutto in questa città. Grace lavora nel loro studio. Ha casa propria ma la manipolano con bugie sulla loro salute e su quanto sono 'vecchi' per farle passare la maggior parte dei suoi fine settimana a casa loro in modo da mantenere un certo controllo su di lei. Le pagano le bollette. Sua madre la porta a fare shopping dicendo che non ci si può fidare che lei sappia sceglersi i vestiti che le stanno bene. Grace letteralmente non può fare nulla senza che loro lo vengano a sapere. Il fatto che sia riuscita a convincerla a sgattaiolare fuori di casa e venire a una festa come quella di ieri sera è un miracolo. Il fatto che lei li sfidi e pranzi con me, quando sappiamo entrambi che i suoi genitori non possono sopportarmi, è un miracolo. Il fatto che si sia iscritta per conseguire una laurea che vuole lei, per fare qualcosa che ha sempre voluto fare lei, invece che rimanere una dannata segretaria schiava della compagnia dei suoi genitori, è un miracolo."

"Felicity..."

"Non ho finito", lo rimproverò, spostandosi in avanti sul sedile e trafiggendo Logan con il suo sguardo intento.

"Scusa. Continua."

"Grace mi ha parlato delle lettere ieri sera. Era la prima volta che ne ho sentito parlare. Non le ha mai ricevute, Logan. Non mentirebbe su questo. Se le hai scritto, non ne ha ricevuta neanche una."

"Le ho scritto", dichiarò Logan con tono piatto.

"Ti credo. E come ho detto a lei ieri sera, ci sono vari tipi di maltrattamento. Non farti ingannare dall'apparenza, Grace è una delle donne più forti che abbia mai conosciuto in vita mia. A prima vista potrebbe non sembrare. Potresti pensare che sia mite e docile e uno zerbino totale, ma ha una volontà di ferro. Se qualcuno la stesse menando, causandole lividi, avrebbe la compassione di tutti in città, e i suoi genitori lo sanno bene. Ma sono subdoli. L'hanno spaventata così tanto che riesce solo a ribellarsi di tanto in tanto, e solo in modi piccoli e sicuri, come con il tatuaggio sulla nuca. Desidera tanto il loro amore e la loro approvazione, ma loro li tengono fuori dalla sua portata, facendoli penzolare come una dannata carota. Ma ieri sera ha preso una decisione. All'inizio ho pensato che si stesse arrendendo. É mancato tanto così che lo facesse, Logan." Felicity alzò la mano, il pollice e l'indice quasi si toccavano.

"Onestamente pensavo che mi stesse dicendo addio per sempre. Che avrebbe fatto qualcosa di stupido per se stessa. Ma ha preso la decisione di *non* arrendersi. Almeno sono abbastanza sicura che l'abbia presa. È determinata a liberarsi una volta per tutte. Ha deciso di fare quello che vuole della sua vita, non importa se approvano o no. E questa è la forza di Grace, che la maggior parte delle persone non vede mai. E devo ringraziare te per il suo improvviso bisogno d'indipendenza. La supplicavo fino a diventare viola in faccia, ma lei non mi ascoltava mai. Non aveva mai avuto il desiderio di mettere da parte ciò che Margaret e Walter Mason pensavano di lei... fino ad ora. Fino a quando le hai detto di averle scritto e le hai detto quello che le hai detto quando siete tornati in palestra."

Logan serrò la mascella. Avrebbe dovuto riconoscere i segni. Aveva osservato abbastanza donne maltrattate da riconoscerli per quelli che erano. Era stato un idiota. Lasciare che le proprie esperienze personali lo rendessero cieco nei confronti della situazione di Grace.

"Cosa posso fare?"

"Non rinunciare a lei", rispose subito Felicity. "Ha detto che avrebbe parlato con i suoi genitori. Non ho idea di come andrà. Potrebbe ripensarci e tirarsi indietro. Potrebbe volerci un po' prima che spezzi davvero le catene che la tengono lì. L'hanno manipolata per tutta una vita, quindi cercheranno sicuramente di continuare a farlo, qualunque cosa lei dica. Penso che Grace sia spaventata a morte dei suoi genitori, anche se lo negherebbe e direbbe che fanno quello che fanno per renderla una persona migliore. Ha lasciato intendere che hanno fatto molto di più che umiliarla, ma non ne ha parlato. Sfortunatamente, a differenza di te, non ha un posto sicuro per scappare via da loro. Si presentano sempre al suo appartamento senza preavviso. Non è mai libera dalla loro sorveglianza su di lei."

"Cazzo," imprecò Logan.

"Sì," concordò Felicity.

"Mi accerterò che abbia sempre un posto dove andare, un

posto sicuro dove stare, se i suoi genitori prendono male il fatto che vuole fare le sue cose", dichiarò Logan.

Felicity fece una risatina ironica. "Le ho detto la stessa cosa. Che tu ci creda o no, è tanto spaventata di ciò che i suoi genitori potrebbero fare ad *altre* persone quanto lo è di ciò che potrebbero fare a lei."

"Cosa *potrebbero* fare?"

"Guarda cosa sua madre ha fatto a te e a lei con le lettere", disse Felicity. "Quello era un gioco da ragazzi rispetto a certe cose che ho sentito dire su di loro. Hanno i loro modi. Non so quante altre persone in questa città abbiano costretto a fare quello che vogliono, ma posso garantire che Grace non è l'unica ad essere stata fottuta. E poi, il denaro compra tutto. Grace è preoccupata che esercitino abbastanza pressione da farci chiudere la palestra."

"Fanculo. Non siamo nel 1822. Castle Rock sarà piccola, sì, ma Margaret e Walter non possono controllare tutti a Denver o Colorado Springs. È da pazzi."

"Dalle un po' di tempo, Logan. Per quel che vale, io sono dalla tua parte. Se c'è qualcuno che può convincerla a liberarsi di loro, quello sei tu."

"Grazie. Non sono certo di meritare un tale supporto, ma lo apprezzo comunque. Avrei dovuto fare di più prima, e anche dopo che sono tornato in città. Non avrei dovuto lasciarla andare."

"Può darsi. O forse no. Ma quel che è fatto è fatto. Non puoi tornare indietro", gli disse Felicity.

"Non posso. Ma ora posso fare quello che avrei dovuto fare allora."

"Sì. Puoi."

"Grazie, Felicity. Lo apprezzo."

"Prego. Ma se la fai soffrire..."

"Non lo farò." Quelle tre parole avevano tutta la convinzione che Logan potesse esprimere. Sentire da Felicity ciò che

Grace aveva vissuto, che *continuava* a vivere, fece sì che la desiderasse ancora di più. Voleva essere il suo porto sicuro. Aveva bisogno di esserlo per lei.

Felicity guardò Logan per un lungo momento prima di alzarsi. "Bene. Forse noi due possiamo convincerla che i suoi genitori non potranno farle del male quando esce da sotto il loro pugno. So che vuole il loro amore, ma non credo che a questo punto lo otterrà mai."

"Anche i miei fratelli ci aiuteranno."

"Immaginavo."

"Mi fai sapere quando hai notizie di lei?"

"Certo, lo farò."

Logan allungò una mano e quando Felicity la strinse, lui la strinse in un abbraccio. "So che non ci conosciamo così bene ma 'sti cazzi, chiunque è amico di Grace è anche amico mio. Grazie."

Felicity rise e ricambiò l'abbraccio di Logan. "Idem. Ora esci di qui. Ho un'attività da gestire." Lo spinse delicatamente fuori dalle sue braccia e verso la porta.

"Domani ho un lavoro giù a Springs, quindi non ci sarò, ma se hai bisogno di qualcosa, Nat e Blake saranno qui", le disse Logan.

"Ok. Stai attento."

"Sarà una passeggiata," le disse Logan mentre uscivano dal suo ufficio.

Fece un cenno di saluto mentre usciva dall'edificio e rifletteva su tutto ciò che Felicity aveva detto. Ai tempi del liceo, si era forse perso qualche indizio sulla vita famigliare di Grace? Non ne era sicuro. Era così preoccupato che sua madre non gli facesse del male che non gli era nemmeno venuto in mente che la vita famigliare di Grace potesse essere tutt'altro che idilliaca.

Cavolo, non gli era nemmeno venuto in mente nei dieci anni che seguirono che forse c'era una ragione per cui gli aveva restituito le sue lettere. Aveva semplicemente pensato che non voleva più parlargli.

Si rese conto che aveva tanto da imparare e tanto da recuperare. Grace Mason non aveva idea di come la sua vita stesse per cambiare

.

CAPITOLO UNDICI

"MADRE. PADRE. POSSIAMO PARLARE?"

Margaret sospirò come se il fatto che sua figlia volesse parlarle di mattina fosse un peccato capitale. Posò il coltello e la forchetta e si rivolse a Grace. "Non puoi aspettare fino a stasera? Sai che non tollero lo stress prima di fare colazione."

Grace deglutì e proseguì. "Mi dispiace, mamma, ma volevo parlare con entrambi prima che vi occupiate troppo."

"Sputa il rospo allora" ringhiò Walter, chiaramente infastidito dal fatto che la sua abitudine di leggere il giornale a colazione, ignorando sia la figlia che la moglie, fosse stata interrotta.

Decidendo che era meglio levarsi il peso rapidamente, come togliersi un cerotto, Grace disse: "Presto inizierò la mia seconda laurea. È in marketing. Io non ho mai voluto specializzarmi in gestione aziendale; ho sempre amato il campo del marketing e l'aspetto psicologico che ci sta dietro. Non solo, ma è ora che tolga il peso... Sarò sempre nei paraggi quando avete bisogno di me, ma non posso continuare a stare qui ogni fine settimana."

Sul viso di sua madre non si mosse nemmeno un muscolo.

Ci fu un momento di silenzio nella sala da pranzo, poi Margaret chiese con voce monotona: "È tutto?"

"Ehm... si."

"No."

Grace guardò incredula mentre sua madre prendeva la forchetta e continuava a mangiare le sue uova strapazzate come se sua figlia non avesse detto una parola.

Ci riprovò. "So che questa è una sorpresa e mi dispiace. Ma ho ventotto anni. Ho il mio appartamento e voi avete bisogno di essere soli quanto ne ho bisogno anche io. Sarò sempre nelle vicinanze, ma in questo modo avremo tutti un po' di privacy".

"Grace, tua madre ha detto di no. Abbiamo bisogno del tuo aiuto da queste parti. Non siamo giovani com'eravamo una volta, e devi mostrarci rispetto. Questa conversazione è finita."

Grace diventò rossa al rimprovero di suo padre. Sapeva che il suo discorso molto probabilmente non sarebbe andato bene, ma questo era ridicolo. Tentò di mettere un po' di forza nella sua voce. "State bene, non ci sono problemi. Avete molti inservienti qui che possono aiutarvi. Verrò di tanto in tanto, ma la mia permanenza qui è finita."

Margaret sospirò. Un sospiro enorme come se Grace fosse una bambina che faceva i capricci e sua madre era stanca di sentirla. Posò di nuovo molto attentamente la forchetta e si pulì la bocca con il tovagliolo di lino bianco che era stato stirato perfettamente. Lo piegò, lo posò sul tavolo e si alzò in piedi.

"Walter".

Non disse altro che il nome di suo marito, ma chiaramente a lui bastò per capire cosa volesse perché si alzò e lasciò la stanza.

"Mamma, so che questa è una sorpresa, ma..."

"Vieni con me, Grace."

"Possiamo discuterne un po' di più?" Grace era ancora più nervosa adesso. Non le piaceva lo sguardo di sua madre. Anche se non aveva alzato la voce, Grace sapeva che era infuriata. Aveva visto quella sua faccia solo un paio di volte nella sua vita, e ogni volta non le era andata bene.

"No, adesso. Dai."

Grace si alzò con riluttanza e gemette quando Margaret le afferrò la parte superiore del braccio e la trascinò verso la sua camera da letto. Grace sapeva che avrebbe potuto allontanarsi, sua madre non era poi così forte, ma era riluttante a mostrare tale sfacciataggine dopo il suo annuncio audace.

Seguì docilmente sua madre, sperando di avere la possibilità di convincerla che spezzare i legami stretti fosse davvero la decisione migliore per tutti loro.

Il pensiero di poter mangiare ciò che voleva, indossare ciò che voleva, fare il lavoro che voleva e trascorrere il suo tempo con chi le pareva penzolava davanti a lei come una bistecca appesa davanti a un leone affamato. Grace improvvisamente volle quell'indipendenza più di quanto desiderasse qualsiasi altra cosa nella sua vita. Ancor più di quanto desiderasse l'apprezzamento e l'approvazione dei suoi genitori.

Margaret la trascinò nella stanza da letto in cui aveva dormito tutta la sua vita e le indicò il letto. "Siediti."

"Mamma, possiamo..."

"Per tutta la tua vita sei stata una delusione", disse Margaret con voce monotona, incrociando le braccia davanti al petto come se si stesse rivolgendo a una bambina piuttosto che a una donna adulta. "Dal momento in cui sei uscita dal mio grembo, sei stata un fallimento. Avresti dovuto essere un maschio. L'unica ragione per cui ho sposato Walter era di avere un figlio maschio. Dopo di te, non ho più potuto avere figli perché mi hai rovinato l'utero."

Grace rimase seduta immobile sul letto. Sapeva che i suoi

genitori volevano un maschio, ovviamente, ma il veleno nella voce di sua madre era qualcosa di nuovo.

"Abbiamo cercato di tirarti su nel modo giusto. Se non potevamo avere un maschio, potevamo almeno modellarti nel tipo di donna su cui avremmo potuto contare. Ma non hai mai collaborato. Ti abbiamo dato i Lego con cui giocare ma tu volevi solo leggere. Ti abbiamo dato il Meccano e abbiamo persino acquistato un costoso programma per il computer che potevi usare per costruire edifici e città simulati. E tu invece cosa hai fatto? Li hai ignorati tutti a favore delle bambole, del gioco a fare l'insegnante e della visione di film infantili sul laptop che ti abbiamo comprato."

Margaret non si muoveva. Non sembrava nemmeno tanto agitata, ma Grace sapeva che ribolliva dentro. Rimaneva lì, con le braccia incrociate, sputando fuori quelle parole con intenzione ripugnante, parole che avrebbero macchiato la sua anima solo per essere uscite dalle sue labbra.

"Quindi, dato che sei fuori gioco come architetto, abbiamo deciso che l'unica cosa di cui saresti stata capace era fare la segretaria nella nostra compagnia, prenderti cura di noi e darci un nipote che possiamo modellare come abbiamo sempre voluto."

Grace ansimò e fissò sua madre con orrore. Di cosa stava parlando? Un nipote?

Walter entrò nella stanza portando qualcosa tra le sue braccia che Grace non riusciva a distinguere. Cosa diavolo stava succedendo?

Margaret continuò. "Con il passare degli anni sei diventata sempre più testarda ed è tempo di farla finita. Sceglierti gli amici sbagliati, sgattaiolare fuori di casa quando avevamo bisogno di te qui, iscriverti al corso di marketing alle nostre spalle... oh sì, pensavi che non lo sapessimo? Povera Grace, talmente ingenua da pensare di poterci nascondere qualunque cosa", disse lei. "Tendi la mano."

"Mamma, possiamo..."

"Tendi... la... mano."

La mano di Grace uscì immediatamente. Sua madre la stava spaventando a morte. Come aveva scoperto che si era iscritta, Grace non ne aveva la più pallida idea, ma tutto ciò semplicemente confermava la sua convinzione che Margaret Mason avesse spie dappertutto. Sapeva di essere stata una delusione per sua madre, ma non aveva idea della profondità dell'odio che quella donna provava per lei.

Suo padre le afferrò il polso e lo avvolse. Era una specie di bracciale, foderato con lana di agnello e morbido sulla sua pelle. Agganciò la pelle d'agnello e la strinse fino a quando sembrò che le interrompesse la circolazione sanguigna. Grace guardava sbalordita mentre lui faceva lo stesso con l'altro polso, bloccandoli.

"Non volevo che si arrivasse a questo, sai," continuò sua madre, come se non stesse guardando suo marito ammanettare la figlia. "Avrei potuto tollerare le tue uscite di casa di tanto in tanto. I tuoi piccoli ammutinamenti erano previsti. Ma adesso basta. Ascoltami bene, Grace: tu ci appartieni. Farai ciò che vogliamo, quando vogliamo e con chi vogliamo."

"E che *cosa* volete?" Grace trovò il coraggio di chiedere. Aveva ancora paura, ma vedere sua madre senza alcuna umanità nei suoi occhi aveva spezzato l'ultimo filo di affetto cui era rimasta aggrappata così a lungo. Non avrebbe mai ottenuto l'approvazione di Margaret. Mai. Non importa quello che faceva. Questo pensiero le diede la possibilità di parlare. Finalmente.

"Sedurrai Bradford Grant. Il tuo unico lavoro è rimanere incinta. Mentirai e dirai che stai prendendo la pillola anticoncezionale. Lui e i suoi genitori non saranno in grado di evitare che vi sposiate una volta che rimarrai incinta di suo figlio. Ovviamente dovrai lasciare il tuo lavoro e trascorrere le giornate qui con noi, dove possiamo vegliare su di te, assicurandoci che non ti affatichi troppo. Una volta che avrai avuto nostro nipote, ti dichiareremo inadatta ad allevarlo e finalmente avremo il figlio che abbiamo sempre desiderato. Se non vuoi essere una figlia amorevole e aiutare i tuoi genitori nei loro anni d'oro, almeno sarai capace di riprodurti per darci nostro nipote."

Grace fissò sua madre con la bocca aperta. Era schizzata, matta da legare, fuori di testa, folle.

Sentendo una tirata al polso, Grace si voltò verso suo padre. Era rimasta così distratta dalla follia che usciva dalla bocca di sua madre che non si era accorta che suo padre aveva agganciato una catena alla testiera del suo letto. Le aveva afferrato il polso e l'aveva bloccato alla catena.

Grace tirò forte la mano e gridò per il dolore. Guardò sua madre inorridita. "Che? Mi terrai incatenata al letto finché non capitolo?"

"No. Ti terrò incatenata a questo letto finché ti renderai conto che posso fare quello che voglio. Hai il tuo appartamento solo perché te lo permetto. Pranzi con la tua amica tatuata perché te lo lascio fare. E opponendoti non fai altro che peggiorare le cose per te... e per quelle persone che credi siano tuoi amici."

Suo padre le afferrò l'altra mano e la collegò a un'altra lunga catena attaccata al lato opposto del letto. Grace aveva molto spazio per muoversi. Poteva stare in piedi, sdraiarsi sul letto, ma non poteva raggiungere la porta, la finestra o persino il bagno. Si chiese da quanto tempo esattamente stessero pianificando tutto questo.

Margaret si chinò finché il suo viso non fu a pochi centimetri da Grace. "E non ti illudere. Vincerò *io*. Hai sempre avuto un lato provocatorio nel tuo carattere. È per questo che non sono riuscita ad amarti. Se tu fossi stata più... solo più... avresti potuto essere una persona a cui potevo sentirmi più vicina, una persona da amare. Ma questa è l'ultima goccia.

Mangerai ciò che ti dico di mangiare. Dirai ciò che voglio che tu dica. Farai quello che voglio che tu faccia. Punto."

"E se non lo faccio?" Grace si azzardò a chiedere.

Margaret si alzò e rise, facendo congelare il sangue di Grace.

"Se non lo fai, rovinerò Felicity. E la sua piccola palestra."

"Non puoi", gridò Grace disperatamente.

"Stupida. Sei sempre stata così stupida. Certo che posso. E sai cos'altro? So che stai sbavando di nuovo per quel ragazzo, Anderson. Che fortuna per te che sia tornato in città con i suoi fratelli spazzatura, eh? Lo hai desiderato fin dal liceo. Grazie a Dio non sei rimasta incinta della *sua* prole, da adolescente. Se ci fossi rimasta, avresti abortito. Voglio un maschio, ma non uno con un granello di DNA di quella disgustosa famiglia Anderson. Preferirei che tu avessi un figlio da *chiunque* piuttosto che da uno di loro. L'hai preso per la gola, durante la vostra piccola chiacchierata a quella rivoltante festa ieri sera?"

Grace gemette. Come era possibile che sua madre *sapesse* quello che era successo la notte scorsa? Ora era solo incazzata. Poteva tollerare il suo parlar male di lei, ma dire quella merda su Logan e Felicity era troppo. Prese il toro per le corna. "Perché mi hai nascosto le sue lettere?"

"Ma veramente? Non mi hai sentito prima?" Margaret sogghignò, senza nemmeno negare di aver nascosto le lettere che le aveva scritto. "Non era all'altezza di portare il nome Mason. E avevo ragione. Sua madre ha ucciso suo padre. Più in basso di così non si può scendere. Gentaglia spazzatura fino al midollo. Inoltre, non potevo lasciarti andare via da me, *figlia mia*. Sapevo che Logan era infatuato di te allora, e che i sentimenti erano reciproci. Non poteva succedere. Mai e poi mai. Avevo bisogno di te qui. Con me. Dovevi fare quello che volevo io. E ha funzionato perfettamente. Ho l'ultima lettera che quel ragazzo inviò, se vuoi vederla. L'ho tenuta, non l'ho restituita. Aveva scritto 'ultima possibilità' sul retro e sapevo che sarebbe stata l'ultima che ti avrebbe mai scritto, grazie a Dio. Devo riconoscere, però, che ha scritto più a lungo di quanto mi aspettassi. Immaginavo che un giorno avresti scoperto cosa ho fatto per proteggerti dal diventare una barbona e che avresti voluto sapere quello che provava davvero, dopo che gli hai restituito tutte le sue lettere".

Grace cercò di non iperventilare. Come poteva essere imparentata con questo mostro? Perché aveva trascorso tutta la sua vita a cercare di ottenere la sua approvazione? Il suo amore? Non c'era speranza, non c'era mai stata speranza. Margaret l'aveva odiata dal momento in cui aveva scoperto che non aveva un pene. Si rivolse verso suo padre, sperando nel suo sostegno. "Padre?"

"Te la sei andata a cercare. Se tu solo fossi stata una figlia migliore, tutto questo poteva essere evitato", disse Walter, senza nemmeno guardarla.

Nonostante tutto quello che le aveva fatto, le sue parole avevano ancora il potere di ferirla. Alla faccia del sostegno.

"Non ho bisogno di mostrartela", le disse sua madre senza inflessione nella sua voce. "Ricordo ogni sua parola. Era breve e concisa. Vuoi sentire quello che diceva?"

Grace non voleva. Davvero, non voleva affatto ascoltare. Si limitò a fissare la donna che l'aveva partorita e che non l'aveva mai amata, senza mostrare alcun segno esteriore di quanto gravemente fosse ferita.

"*Cara Grace*", recitò sua madre come se stesse leggendo la lettera inviata tanto tempo prima. "*Hai vinto. Capisco. Questa sarà la mia ultima lettera per te. Ma hai fatto una cazzata. Ti avrei dato il mondo. Trattata come una principessa. Se non volevi abbassarti al mio livello, avresti dovuto dirmelo e risparmiarci tempo e fatica. Beh, vaffanculo. Sei una stronza gelida. Vorrei non averti mai incontrato.*"

Margaret sorrise con malvagità quando ebbe finito. "Ti

odia. Non ho idea quale assurdità ti abbia raccontato ora, ma ovviamente sta solo fingendo che gli piaci per vendicarsi. Per farti abbassare la guardia e fidarti di lui, in modo da poterti mollare, proprio come hai fatto tu con lui. È vendetta, figlia. Pura e semplice. Non gli importa di te, non dopo che hai restituito tutte le sue lettere."

Grace digrignò i denti e tentò di non far cadere le lacrime dai suoi occhi. Non credeva a una parola che le stava dicendo sua madre. Non adesso. Venti minuti fa, se Margaret le avesse mostrato la lettera a colazione, avrebbe potuto crederci. Avrebbe potuto pensare che Logan stesse davvero cercando di vendicarsi. Ma ora, incatenata al suo letto, dopo aver sentito i piani che i suoi genitori avevano per la sua vita? No.

Probabilmente Logan aveva scritto quella lettera. Grace non lo avrebbe biasimato, specialmente dopo aver riavuto indietro tutte le lettere che le aveva inviato. Ma non era possibile che le avesse parlato così come aveva fatto ieri sera solo per uno stupido gioco infantile di vendetta. La passione nei suoi occhi e nel suo corpo non potevano essere una bugia. Non avrebbe potuto accarezzare così teneramente il suo tatuaggio più e più volte, se l'avesse odiata. Grace era forse ingenua e stupida nel pensare di riuscire a liberarsi dal giogo dei suoi genitori, ma sapeva fino al midollo delle sue ossa che Logan era una brava persona. Che non aveva detto quello che le aveva detto per vendicarsi.

Grace tenne la bocca chiusa, rifiutandosi di dare a sua madre la soddisfazione di pensare di averla colpita.

Funzionò. Margaret Mason era incazzata nera.

"Domani farò sapere al lavoro che, sfortunatamente, sei malata e non ci sarai. E nemmeno il giorno dopo. E forse per il resto della settimana," sputò sua madre, con le braccia incrociate sul petto. "Pensaci, Grace. Ti terrò incatenata al tuo letto fino a quando ti renderai conto che ci appartieni e che farai ciò che vogliamo. Il libero arbitrio non esiste in questa famiglia. Non è mai esistito. Mai."

"Se pisci nel tuo letto, ci dormirai", disse Walter senza emozione, dall'altra parte del letto.

Grace si girò e vide che aveva in mano un secchio.

"Fai finta che sia il 1800 e questo è il tuo vaso da notte." Rise senza umorismo mentre lo lasciava cadere. Grace sussultò al suono vuoto che il secchio emise colpendo il pavimento.

Margaret fece un passo indietro e si tirò in basso la camicetta, raddrizzando pieghe inesistenti. "Buona giornata, figlia. Spero che tu non abbia troppa fame. Pensa a questo come a un nuovo piano dietetico. Bene, ci vediamo dopo." Con quella stoccata finale, si voltò ed uscì dalla stanza, con il marito vicino che la seguiva.

Grace tirò forte i polsi, facendo una smorfia al tintinnio delle catene pesanti. Sbuffò inebetita. Sembrava che le avessero comprato delle specie di manette bondage. Sua madre aveva accuratamente evitato di rendere visibile il dolore che le aveva inflitto per anni, dandole i lividi. Le manette erano morbide all'interno, ma assolutamente impossibili da togliere.

Era bloccata.

Una prigioniera.

I suoi genitori erano malvagi.

Sapeva che non erano le persone più amabili del quartiere, ma non aveva mai immaginato che potessero arrivare a tanto.

Grace si stese sul letto, sconfitta. Poteva opporsi. E lo avrebbe fatto. Ma sapeva che alla fine avrebbe ceduto. Non aveva altra scelta, se non voleva passare il resto della sua vita incatenata al suo letto.

Sposare Bradford non sarebbe stato troppo male. Ma non avrebbe mai lasciato suo figlio a Margaret e Walter. Mai.

CAPITOLO DODICI

"Non hai sue notizie?" Logan chiese incredulo a Felicity, il giorno dopo essere tornato dal lavoro di scorta a Colorado Springs. Era andata senza intoppi laggiù, lo stronzo che aveva portato la sua ex fidanzata in tribunale per qualche stupidaggine non le aveva detto una parola né prima né dopo l'udienza, il che era l'obiettivo della scorta. Logan sapeva che la donna prima o poi avrebbe probabilmente avuto a che fare con l'uomo comunque, ma le aveva detto di non esitare a contattare Ace Security se avesse avuto bisogno di più assistenza.

Era tornato a casa tardi la sera prima e per quanto volesse chiamare Felicity per avere notizie di Grace, sapeva che era troppo tardi. E così aveva dormito di merda, girandosi, rigirandosi e preoccupandosi, ed era arrivato in palestra mezz'ora prima del solito.

Felicity era arrivata dopo essersi fatta una doccia. Lui la stava aspettando impaziente nell'atrio, cazzeggiando con Cole. L'altro uomo era a conoscenza di gran parte di ciò che stava accadendo, ma non aveva novità su Grace.

"No", disse Felicity in tono preoccupato. "Le ho inviato

dei messaggi sul telefonino e delle email, ma non ha risposto. Ho perfino stretto i denti e sono andata nel suo ufficio ieri, ma c'era un sostituto seduto alla sua scrivania che ha detto che Grace era malata e non sapeva quando sarebbe tornata.

"Cazzo," imprecò Logan. "È nei guai."

"Non lo sai", gli disse Felicity, anche se non sembrava convinta. "Era davvero stressata l'altra sera. Potrebbe essersi ammalata. Dopo aver saputo che non l'hai scaricata, aver deciso di rompere alcuni legami con i suoi genitori... forse il tutto è stato troppo."

"O forse le hanno fatto qualcosa," disse Logan, digrignando i denti per la frustrazione.

"Aspetta un attimo," Cole alzò le mani in gesto di resa. "Credi davvero che i Mason, che hanno vissuto qui per tutta una vita, che possiedono una delle compagnie di maggior successo in città, abbiano fatto fuori la loro figlia perché ha detto che voleva una seconda laurea e non voleva più dormire a casa loro?"

Sembrava, in effetti, ridicolo ma a Logan stava venendo la pelle d'oca, e non avrebbe dato nulla per scontato riguardo ai genitori di Grace. Non dopo quello che avevano fatto per sabotare il suo rapporto con la figlia. Si passò una mano tra i capelli, tutto agitato. "Non intendevo dire che l'abbiano necessariamente *uccisa*, ma sono estremamente autoritari. L'hai detto tu, Felicity, e chissà fino a che punto si sono spinti?"

"Sono un po' rigidi, ma non riesco ad immaginare che abbiano fatto qualcosa di folle", disse Felicity fermamente. "Perché non vai lì a farle visita? Sono sicura che sia probabilmente solo malata."

Logan considerò il suggerimento. Non era sicuro di poter essere educato con i genitori di Grace, dopo quello che avevano fatto a loro due, ma se ciò significava vedere in prima persona che Grace stava bene, lo avrebbe fatto. "Va bene, lo farò."

"Non puoi semplicemente irrompere lì dentro alla Logan e pretendere di vederla", avvertì Felicity.

" 'Alla Logan'? Cosa diavolo significa?" chiese.

"Senti, devi fare il loro gioco. Se entri lì comportandoti come l'ex soldato dell'esercito che sei, si chiuderanno come un riccio. Credimi, ho conosciuto gente come loro. Vai a casa. Cambiati. Indossa un paio di pantaloni e una camicia col colletto. Suona civilmente il campanello invece di battere sulla porta col pugno. Salutali educatamente, chiedi se Grace è a casa. Di' loro che hai sentito che stava male e che eri preoccupato per la sua salute. Spara qualche cazzata sul tempo. Ad ogni costo. Fai il loro gioco. Se non lo fai, non riuscirai a vederla."

Logan digrignò i denti. Sapeva che Felicity aveva ragione, ma la cosa lo faceva incazzare ancora di più. "Bene."

"E chiamami subito dopo."

Logan alzò gli occhi al cielo. Certe volte Felicity era una proprietaria cazzuta che non si faceva mettere i piedi in testa da nessuno, e certe altre era come una quindicenne.

"Ti servono rinforzi?" chiese Cole a Logan.

"Sì, ma non credo che sarebbe di aiuto a Grace", disse onestamente al suo amico. "Lo apprezzo, però."

"Lo dirai ai tuoi fratelli?"

"Ovviamente. Ma prima devo sapere con cosa ho a che fare. Non voglio iniziare una missione se non c'è nulla di male".

Cole annuì. "Familiarizzati prima. Fai ricognizione."

"Esattamente. Ti contatterò non appena avrò un'idea migliore di ciò che sta succedendo".

"Sarò in attesa" borbottò Cole.

"*Saremo* in attesa", corresse Felicity con uno sbuffo.

Logan annuì distrattamente mentre i vari scenari su come

poteva andare la sua visita ai Mason gli correvano nella mente, uscendo dalla palestra e dirigendosi alla sua moto. Voleva ignorare il consiglio di Felicity, ma sapeva di non poterlo fare. Aveva ragione lei. Doveva cambiarsi, darsi una ripulita, apparire rispettabile... anche se era una facciata. Non era mai apparso rispettabile, indossare dei bei vestiti non lo avrebbe fatto apparire tale ora, ma si sarebbe adeguato. Per Grace.

Un'ora dopo, Logan suonò il campanello della casa dei Mason. Aveva lasciato la sua moto a casa e optato invece per il suo pick-up. Probabilmente non era il tipo di auto che i Mason avrebbero trovato rispettabile, ma era molto meglio della sua moto. Resisté all'impulso di muoversi troppo dando a vedere il suo disagio. Indossava un completo grigio che Nat aveva insistito acquistasse quando avevano iniziato l'attività, e gli sembrava imbarazzante da morire. Aveva dimenticato la cravatta, ma aveva indossato una camicia bianca abbottonata e un paio di scarpe eleganti nere di suo fratello.

C'era una telecamera di sicurezza puntata su di lui. L'aveva notata non appena si era avvicinato al grande portico di fronte alla casa. Logan stava dritto in piedi con le mani incrociate davanti a lui, aspettando di vedere se la porta si sarebbe aperta. Aveva i suoi dubbi.

Alla fine, dopo quello che sembrava essere un'eternità, ma probabilmente erano solo una trentina di secondi, la porta si aprì cigolando e Logan si trovò faccia a faccia con un uomo che doveva essere un maggiordomo. Aveva circa settant'anni e il suo cipiglio profondo abbinato alle rughe permanenti sul suo volto avvizzito lo faceva sembrare più cattivo di un serpente.

"Sì. Posso aiutarla?"

“Mi chiamo Logan Anderson. Sono un amico di Grace.

Ho sentito che sta male e sono venuto a visitarla. Per vedere come sta. Se posso fare qualcosa per lei."

"La Signorina Grace è un po' malata ma credo che i suoi genitori stiano fornendo tutta l'assistenza di cui ha bisogno."

L'uomo fece per chiudere la porta ma Logan fu più veloce. Appoggiò il piede fra la porta e lo stipite e la mano sulla porta. "Per favore. Ci sono molte persone preoccupate per lei. So che tutti si sentirebbero meglio se potessi vederla solo per un momento. Non voglio disturbare lei o i suoi genitori, e certamente non voglio farla stare peggio, ma sento che non sarei un buon ambasciatore per i suoi amici se non le porgessi almeno i nostri migliori auguri di persona."

Logan sperava che il vecchio avesse sentito la minaccia celata nelle sue parole.

L'aveva sentita.

Fece un passo indietro dalla porta e fece segno a Logan di entrare. "Se mi segue gentilmente, avverto la Signora Mason che è qui per informarsi sulla Signorina Grace. Se pensa che sia nel miglior interesse di sua figlia alzarsi dal letto e incontrarla, scenderanno a breve."

Le parole dell'uomo erano completamente educate, ma fu il tono che colpì Logan. Il maggiordomo era chiaramente irritato per aver dovuto farlo entrare, ma a Logan non gliene fregava niente. Avrebbe visto e parlato con Grace a qualunque costo. Non sarebbe stato un vecchio a fermarlo.

Seguì il maggiordomo lungo un corridoio pieno di ritratti di uomini accigliati sulle pareti, fino ad una stanza buia che sembrava essere usata di rado. C'era un divano antico dall'aspetto scomodo contro una parete. Il pavimento era in legno scuro e le tende sulla finestra grande erano di un pesante velluto rosso. Due sedie, una libreria piena di libri su una parete e un tavolino arredavano il resto della stanza.

"Si accomodi. Potrebbe volerci un po'. Se la Signorina Grace è abbastanza in salute da uscire dalla sua stanza, dovrà rendersi presentabile." L'uomo chinò la testa, poi lasciò Logan nella stanza, chiudendo la porta dietro di sé.

Logan osservò la stanza, trovando quello che si aspettava. Nell'angolo, in alto sul soffitto, c'era una videocamera di sicurezza. Sapendo di essere osservato, Logan vagò per la stanza, agendo con disinvoltura. Controllò i titoli dei libri sugli scaffali, per lo più di saggistica, guardò fuori dalla finestra, vedendo il terreno immacolato, e camminò avanti e indietro.

Nei tre anni in cui aveva conosciuto Grace al liceo, Logan non era mai stato a casa dei suoi genitori. Si erano sempre incontrati nella biblioteca del liceo per le sue lezioni di tutoraggio o si vedevano agli eventi sportivi in programma. Pensava di sapere tutto quello che c'era da sapere su Grace, ma si era sbagliato di grosso. Sapeva che viveva in una grande villa alla periferia di Castle Rock e che aveva molti soldi, ma non sapeva esattamente quanto fosse ricca la sua famiglia. Logan avrebbe scommesso tutto ciò che possedeva sul fatto che c'era del personale di servizio, un cuoco e probabilmente anche vari autisti residenti da qualche parte sulla proprietà.

Logan si pentì di non aver appreso di più su di lei a quei tempi. Era tutto concentrato solo su se stesso, imbevendosi della compassione e dell'attenzione di lei, e non si era preoccupato di tentare di scoprire qualcosa su Grace stessa. Lei non gli aveva mai detto, nemmeno una volta, che era infelice. E Logan si rese improvvisamente conto che quello non era il suo stile. Trascorreva il tempo insieme a lui cercando di farlo sorridere, cercando di assicurarsi che *lui* stesse bene. Questa era solo una delle cose che gli piacevano di lei. Allora e adesso.

Cercò di sembrare calmo mentre aspettava che Grace comparisse, ma ribolliva dentro. Non riusciva proprio a immaginare che lei vivesse qui. Lei che era così fresca, così modesta. Non gli aveva mai dato alcuna indicazione, quando erano adolescenti, che i soldi dei suoi le importassero. Sì, all'epoca indossava sempre abiti firmati e aveva una bella BMW, ma non si comportava come se si sentisse migliore di lui o di chiunque altro a scuola.

Senza giudicarlo, lo ascoltava per ore e ore parlare di quanto fosse orribile sua madre e di quanto odiasse stare a casa. Si era dispiaciuta per lui quando le aveva raccontato che sua madre a volte comprava alcol anziché cibo. Lo aveva persino incoraggiato ad arruolarsi nell'esercito una volta diplomato, se non altro per allontanarsi dalla sua vita famigliare.

Logan non aveva mai immaginato che vivesse in un ambiente così soffocante. Che volesse disperatamente l'amore dei suoi genitori. Lei era troppo... piena di vita per vivere in una tomba come questa.

La porta dietro di lui scricchiolò mentre si apriva e Logan si girò di scatto.

Margaret Mason era in piedi alla porta, con le braccia contegnosamente incrociate.

"Buon pomeriggio, Logan. È un piacere vederla dopo tutti questi anni. Mi dispiace per la morte dei suoi genitori".

Le parole erano educate e modulate, ma Logan non riusciva a percepire alcun tipo di emozione dentro di esse. Non vi era compassione. Nessuna sincerità. Era ovvio che in realtà non gliene fregava niente che i suoi genitori fossero morti.

"Grazie, signora Mason. È stato sicuramente un momento difficile."

"Allora lei e i suoi fratelli siete tornati in città per sempre?"

"Sì, signora," disse Logan senza approfondire.

"Mmmm. Grace arriverà tra poco. Come sa, non si sente bene e deve passare a un abbigliamento più adeguato per accogliere i visitatori. Stava dormendo, ovviamente."

"Capisco. Apprezzo che le abbia permesso di vedermi."

Logan odiava quelle parole, ma sapeva che dovevano essere dette. Era più che ovvio che questa donna governava la casa. Se non avesse voluto che Grace gli parlasse, non sarebbe accaduto. Fine della storia. Era molto consapevole di come avesse occultato le sue lettere da Grace tanti anni prima, e avrebbe voluto inveire contro di lei, ma si morse la lingua. Per la prima volta, si rese conto di come Grace potesse sentirsi. Probabilmente voleva opporsi a sua madre, ma conosceva il potere che la donna aveva su di lei. Fu questa una realizzazione sorprendente. All'improvviso, per la prima volta nella sua vita, Logan si sentì grato che sua madre l'avesse maltrattato solo fisicamente invece di manipolare e ricattare emotivamente lui e i suoi fratelli. Sapeva che in qualche modo ciò che aveva vissuto era più facile da gestire rispetto a quello che Grace aveva vissuto allora e viveva tuttora.

"Le offrirei dei rinfreschi, ma per come Grace sta al momento, so che l'odore del tè e dei biscotti le farebbe solo venire la nausea. Lei capisce, ne sono sicura."

Logan digrignò i denti. "Ovviamente. Non la tratterrò troppo a lungo. Io e i suoi amici siamo solo preoccupati per il suo benessere."

Margaret fece un risolino. "Non sono sicura di cosa pensi stia succedendo qui, giovanotto. Il padre di Grace ed io non la stiamo tenendo prigioniera. Semplicemente, non si sente bene. Fortunatamente, ci stava visitando quando si è ammalata e non era da sola nel suo appartamento."

"Buono a sapersi. Non vedo l'ora di parlare con lei."

Dopo altri dieci minuti, che sembravano dieci ore, mentre Logan cercava di chiacchierare con Margaret Mason, la porta si aprì di qualche centimetro in più e Grace entrò nella stanza.

Il primo pensiero di Logan fu che, in effetti, non aveva un bell'aspetto. Aveva il viso pallido e le borse sotto gli occhi. I suoi capelli erano avvolti nel loro consueto chignon, sebbene

Logan li preferisse di gran lunga più casual, tirati su in coda di cavallo come li aveva l'ultima volta che l'aveva vista. Indossava un paio di pantaloni neri, i suoi soliti tacchetti e una camicetta di seta verde abbottonata sul davanti.

La guardò con occhio critico. Tutto sommato sembrava normale. Ordinata. Tirata a lucido. A parte i cerchi sotto gli occhi, il suo viso non mostrava alcun segno che fosse stata picchiata. La pelle intorno al collo era priva di lividi. Certo, quelli potevano essere nascosti sotto i suoi vestiti, ma camminò verso di lui senza zoppicare, mostrandogli che gambe e fianchi stavano bene. Nel complesso, sembrava una giovane donna che era stata semplicemente un po' malata negli ultimi giorni... proprio come aveva detto sua madre.

Si diresse direttamente verso di lui e gli si fermò vicino, alzando lo sguardo a lui con occhi spalancati. "Ciao, Logan. È gentile da parte tua che sei venuto."

Le sue parole erano educate ma prive di emozione. Era come se Logan stesse guardando una Grace Robot invece della giovane donna piena di vita che ricordava alcune notti prima.

"Ciao Grace. Come stai?"

"Sono stata meglio."

"Sediamoci", le disse Logan, prendendole le mani tra le sue. Erano gelide. Si accigliò mentre la conduceva al divano antico, l'unico posto nella stanza in cui poteva sedersi accanto a lei.

Margaret Mason si mosse per sistemarsi su una delle sedie accanto al divano, ben a portata d'orecchio.

"Può darci un momento?" Logan chiese educatamente, anche se in realtà avrebbe voluto dirle di dare loro un po' di spazio.

"Oh, ignoratemi. Voglio solo assicurarmi che Grace non strafaccia. Sa com'è... pensa sempre di poter spingere se stessa. Non voglio che abbia una ricaduta."

Ancora una volta, le parole sembravano preoccupate e educate, ma c'era un brutto sottotono che Logan non capiva. Voleva parlare con Grace senza sua madre vicino, ma a meno che non fosse disposto a sollevare letteralmente la signora Mason e gettarla fuori dalla stanza, cosa che non lo avrebbe aiutato a *parlare* con Grace, doveva stare al gioco. Questo lo fece infuriare. Odiava essere manipolato dall'altra donna.

Logan si sedette sul divano e inclinò il suo corpo verso Grace. L'aveva fatta sedere in modo che le spalle di lei fossero rivolte a sua madre, seduta lì vicino. Margaret poteva vedere facilmente la sua faccia, ma non quella di Grace.

"Hai l'influenza?"

Grace alzò le spalle. "Non ne sono sicura. È probabilmente un virus di qualche tipo."

"Hai visto un dottore?"

"Ovviamente. La mamma ha chiamato il medico di famiglia. Mi ha visitata e ha detto che qualunque cosa sia avrebbe seguito il suo corso in una settimana o giù di lì."

"Hmm. Felicity è passata al tuo ufficio e si è sorpresa scoprendo che stai male."

Logan osservò Grace attentamente, studiando il suo linguaggio del corpo. Le sue mani erano sul grembo, si stringevano a vicenda. Non si agitava, non si muoveva affatto. Sembrava composta e sotto controllo... tranne che per le sue mani. Le sue nocche erano bianche dalla forza che stava usando per trattenerle. E il suo battito cardiaco era così forte che Logan poteva vederlo chiaramente sul suo collo. Quelli erano gli unici segni esteriori che qualcosa non andava. Ma erano come enormi segnali d'allarme, per lui. Stava praticamente urlandogli di aiutarla, ma lui non poteva fare nulla. Non senza sapere cosa c'era che non andava.

"Lo apprezzo. Per favore, ringraziala per me", disse Grace a Logan senza cambiare la sua espressione facciale.

"C'è qualcosa che possiamo fare per te?"

"No grazie. I miei genitori si stanno prendono cura di me, come sempre. Come stanno i tuoi fratelli?"

Logan non era sicuro del motivo per cui lo chiedesse, ma sapeva che più tempo trascorreva con Grace, più indizi avrebbe potuto ottenere su ciò che stava realmente accadendo. Si sentiva nello stomaco che tutto non era come sembrava. "Stanno bene. Ieri ero a Colorado Springs per lavoro e Nat mi ha fatto impazzire con i suoi costanti messaggi SMS. Giuro che l'uomo è collegato al suo cellulare. Non saprebbe cosa fare senza i suoi aggeggi."

"Spero che vada tutto bene."

"Tutto bene? Oh, con il lavoro?" aspettò che annuisse, poi la rassicurò. "Sì. La cliente aveva semplicemente bisogno di una scorta per comparire in tribunale. Il suo ex la stava maltrattando e aveva solo bisogno di mostrargli che aveva qualcuno dalla sua parte. Funziona la maggior parte delle volte con i bulli. Quando vedono che la persona che hanno tenuto sotto il loro pugno per tanto tempo non ha paura di loro, e che ha qualcuno che le sta accanto che combatte per lei, scivolano via."

Era una spiegazione audace, ma Logan non avrebbe potuto fermare le parole perfino se la sua stessa vita fosse stata a repentaglio. Voleva che la signora Mason sapesse che era pronto a difendere Grace.

"Ammiro quello che fa, signor Anderson", intervenne Margaret, disapprovando chiaramente le sue parole. "Ma se la giovane donna non avesse preso la decisione sbagliata di stare con un giovane inadatto fin dall'inizio, non si sarebbe trovata nella sua posizione attuale. Giusto?"

Logan, distogliendo a fatica gli occhi da Grace si girò a guardare sua madre. Aveva fegato, doveva riconoscerlo. "Forse sì, forse no. L'uomo potrebbe aver agito in un certo modo verso di lei all'inizio della loro relazione, ma poi essere cambiato una volta che avutala in pugno. Ma a prescindere da come sia successo e da chi sia in colpa, non è mai accettabile che un essere umano opprima un altro. Punto."

Margaret non disse nulla, si limitò a scrollare le spalle e a fare un falso mezzo sorriso. Logan si rivolse di nuovo a Grace e notò che, nel breve periodo in cui stava parlando con sua madre, si era mossa. Solo leggermente, e se non l'avesse esaminata così attentamente in precedenza, non se ne sarebbe accorto.

Le sue mani erano ancora intrecciate sul grembo, ma si era spostata in modo che una delle sue maniche fosse sollevata di un paio di centimetri.

"Quali sono i tuoi sintomi? Sei in grado di mangiare qualcosa?" a Logan non interessava davvero la risposta di Grace, ma voleva farla parlare mentre la osservava.

Lei gli rispose con la stessa voce monotona che lui ignorò, cercando solo di capire cosa Grace stesse ovviamente tentando di dirgli con le sue azioni. C'era un po' di arrossamento sul polso che aveva esposto, ma nessun livido. C'era una linea che sembrava un'abrasione sopra la sua mano e un'altra linea proprio sotto il suo polso. Tutto qua. Nessun segno di mani, niente che gli dimostrasse che era trattenuta contro la sua volontà.

"...apprezzo."

" Cosa scusa?" chiese Logan, essendosi perso ciò che stava dicendo.

Lei allora gli sorrise. Un sorriso educato e vacuo che avrebbe potuto concedere a qualsiasi sconosciuto incontrato per strada. "Ho detto, grazie per essere passato. Lo apprezzo."

La signora Mason si alzò e Grace fece altrettanto, non lasciando a Logan altra scelta se non quella di alzarsi. "Grazie per essersi preoccupato di nostra figlia abbastanza da passare a farle visita, signor Anderson. È importante per noi che Grace abbia amici così *premurosi*."

"Grace ha molte persone che si preoccupano per lei. Sono solo felice che non sia niente di più serio. Contatterai Felicity, vero Grace? Le dirò che ti ho visto oggi, ma dovresti davvero parlarle direttamente."

"Lo farò. Appena mi sento in grado di farlo."

Logan non ce la faceva più. Si sporse in avanti e prese Grace tra le sue braccia in quello che sperava sembrasse a sua madre un semplice abbraccio amichevole. Voleva sussurrarle all'orecchio che non era sola, che avrebbe scoperto qualunque cosa stesse accadendo, ma non ci riuscì. Non con sua madre lì vicino. Invece, premette le dita di una mano sulla sua vita e avvolse l'altra intorno alla sua nuca, assicurandosi che il suo pollice sfiorasse il suo tatuaggio invisibile proprio come aveva fatto l'altra sera in palestra.

"Abbi cura di te, Smarty. Non vorrei mai che ti accadesse nulla di male. Mi mancheresti troppo", le disse Logan seriamente.

"Grazie." Quella parola era un soffio di suono vicino al suo orecchio, piuttosto che un suono effettivamente pronunciato ad alta voce, ma Logan la sentì forte e chiaro.

Si tirò indietro e le mise le mani sulle spalle. Il battito del collo era ancora incredibilmente forte, e Logan sentì la stretta di lei sui suoi fianchi per un momento, prima che le sue mani cadessero e si allontanasse da lui.

"Sentiti meglio presto", disse debolmente.

"Sono sicura che lo farò."

"Dai, Grace. È ora di tornare a letto", disse Margaret senza fronzoli. "Non voglio che tu abbia una ricaduta. Tuo padre ti sta aspettando. Ti aiuterà a tornare di sopra e a metterti di nuovo a tuo agio."

Grace deglutì, poi abbassò lo sguardo sul pavimento prima di camminare verso la porta. Si voltò a guardare un'ultima volta Logan, e i capelli sulla testa di lui si drizzarono di nuovo.

Era lo sguardo di una donna che voleva sperare nel meglio, ma non si aspettava altro che il peggio.

Ricordando la cosa sciocca che la faceva sempre sorridere quando erano al liceo, Logan la guardò negli occhi e ammiccò. Lei non sorrise, ma si morse il labbro, mentre i suoi occhi si riempirono di lacrime, e ricambiò il suo gesto con uno simile, prima di girarsi ed uscire dalla stanza.

Quando Grace se ne fu andata, Logan si girò con riluttanza verso la signora Mason. Doveva continuare a stare al gioco. "Grazie per avermi fatto vedere sua figlia. Significa molto per me e per i suoi amici."

"Ovviamente. Come già detto, non è una prigioniera. Siamo solo preoccupati per la sua salute. Tutto qua. Forse dovrebbe chiamare prima di passare la prossima volta. So che Grace ci ha messo molto per cambiarsi per poter apparire presentabile."

"Lo farò. Grazie ancora. Non si disturbi, trovo la porta d'ingresso da solo."

"Sciocchezze. James l'accompagnerà alla porta."

Logan avrebbe voluto alzare gli occhi al cielo. Ovvio che il maggiordomo si chiamasse James. Invece annuì semplicemente e seguì la signora Mason fuori dalla stanza. Il vecchio li stava aspettando e Logan ringraziò ancora una volta la madre di Grace prima di seguire James alla porta d'ingresso principale.

Voleva darsela dal vialetto della proprietà come se un branco rabbioso di cani infernali lo stesse inseguendo, ma si costrinse a guidare con calma. Appena svoltò sulla strada principale di fronte alla casa, prese il telefono e compose un numero.

"Com'è andata?" chiese Nathan, senza preoccuparsi di salutare.

"È nei guai."

"Perché, che è successo?"

"Ti racconterò tutto quando arrivo in ufficio. Chiama Cole. E Felicity."

"Va bene. L'hai vista?"

"Sì."

"E? Dammi qualche indizio, fratello," disse Nathan testardamente.

"Non lo so. Ha detto tutte le parole giuste, ma era terrorizzata", disse Logan a suo fratello.

"Di cosa? Di te?"

"Non esattamente. Per me, forse. Di sua madre, sicuramente. Dammi circa quaranta minuti. Ho bisogno di farmi una doccia. Devo levarmi di dosso la puzza di quella casa e di quella donna."

"Hmm... Così pessima eh?" chiese Nathan, con tono di supporto facile da sentire nella sua voce.

"Sì, così pessima," confermò Logan.

"Non c'è problema. Blake sta arrivando comunque e io posso passare a prendere Cole e Felicity. Qualcun altro di cui abbiamo bisogno?"

"Non adesso. Non ho nulla di concreto, solo il mio sospetto. E questo non è abbastanza per fare niente di ufficiale. Ma ti dirò una cosa, fratello. Uscirà da quella fottuta casa. In un modo o nell'altro."

"Avrai tutto ciò di cui hai bisogno."

"Grazie. Ci vediamo tra poco."

"Ciao."

Logan riagganciò il telefono e si chiese cosa diavolo fosse appena successo.

———

Grace non disse una parola, seguì docilmente il padre su per le scale fino alla sua stanza. Avrebbe tanto voluto sputare tutto fuori a Logan, ma con sua madre seduta dietro di lei, sapeva di non poterlo fare. I suoi genitori erano matti da legare. Chissà cosa avrebbero fatto a Logan se lo avesse fatto. Probabilmente li avrebbero rinchiusi entrambi in una cantina segreta sotto la casa.

Avrebbe temporeggiato. Grace aveva avuto molto tempo a disposizione per pensare, mentre era incatenata al suo letto. Non poteva vincere contro i suoi genitori. Non adesso. Ma aveva finito di fare ciò che i suoi genitori volevano che facesse. Finito.

Avrebbe fatto la vittima indifesa per un po' e, alla prima occasione, sarebbe stata fuori di lì. Fuori dalla casa. Fuori da Castle Rock. Dal Colorado. Avrebbe ricominciato da qualche altra parte. Cameriera, donna delle pulizie, lavoratrice in un motel... non importava. Fintanto che era lontana da Margaret e Walter Mason, e i suoi amici erano al sicuro, nient'altro importava.

Grace non disse una parola mentre suo padre borbottava sottovoce, imprecando contro gli uomini ficcanaso e lamentandosi di dolori al petto. Si cambiò di nuovo nella maglietta larga e nei pantaloni della tuta che le erano stati permessi, senza nemmeno preoccuparsi che suo padre fosse nella stanza a guardarla che si cambiava. Si sdraiò sul letto e gli permise di allacciare le manette rifinite di cuoio sui suoi polsi. Le avevano sfregato la pelle, abbastanza da lasciare lievi segni. Grace non aveva idea se Logan li avesse notati o no, o se avesse persino capito cosa stesse guardando. Era l'unico segno fisico che aveva della sua prigionia. L'unico indizio che aveva da mostrargli.

Le catene tintinnarono dietro la sua testa, mentre suo padre ne chiudeva la serratura. Poi, senza dire una parola, la lasciò semplicemente sdraiata nel suo letto. Grace avrebbe ucciso per qualcosa da mangiare, ma sua madre la stava limitando a sole cinquecento calorie al giorno. Aveva ridacchiato dicendo che era a dieta drastica.

Grace odiava i suoi genitori.

Li odiava.

Per tanto tempo aveva fatto tutto il possibile per convincerli ad amarla. Ad apprezzarla. A essere orgogliosi di lei. Ma da sempre stava combattendo una battaglia persa. Non l'avrebbero mai amata. E con quella consapevolezza, tutto l'amore che aveva tenuto nel cuore per le persone che l'avevano cresciuta era morto.

Grace capì adesso ancora di più il desiderio di Logan di lasciare la città non appena diplomato.

Avrebbe dovuto andarsene con lui allora. Comprare un biglietto e salire su quell'autobus con lui.

Avrebbe... Se solo... Chissà... Tutte questioni dibattute, ormai.

Ma alla prima occasione, stavolta, se ne sarebbe andata.

CAPITOLO TREDICI

LOGAN ERA SEDUTO al grande tavolo circolare della Ace Security con i suoi fratelli, Felicity e Cole. Aveva ripetuto loro ogni parola che Grace aveva detto e non era ancora sicuro di cosa stesse cercando di dirgli. In apparenza, tutto sembrava a posto ma Logan sapeva che non lo era.

"Ha detto che i suoi genitori si stavano prendendo cura di lei proprio come hanno sempre fatto?" Felicity chiese incredula.

"Sì. Erano le sue testuali parole," confermò Logan.

"Non si sono presi cura di lei da quando ha imparato a camminare", brontolò Felicity. "Non veramente. So di averla incontrata solo pochi anni fa, ma davvero. Sono le persone più fredde che abbia mai avuto la sfortuna di incontrare".

"E hai detto che c'erano delle telecamere?" chiese Nathan.

"Sì. Le ho viste mentre mi avvicinavo in auto, e ce n'erano anche dentro casa."

"Blake, puoi accedere alle registrazioni?" chiese Nathan.

"Cosa? No. Non sono uno hacker."

"Ma tu ami i computer", sostenne Logan.

"Sì. È vero. Ma ciò non significa che possa entrare in qualsiasi sistema voglia. Posso analizzare i video che qualcuno mi da, fare ricerche altamente professionali, e se ho l'hard disc di un computer, posso analizzarlo e recuperare la cronologia di navigazione, vedere quali siti web sono stati visitati e cose del genere, ma non sono uno hacker."

"Merda. Eri nell'esercito. Non hai contatti?" Si lamentò Logan.

"Anche tu eri nell'esercito. Non hai dei contatti *tu*?" Ribatté Blake.

"Cazzo." Logan si strofinò la tempia. "Pensavo che tutti voi fanatici del computer vi conosceste. Nei film, c'è sempre il ragazzo che sembra conoscere tutti e può accedere a tutte le informazioni solo toccando una tastiera".

Nathan sbuffò. "Quelle persone non esistono veramente. Succede solo nei film e forse nei romanzi. Non nella vita reale. Credimi, vorrei poter conoscere qualcuno del genere. Sarebbe una manna dal cielo per il nostro lavoro. A parte il fatto che è illegale, qualcuno dovrebbe essere davvero bravo, o *davvero* fortunato ad attaccare telecamere, satelliti e database governativi su base continuativa."

"Maledizione. Dobbiamo sapere cosa sta succedendo all'interno di quella casa", si lamentò Blake.

Felicity disse: "Grace mi ha messo sul suo conto bancario, per qualsiasi evenienza. Posso controllarlo per vedere se ha ritirato dei soldi".

"Buona idea", le disse Logan. "E l'altro suo telefono? Puoi contattarla su quello?"

"Ci ho provato. Non ha risposto. Non so se i suoi genitori l'hanno trovato, o se non ci può accedere, o se sta solo tenendo un basso profilo."

La stanza rimase silenziosa per un momento, poi Cole chiese: "Dicevi che aveva un segno sul dorso della mano. Pensi che signifîchi qualcosa?"

Logan alzò le spalle. "All'inizio l'ho pensato, ma ora non

ne sono sicuro. Non sembrava un segno di manette. Ne ho viste abbastanza di quelle per sapere come sono fatte. Questo sembrava solo una specie di arrossamento."

"Dove hai detto che era?" chiese Nathan, serrando i denti per l'agitazione al suggerimento che Grace fosse stata maltrattata.

"C'era un leggero segno rosso qui e qui." Logan alzò la mano e tracciò una linea immaginaria sul dorso della mano sopra il polso, e circa dieci centimetri più in basso.

"Sicuramente troppo grande per delle manette" concordò Cole.

"Ma potrebbero comunque essere state manette di qualche tipo", sostenne Nathan.

"Sì," concordò Felicity. "Se vogliono assicurarsi che non rimanga segnata, potrebbero aver avvolto qualcosa attorno ai suoi polsi in modo da non lasciarle i lividi. Grace è intelligente. Perché altrimenti avrebbe sollevato di proposito la manica della sua camicetta?"

Logan digrignò i denti, ma non riuscì a trattenere la sua reazione. Si alzò così all'improvviso che la sedia su cui era seduto si rovesciò all'indietro e cadde a terra con un forte botto. Colpì il tavolo con il palmo aperto, si voltò verso il muro e colpì pure quello. Poi ci appoggiò entrambe le mani e si sporse in avanti, respirando affannosamente. Era incazzato.

La stanza rimase per un momento in silenzio, prima che Felicity avesse il coraggio di romperlo. "Perché ti importa tanto, Logan?"

Logan si girò di scatto e, tra i denti serrati, gridò: "Cosa?"

Felicity alzò le mani in segno di resa. "Non ti arrabbiare. Sto solo dicendo che sei tornato in città da un paio di mesi. Le hai parlato veramente solo una volta in tutto quel tempo. Certo, la vostra conversazione è stata intensa; avete scoperto che i suoi genitori vi hanno fottuto entrambi, ma insomma... Che vi siete fidanzati alla festa in palestra l'altra sera e non ce l'avete detto, o che? C'è altro che vuoi raccontarci? Non fraintendetemi, sono felice che ti interessi di lei, perché Grace ha bisogno di un tipo tosto come te, a cui freghi quello che le sta succedendo, ma sono sinceramente confusa."

Logan avrebbe sbranato Felicity, ma si rese conto che aveva ragione. Non era nemmeno sicuro lui stesso del perché gli importasse così tanto, sapeva solo che gli importava. Cominciò a parlare facendo su e giù per la stanza. Le sue parole all'inizio uscirono a tratti, per poi fluire sempre più velocemente, mentre l'emozione che provava cominciava a riversarsi.

"Lei... mi piace. Un sacco. Mi è sempre piaciuta. Anche se ci siamo baciati solo una volta, proprio prima che mi fiondassi fuori dalla città. È ancora il bacio più memorabile che abbia mai condiviso con una donna. E tutto ciò che facemmo era sfiorarci le labbra. Quando ho pensato che mi avesse scaricato, mi ha fatto male. Sono diventato un po' matto... ho scopato alcune donne che si erano offerte... mi sono azzuffato, soltanto per menar le mani.

Dopo un po' ho provato a uscire con alcune ragazze. Ho incontrato un paio di donne molto carine che sarebbero state mogli e madri eccellenti. Niente da fare. Non ho mai sentito nemmeno la metà della scintilla che provavo quando ero vicino a Grace.

Quando sono tornato in città mi sono tenuto lontano da lei. Non volevo che il sogno che avevo in mente della persona che era si offuscasse. Anche se credevo che mi avesse ferito apposta e ingannato, non riuscivo a togliermela dalla testa."

Logan fece un respiro profondo e guardò i suoi amici. Non lo stavano guardando con pietà, ma con compassione ed empatia. Continuò.

"Sono bastati cinque minuti in sua compagnia e tutti i sentimenti che avevo a diciotto anni sono riaffiorati a valanga... dieci volte più forti. Era esattamente come me la ricordavo... e pure meglio. Quindi, sì, Felicity, ci tengo a lei. Un sacco. Forse lei non vuole avere niente a che fare con me. Forse vuole solo un'amicizia. Ma non credo."

"Anch'io non credo" concordò Felicity. "Non l'ho mai vista così... stordita com'era quella sera che l'ho vista. Se potessi, vi rinchiuderei a chiave in una stanza, voi due soli, e vi lascerei lì per una settimana."

"Non credo che mi basterebbe...", disse ironico Logan.

"Spererei di no. Se potessi, farei in modo che tutt'e due foste così presi da non poter vivere l'uno senza l'altra. Ma devo dirlo. Non farla soffrire, Logan. Ti taglio le palle se lo fai."

"Non lo farò." Logan riuscì a non sussultare alla sua scelta di parole.

"Bene. Qual è il piano?"

Le labbra di Logan si contrassero e guardò suo fratello. "Blake? Sei il migliore in questo genere di cose." Logan non voleva altro che entrare in quella casa sulla collina e rubare Grace, ma sapeva che doveva essere furbo. L'ultima cosa di cui aveva bisogno era venir gettato in prigione con l'accusa di rapimento e far chiudere Ace Security. Dovevano stare attenti. E se ciò significava lasciare che i suoi fratelli prendessero il controllo, lo avrebbe fatto volentieri.

"A turno sorveglieremo la casa, fuori dalla portata delle loro telecamere. Faremo delle foto e cercheremo di intravedere Grace dalle finestre. Prenderemo nota di chi va e viene e tenteremo di avere informazioni da chiunque esce dalla casa dei Mason. Autisti di consegna, visitatori, dipendenti. Cercheremo di avere più informazioni possibili, e quindi decideremo la nostra prossima mossa".

"Per quanto tempo?" chiese Logan. "Se stanno facendo del male a Grace, non possiamo aspettare. Parlare con tutti quelli che visitano la casa richiederà troppo tempo."

"Non ne sono sicuro. Non la voglio nemmeno io in quella

casa più a lungo del necessario, ma dobbiamo giocarci questa faccenda in modo intelligente", disse Blake pacatamente.

"Ok. Ma se abbiamo qualunque indizio che le stanno facendo del male, ci muoviamo."

"Te lo prometto, Logan. Ora, facciamo un programma su chi deve fare cosa e quando", disse Blake, sparpagliando alcuni fogli di fronte a lui.

Il gruppo si rannicchiò sul tavolo discutendo i punti di osservazione migliori attorno alla casa dei Mason, e decidendo chi avrebbe fatto il primo turno di guardia.

I quattro uomini e la donna avevano stretto un patto non ufficiale per andare al fondo di ciò che stava accadendo all'interno delle mura della prigione di Grace. In un modo o nell'altro.

CAPITOLO QUATTORDICI

GRACE SEDEVA con gli occhi bassi, armeggiando con un filo dell'orlo della sua camicetta, mentre sua madre parlava con i genitori di Bradford. Erano passati tre giorni da quando le era stato permesso di parlare con Logan, al piano di sotto. Tre lunghe giornate di silenzio, intervallate da ramanzine e minacce da parte di sua madre e suo padre.

Si era dovuta sorbire mille volte come Logan e i suoi fratelli sarebbero stati rovinati se avesse pronunciato una sola parola su ciò che le stava accadendo. La palestra di Felicity e Cole sarebbe stata bruciata completamente se Grace avesse osato parlare dei lunghi giorni di privazione di cibo e acqua.

Quel pomeriggio, Margaret aveva informato Grace che Bradford e i suoi genitori sarebbero venuti a cena da loro per poter piantare il seme di una 'relazione' tra Bradford e Grace.

A Grace piacevano i genitori di Brad. Li aveva incontrati solo una manciata di volte, ma sembravano molto più alla mano dei suoi genitori. Bradford aveva una sorella che non aveva mai incontrato, ma dalle poche volte in cui Brad ne aveva parlato, a Grace era sembrato che fosse il tipo di persona che avrebbe voluto conoscere. Alexis era di qualche anno più giovane di lei, ma da quello che Brad aveva detto, era molto matura per la sua età. Anche se i Grant avevano molti soldi, non avevano lasciato che questo fatto li spogliasse delle loro anime come sembrava avessero invece fatto Margaret e Walter.

Per garantirsi la sua collaborazione quella sera a cena, Walter aveva detto a Grace esattamente cosa sarebbe successo a Betty e Brian Grant se non avesse tenuto la bocca chiusa. Le aveva detto che conoscevano qualcuno che poteva facilmente tagliare i freni della loro macchina per mandare la coppia fuori strada e in braccio alla morte, una notte in cui si dirigessero verso casa loro per le stradine secondarie del Colorado, sulle montagne ad ovest di Denver.

Grace aveva passato molto tempo in quella stanza, e si era resa conto che nell'ultimo paio di anni i suoi genitori erano diventati ancora più duri nelle loro parole e azioni. Voleva credere che i suoi genitori fossero in grado di uccidere? No. Ma le loro minacce, unite alla prigionia, le avevano fatto capire che qualcosa li aveva spinti al punto di rottura, scardinando il loro equilibrio mentale.

Aveva quindi annuito sommessamente alla minaccia di suo padre.

E pianificato la sua fuga.

———

Logan imprecò a lungo e duramente dentro la sua testa mentre guardava il Mercedes SUV che si fermava di fronte alla casa dei Mason. Aveva insistito a fare i turni notturni in quegli ultimi giorni, lasciando fare i turni diurni a Nat e Blake. Per qualche motivo, aveva la sensazione che Grace fosse più vulnerabile di notte, e anche se non aveva idea di cosa stesse realmente succedendo all'interno della casa, vegliare nelle ore notturne lo faceva sentire più vicino a lei.

Le ultime notti, per quanto potesse vedere, non era accaduto nulla di spiacevole. Logan usava il binocolo e il lungo obiettivo della videocamera per scrutare gli abitanti della casa attraverso le finestre. Sfortunatamente, da quei punti di osservazione intorno alla proprietà, non aveva potuto accertarsi di molto. Aveva visto Walter e Margaret cenare nella grande e impersonale sala da pranzo, e vari domestici girovagare con gli occhi bassi, ma nessuna traccia di Grace.

Non importava in che punto si fosse spostato all'interno della proprietà, non era mai riuscito a vederla. Nemmeno una volta. Le tende della stanza che Felicity diceva fosse la camera da letto di Grace erano ben tirate sopra la finestra. Vi era un lieve bagliore che si spegneva ogni sera, quindi Logan era abbastanza sicuro che fosse lì, ma non aveva mai visto nemmeno la sua ombra muoversi per la stanza, il che lo disturbava.

Portandosi il binocolo agli occhi, Logan guardò mentre Betty e Brian Grant scendevano dalla Mercedes, seguiti dai loro figli, Bradford e Alexis. Felicity aveva detto a Logan e ai suoi fratelli che la madre di Grace voleva che la figlia sposasse Bradford. Logan prese nota mentalmente, Blake avrebbe fatto ricerche sull'intera famiglia Grant. Se avessero avuto a che fare con qualunque cosa stesse accadendo a Grace, l'avrebbero pagata. Non era una pedina da spostare su una scacchiera, lei, anche se lo era stata in passato.

Brian Grant suonò il campanello e il maggiordomo aprì la porta. Il vecchio continuava a non sembrare felice, ma fece un passo indietro, permettendo al gruppo di entrare senza problemi nella grande casa. Per la millesima volta, Logan desiderò avere l'aiuto di uno hacker. Avrebbe dato qualsiasi cosa, assolutamente qualsiasi cosa, per sentire cosa stava succedendo all'interno di quella casa proprio in quel momento.

Logan si aggiustò il cappuccio della felpa nera in modo più sicuro sulla fronte e cambiò posizione. Si assicurò di rimanere fuori dalla portata dei sensori di movimento che era certo si trovassero intorno, muovendosi in maniera lenta abbastanza da non sollevare o attirare l'attenzione di chiunque avrebbe rivisto in seguito i video di sorveglianza. Alla fine, trovato il suo solito punto di osservazione, da dove poteva vedere l'interno della sala da pranzo, Logan si sistemò.

Per la prima volta in tre giorni, Logan intravide Grace. A prima vista, sembrava stare bene. I suoi capelli erano acconciati nel solito chignon. Indossava una camicia grigia a maniche lunghe, con una specie di sciarpa intorno al collo. I suoi pantaloni erano neri e le abbracciavano i fianchi mentre camminava. Aveva sorriso educatamente ai Grant e stretto loro le mani, prima di sedersi.

Fortunatamente, era seduta di fronte alla finestra grande, così Logan poteva vederla chiaramente dal suo punto di osservazione. I suoi genitori erano seduti di fianco a lei, Bradford dall'altra parte del tavolo tra i suoi genitori e Alexis era seduta alla fine di un lato del tavolo.

Nel complesso, a Logan sembrava una strana disposizione dei posti a sedere, ma cosa ne sapeva lui del modo corretto di sedere gli ospiti a una cena formale?

Più Logan osservava il gruppo che mangiava, più si preoccupava per Grace. Parlava raramente e mangiava poco. C'erano state alcune volte in cui l'aveva beccata mordersi il labbro e, guardando i muscoli che si muovevano nella sua mascella, poteva indovinare che stesse anche digrignando i denti.

Logan non sapeva leggere le labbra, ma il linguaggio corporeo la diceva lunga. Margaret Mason vacillava tra piacere, disapprovazione e – se non si sbagliava – esultanza. Qualunque fosse la conversazione, sembrava che stesse andando per lo più nella direzione che desiderava.

La cena, che durò due ore, pareva essere estremamente imbarazzante e Logan poteva dire che verso il termine sembrava che Grace avesse quasi raggiunto un punto di rottura. Margaret aveva gesticolato un rifiuto del dolce quando il domestico lo aveva offerto a Grace, e aveva riso dopo aver detto qualcosa. Grace non aveva risposto, limitandosi a guardare il proprio grembo.

Finito il pasto, tutti si alzarono e uscirono dalla sala da pranzo. Logan immaginò che stessero entrando nel salotto soffocante dove aveva visitato Grace. Si spostò di nuovo furtivamente nel vasto prato, ancora una volta grato che le tende fossero aperte. Osservò il gruppo col binocolo, digrignando i denti per il senso d'urgenza che lo percorreva ogni minuto che passava.

Il gruppo si sedette e parlò per un'altra trentina di minuti circa, mostrando di nuovo molti degli stessi manierismi che aveva notato durante la cena. Questa volta, tuttavia, Logan aveva una vista migliore di Betty e Brian Grant. Si erano scambiati vari sguardi preoccupati e vi erano molti gesti delle mani.

L'ultima volta che Logan era stato tanto arrabbiato quanto in quel momento era nell'esercito, quando un terrorista aveva spinto una bambina di circa cinque anni fuori da un'auto vicino ad un posto di blocco. La bambina aveva uno zaino per adulti sulla schiena e barcollava sotto il suo peso.

Tutti i soldati avevano capito immediatamente cosa stava succedendo ma non erano riusciti a fermare l'inevitabile. La bambina non capiva l'inglese, non capiva i soldati intorno a lei, che le urlavano di fermarsi. Di non fare un altro passo. Ma ovviamente *capiva* cosa le avrebbe fatto suo padre se avesse disobbedito a lui. Così aveva continuato a camminare.

Non fu Logan a sparare quel giorno, ma ricordò la rabbia che provò verso l'uomo che aveva fatto il lavaggio del cervello a quella bambina al punto da terrorizzarla, trasformandola in una bomba ambulante.

Felicity aveva ragione. Margaret poteva anche non aver

picchiato Grace fisicamente, ma la stava uccidendo con le parole. Probabilmente era stato così per tutta la vita di Grace. Nascondere le sue lettere era solo una goccia nel secchio dell'abuso che Grace aveva molto probabilmente sofferto fin da bambina. Era un miracolo che fosse forte quanto lo era. I più sarebbero rimasti soppressi e vinti.

Anche se Grace sembrava a disagio, e c'era paura sul suo viso, Logan riconobbe anche la sua determinazione. Giurò in quel momento, seduto lì al buio fuori da quella casa, mentre osservava la forza silenziosa di Grace, che non avrebbe passato altre ventiquattro ore nel pugno dei suoi genitori.

Mentre Margaret continuava a molestare Grace, Walter Mason si avvicinò alla finestra e guardò fuori nel suo cortile per un lungo momento. Logan sapeva di essere ben nascosto, ma si ritrovò a trattenere il respiro e a contrarre tutti i muscoli del suo corpo. Con un rapido movimento del polso, Walter tirò una corda verso la destra di dove si trovava e una scura e spessa tendina cadde dalla cima della finestra, nascondendo al suo sguardo Grace e tutto ciò che le stava accadendo lì dentro.

Logan, imprecando, posò con riluttanza il binocolo e indietreggiò dal suo nascondiglio fino a raggiungere un gruppo di alberi. Aveva fatto ricognizione a sufficienza. Era tempo di agire, subito. Aveva bisogno di incontrare i suoi fratelli per far uscire Grace da quella casa, definitivamente.

———

La mente di Grace nuotava in tutto ciò che era accaduto nelle ultime ore. Margaret stava mettendo in moto il suo piano e Grace era rimasta sconvolta dal suo comportamento. A prima vista, Brian e Betty Grant sembravano il tipo di persone che avrebbero ceduto a pressioni e indietreggiato sotto la potenza di Margaret Mason. Ma per fortuna non lo erano.

Erano ovviamente rimasti sorpresi quanto Bradford dal piano di sua madre. Avevano educatamente protestato e detto che non si sarebbero intromessi nella vita sentimentale dei loro figli, ma Margaret aveva continuato ad avanzare, spingendo Grace sotto il treno come al solito, dicendo ai Grant che Grace aveva una cotta per Bradford da anni e non vedeva l'ora di conoscerlo più intimamente. La serata era andata di male in peggio, e tutti si sentivano imbarazzati e ansiosi. I Grant se ne erano andati poco dopo.

Ma fu lo sguardo confuso e arrabbiato sul viso di Alexis a ferire Grace più di tutto. La ragazza pensò che anche Grace stesse complottando con i suoi genitori, e sembrava odiarla per questo. La prospettiva che un giorno avrebbero potuto essere amiche era dunque stata annientata dalle azioni dei suoi genitori.

Grace digrignò i denti mentre sua madre continuava ad accanirsi contro di lei, dopo che i Grant se ne erano andati. Ignorò le accuse e le minacce, ritirandosi dentro la sua testa, macchinando come sarebbe fuggita dai suoi genitori pazzi. Suo padre non aveva detto molto, ma non era neppure in disaccordo con sua moglie.

Fu riportata al momento presente quando sua madre le afferrò il mento e la costrinse ad alzare la testa, strillandole addosso così violentemente che la saliva che schizzava dalla sua bocca atterrò sul viso di Grace. Non si mosse per asciugarla, ma fissò senza espressione sua madre.

Alla fine Margaret sbraitò: "Non ho bisogno della tua collaborazione, comunque. Otterrò quello che voglio, in un modo o nell'altro. Lo faccio sempre", spingendole da una parte la testa con disgusto. "Riportala nella sua stanza, Walter. Altri giorni senza mangiare le faranno cambiare idea, ne sono sicura."

Walter le agguantò la parte superiore del braccio, strattonandola per raddrizzarla. Grace incespicò accanto a suo padre mentre percorrevano il lungo corridoio verso la sua stanza. Ancora una volta, si cambiò nella maglietta e nei pantaloni della tuta e non emise nemmeno un suono, mentre suo padre la incatenava. Sorprendentemente, nemmeno l'uomo anziano disse una parola, e presto Grace fu di nuovo sola nella sua cella.

Doveva solo aspettare. Prima o poi, Margaret ne avrebbe avuto abbastanza del suo gioco, e Grace sarebbe stata pronta ad agire. Le servivano solo cinque minuti e sarebbe riuscita a scappare.

Solo cinque fottuti minuti.

Tutto qua.

Non appena la sua occasione si fosse presentata, l'avrebbe presa al volo.

CAPITOLO QUINDICI

LOGAN E BLAKE si accovacciarono dietro un banco di cespugli vicino alla proprietà dei Mason. Avevano pianificato e programmato per ore, dopo che Logan era tornato dalla sua missione la sera precedente. Avevano un piano, non era esattamente legale, ma a Logan non importava. Aveva visto abbastanza per sapere che c'era qualcosa di terribilmente sbagliato nella famiglia Mason, e non avrebbe più aspettato per far uscire Grace.

Quindi, il piano era di rapirla.

Non era esattamente il piano migliore, ma era il modo più conveniente per tirarla fuori da quella casa. C'erano molte incognite; ne avevano analizzato quante più potevano. Le telecamere, i Mason stessi, lo stato mentale di Grace, il personale di servizio in giro per casa... ma era giunto il momento.

Logan fece un gesto a Blake dopo che Nathan suonò il campanello per distrarre Walter e Margaret. Si mossero come un sol uomo verso la finestra di Grace. Le tende erano chiuse ermeticamente, come lo erano state per tutta la settimana, ma c'era una luce accesa dentro la stanza. Avevano spruzzato vernice sulle lenti delle telecamere ai lati della casa per guadagnare un po' di tempo e rendere più difficile la loro identificazione. Entrambi gli uomini indossavano una tuta nera, completa di guanti neri. Blake tentò di aprire la finestra. Bloccata. Se l'aspettavano. Logan estrasse dalla tasca un tagliavetri, rapidamente e senza far rumore incise un cerchio sul vetro, abbastanza grande da far passare la mano e sbloccare la finestra. Trattenne il respiro mentre Blake sollevava il vetro, rilassandosi perché le sirene del sistema d'allarme non suonarono. Usando le mani di Blake come sgabello, Logan balzò nella stanza.

Il soggetto della loro missione era addormentato nel suo letto. Logan prese un momento per assimilare la vista di lei. Grace era coricata su un lato, entrambe le mani sotto il cuscino. Sembrava placida, il che era una visione rassicurante dopo ciò che aveva visto la sera prima.

La luce accanto al letto era accesa e Logan fece scorrere gli occhi su Grace, cercando segni di maltrattamento. Le sue guance erano arrossate e il respiro lento e uniforme. Indossava una maglietta e le sue braccia non avevano contusioni. Il lenzuolo era stato spinto verso il basso sui suoi fianchi e Logan poteva vedere il suo petto sollevarsi e abbassarsi ritmicamente.

Emise un sospiro di sollievo al vedere che sembrava illesa. Silenzioso come un fantasma, attraversò la stanza, tenendo la testa bassa, posò una mano sulla spalla di Grace e la fece girare sulla schiena, mettendole l'altra mano sopra la bocca per attutire qualsiasi suono di sorpresa che potesse emettere.

Lei si svegliò di soprassalto, fissandolo nell'ambiente scarsamente luminoso.

"Sono Logan. Sei al sicuro." Mantenne la voce bassa, per non farla rilevare da nessuna telecamera nella stanza. "Non far rumore. Capito?"

Lei annuì sotto la sua mano.

"Tolgo la mano. Per favore. Non dire una parola. Ti spiegherò dopo."

Grace annuì di nuovo, più velocemente questa volta.

Logan tolse la mano col guanto dalla sua bocca e fece per dirle cosa diavolo stava facendo nella sua camera da letto, ma lei lo batté sul tempo.

"Portami via di qui."

Logan aveva un milione di domande per lei, ma quelle quattro parole risposero a quelle più pressanti. "Non abbiamo molto tempo. Prendi solo quello che devi avere con te." Logan si girò a guardare la stanza, esaminandola.

"Riesci a togliermi queste?"

Si voltò di nuovo verso Grace, non capendo la domanda, ma quando vide di cosa stava parlando contrasse tutti i muscoli del suo corpo.

Aveva sollevato le mani, che erano state nascoste sotto il cuscino, mostrando le manette ai suoi polsi, con la catena attaccata a entrambe che serpeggiava fino alla testiera del letto.

"Figli di puttana," imprecò Logan, socchiudendo gli occhi sui lucchetti che la tenevano prigioniera. I suoi genitori l'avevano rinchiusa come un animale. Avevano incatenato la figlia al suo letto come se fosse una malata di mente. Logan voleva prendersi a calci per aver aspettato a tirarla fuori.

"Tengono la chiave con sé. Ho provato a sfilare le mani dalle manette, ma sono troppo strette. Non ho fatto altro che farmi del male," sussurrò Grace.

Logan studiò rapidamente il problema. "Non ho nulla con cui aprirle", si scusò, spostandosi verso la testiera del letto per esaminarla.

"Oh, capisco. Tornerai con qualcosa?"

Logan guardò attentamente Grace. "Col cazzo che ti lascio qui, Grace."

"Ma..."

"Quegli stronzi non sono così intelligenti come pensano di essere. Alzati." Logan era più che incazzato. Incazzato coi suoi genitori. Incazzato che Grace pensasse che l'avrebbe lasciata lì. Semplicemente incazzato in generale. La aiutò ad alzarsi accanto al letto, arrabbiandosi di nuovo quando la vide barcollare. Indossava un paio di pantaloni della tuta grigi che teneva su con una mano. La maglietta bianca le stava appesa addosso come se fosse un attaccapanni.

Spostandola di lato, Logan si chinò e verificò ciò che aveva sospettato. Si volse di nuovo verso Grace e disse con urgenza: "Le cose accelereranno qui tra un secondo. Farò un sacco di rumore e dovremo correre. Che cosa vuoi che ti prenda prima di andarcene?"

Lei si mosse di fronte a lui, mordendosi il labbro e rifiutandosi di incontrare il suo sguardo.

"Cosa, Grace? Presto. Non abbiamo molto tempo."

Lo guardò. "C'è una pila di lettere sotto il mio materasso. Sono sicura che i miei genitori lo sanno, ma per qualche motivo mi hanno permesso di tenerle. Probabilmente perché pensano che mi faccia male averle." Scrollò le spalle. "Non le ho prese quando mi sono trasferita nel mio appartamento perché stavo cercando di voltare pagina."

Logan si chinò immediatamente sul letto, sollevò il materasso e tirò fuori le lettere. Erano legate insieme con un nastro rosa. Le porse a lei. "Queste?" cercò di non provare un dolore lancinante al pensiero che ricevesse lettere da qualcun altro... e le considerasse così importanti da tenerle sotto il suo materasso.

"Sì. Sono, ehm..." Di nuovo evitò il suo sguardo. "Ti scrivevo. Tutto il tempo. Non sapevo dove inviarle, ma pensavo di spedirtele una volta avute tue notizie. Anche quando non ricevevo nulla da te, scriverti era diventata un'abitudine. Ti raccontavo tutto quello che stava succedendo qui." Grace allora lo guardò, imbarazzata e provocatoria allo stesso tempo.

"Quelle sono le lettere che hai scritto a *me?*" chiese Logan sbalordito.

"Sì."

"Cazzo," respirò, tirandola a sé, schiacciando le lettere tra di loro. "Cazzo", ripeté, non riuscendo a tirar fuori altro. Poi, comprendendo che doveva al più presto trasferire quello spettacolo fuori da lì, si schiarì la gola e si allontanò da lei. "C'è qualcos'altro?"

"No. Tutto qua dentro è stato acquistato tutto dai miei genitori. Non voglio niente da loro."

"I tuoi documenti d'identità e la tua roba?"

Lei trasalì e scrollò le spalle. "Suppongo che mia madre abbia tutto."

Logan annuì. Sarebbe stato difficile, ma non impossibile. Blake poteva aiutarla a procurarsi i documenti mancanti.

"Hai delle scarpe da ginnastica?"

Lei scosse la testa. "No. Quelle lettere sono l'unica cosa che voglio portare con me."

Il cuore di Logan si gonfiò nel suo petto. Una volta, in Medio Oriente, fece parte di una missione di salvataggio di un gruppo di uomini che erano stati tenuti prigionieri. Avevano lo stesso sguardo di Grace nei loro occhi. L'unica cosa che volevano era uscire dall'edificio in cui erano stati rinchiusi e andarsene dalla città. Vedere ora quella stessa disperazione negli occhi di Grace la diceva lunga.

"Va bene, è ora di andare. Raccogli le catene, ma non avvolgerle attorno ai tuoi polsi", ordinò Logan. Annuendo, fece come disse lui. "Non posso romperle, ma posso distruggere la testiera. Vedi queste stecche?" Indicò gli alberini della testiera del letto. "Le prenderò a calci e poiché la catena non è attaccata a nient'altro, non appena si spezzeranno, sarai libera dal letto. Porteremo le catene con noi e ce ne occuperemo più tardi. Come dicevo, farà un po' di rumore, quindi dobbiamo muoverci non appena sei libera. Va bene?"

"Sì."

"Blake sta aspettando fuori dalla finestra. So che sarà difficile spostarci con queste catene, ma io ti aiuterò e lui si assicurerà che non inciampi." Guardò la bracciata di catene e le preziose lettere che teneva al petto. "Vuoi che le porti io? Prometto che le terrò al sicuro."

Grace esitò, e la vide deglutire e arrossire prima di porgergli il fagotto. "Sì. Grazie. Sono tue comunque."

Infilò le lettere nella tasca della felpa, senza perdersi lo sguardo di sollievo sul viso di Grace. Logan si arrampicò sul suo letto, sentendo ancora il calore del suo corpo nelle lenzuola sotto di lui. Se fosse stato altrove facendo altro, probabilmente si sarebbe preso il tempo di godersi la sensazione di essere nel suo letto, ma al momento era troppo incazzato e ansioso di uscire da quella casa.

"Sei pronta?"

"Più che pronta."

"Allontanati il più possibile verso la finestra e girati. Non voglio che ti faccia male, quando il legno si spezza."

"Non avrebbe importanza", gli disse Grace mentre seguiva i suoi ordini. "Basta che mi fai uscire da qui, non m'importa se mi faccio male."

"Importa *a me*", le disse Logan, riportando la sua attenzione sulla testiera. La sentì trattenere il respiro, ma lo ignorò. "Al mio tre. Uno. Due. *Tre*." Il suo piede si abbatté forte sulle due stecche accanto a una delle catene. Si spezzarono facilmente, con un forte schiocco. Logan si spostò rapidamente e puntò il piede sulle altre due stecche che tenevano Grace in ostaggio. Usando tutta la rabbia accumulata dentro di sé, spezzò anche quelle due.

Balzò giù dal letto, mise un braccio attorno alla vita di Grace, tirandola verso la finestra mentre lei raccoglieva freneticamente le catena sciolte. Fecero un rumore fragoroso mentre si muoveva, e sussultò.

"Scusa. Merda, troppo rumore. Mi dispiace."

"Va bene, Grace. Stai andando bene. Dai." Logan l'aiutò a raccogliere le catene mentre si avvicinavano alla finestra. Tirò le tende e vide la faccia ansiosa di Blake.

"Cristo! Fratello, hai fatto un casino da risvegliare i morti. Penso che il nostro piano sia appena cambiato."

Logan osservò come la ragione del baccano si chiarisse sul volto del fratello.

"Figli di puttana. Veramente? L'hanno incatenata come un cane?"

"Direi più come un cinghiale imbestialito", chiarì Grace a Blake con un'espressione seria sul viso.

Blake sorrise brevemente sotto i baffi. "Dai, tesoro, filiamocela da qui."

Alzò le braccia per aiutare Grace a uscire dalla finestra.

Lei tenne goffamente le catene pesanti in una mano e allungò l'altra mano a Blake. Con il suo aiuto, e con Logan dietro di lei, fu presto coi piedi a terra. Logan apparve in pochi secondi al suo fianco.

"Merda," imprecò Logan, guardando i suoi piedi nudi. "Mi sono dimenticato."

"Va bene, andiamo e basta", gli disse Grace, ovviamente non volendo aspettare un altro momento.

"Tieniti forte", ordinò Logan, chinandosi e sollevandola da terra. Lei non gridò ma emise uno squittio quando fu presa tra le sue braccia.

Sollevò una mano sopra la sua testa per abbracciargli le spalle, facendo attenzione a non colpirlo con la catena ancora attaccata al polso.

Senza dire una parola, il trio si fece strada rapidamente e silenziosamente fra gli alberi della proprietà fino alla macchina di Nathan.

"Presto!" abbaiò il più giovane degli Anderson. "Hanno sentito non so cosa diavolo fosse che stavate facendo e le cose si sono messe male. Mi sono sbrigato ad andarmene e mi sono rimesso qui. L'elemento sorpresa è ovviamente andato a farsi fottere. Ma che diavolo avete fat..."

La voce di Nathan si spense quando vide per bene Grace, poi le disse scontroso: "Ti prego, dimmi che ti piace fare sesso strano".

"Ehm, no", disse Grace, leggermente imbarazzata.

"Cazzo. Non immaginavo..."

Blake salì sul sedile anteriore della Ford vecchio modello, che la maggior parte delle volte sembrava stesse per dare l'ultimo colpo, Logan e Grace si arrampicarono goffamente sul retro. Non appena la portiera si chiuse alle loro spalle, Nathan accelerò a tavoletta e si lanciò lungo il vialetto.

"Che cosa diremo quando gli sbirri verranno a interrogarci domattina?" Nathan si agitò mentre guidava.

"Gli sbirri non verranno", disse Grace con calma.

"Come puoi dirlo?" abbaiò Nathan. "Due uomini, tutti vestiti di nero, ti hanno liberato da ovunque fosse che ti tenessero e ti hanno rubato di casa. E lasciamelo dire, Grace, i tuoi genitori sono *incazzati neri*."

"Sono sicura che lo siano", concordò. "Ma pensa a quello che hai appena detto. Due uomini mi hanno liberata dalle catene che mi legavano al mio letto, e portato via. *Liberata da catene... Me*. I miei genitori non vorranno attirare l'attenzione su questo."

"Accidenti," respirò Nathan, sentendosi leggermente sollevato alle sue parole.

"Tutto bene?" le chiese Logan al suo fianco. Non gli sembrava che Grace stesse bene. Parlava senza problemi, ma la sentiva tremare e vedeva che stava stringendo le mani intrecciate fra loro, come aveva fatto quando era venuto a trovarla qualche giorno prima.

"Sto bene. Grazie per essere venuto a..."

"Non raccontarmi balle, Grace."

"Logan", ammonì Blake dal sedile anteriore, chiaramente non gradendo il tono di suo fratello.

"No. Lei non sta bene. Sta tremando come una foglia e ha delle fottute manette strette ai polsi. Quando hai mangiato l'ultima volta?"

Grace abbassò lo sguardo sul suo polso, dimenticandosi di non indossare un orologio. "Ehm, che ore sono?"

"Porca vacca. Non importa. Non voglio saperlo. Mi farebbe solo incazzare di più, il che è pure difficile".

"Vuoi che mi fermi?" chiese Nathan.

"No. Le darò qualcosa da mangiare quando torniamo a casa".

Grace mise una mano sul braccio di Logan e lo guardò. "Sto bene, Logan, davvero. Sono sicura che Felicity avrà qualche spuntino quando arriviamo."

"Non andrai a casa sua" la informò Logan, mettendole una mano sul braccio.

"No?"

"No."

Siccome Logan non approfondiva, Grace chiese: "Perché no?"

"Perché posso tenerti al sicuro dai tuoi genitori stronzi meglio di lei."

Grace si morse il labbro e lo guardò per un lungo momento. Il silenzio in macchina era denso. Alla fine, disse: "Ti hanno minacciato, non voglio che tu, nessuno di voi, vi facciate del male a causa mia."

Logan non sopportava la tristezza nelle parole di Grace. Sollevò una mano e la mise sulla sua nuca. "Possiamo prenderci cura di noi stessi, Grace. Per ora, ti sto portando a casa mia. Lì sarai al sicuro. Ti darò da mangiare, potrai farti una doccia e provare a rilassarti, e sappi che non dovrai mai più avere a che fare con quegli stronzi. Poi, domani, tutte le persone che tengono a te verranno da noi e potrai raccontarci tutto quello che è successo, e vedremo come procedere da lì. Va bene?"

"Ucciderei per delle patatine fritte col formaggio fuso", gli disse Grace, fissandolo negli occhi.

Logan sorrise alla sua risposta. Senza interrompere il loro contatto visivo, Logan disse: "Passa per l'Outback, Nathan. Dovrebbero essere ancora aperti. Grace ha bisogno di una porzione grande di patatine fritte con bacon, formaggio e condimento. Da asporto."

Senza aspettare una risposta, Logan disse a Grace a voce bassa, "Non ho più diciotto anni, Smarty. Sono un uomo che sa cosa vuole e non permetterò più a nessuno di mettersi in mezzo."

"Non lasceranno perdere", si agitò Grace.

"Non ho mai pensato che lo farebbero", disse Logan con calma, dandole una pacca sulla gamba per rassicurarla.

"Non so come siamo arrivati a questo", disse tristemente, forzando una delle manette. "Tutto quello che ho sempre voluto, era renderli felici."

"Lo sapevano e hanno usato la tua bontà contro di te."

"Ho paura", ammise Grace, con le lacrime che le scintillavano negli occhi.

"Lo so. E odio questa situazione. Ma andrà tutto bene."

"Ho denaro. Io posso paga..."

"No. Assolutamente. Non si tratta di soldi. Si tratta di te e me, Grace. Si tratta del legame che abbiamo sviluppato da ragazzini che non ci fu permesso di sviluppare", le disse Logan con fermezza.

"Ma so che Ace Security non è economica."

"Non lo è," concordò Logan, mettendo un dito sotto il suo mento, così che non ebbe altra scelta che guardarlo mentre ribadiva il suo punto. "Non si tratta del nostro business. Mi hai sentito? Questo riguarda te e me."

"Non prenderemmo i tuoi soldi comunque, tesoro", Blake annunciò allegramente dal sedile anteriore.

"Sì, come se ti facessimo pagare", concordò Nathan con una risata, come se il pensiero di pagarli un centesimo fosse assolutamente ridicolo.

"Rispondimi a questa domanda, Grace", ordinò Logan. "Se le cose fossero andate come immaginavamo allora, mi avresti inviato le lettere che stanno nella mia tasca in questo momento?"

Grace annuì.

"Giusto. Non possiamo cambiare il passato, ma da questo momento in poi possiamo assicurarci che stiamo prendendo decisioni per noi stessi, e non permettere a nessun altro di prenderle per noi. Non parlare più di soldi. Va bene?"

"Va bene."

Logan le sollevò il mento ancora di più e mise l'altra mano sul lato del suo collo. Chinandosi, fece ciò che aveva sognato di fare per più anni di quanto avesse mai ammesso. Prese la bocca di Grace con la sua, come se l'avesse fatto mille volte. Come se sarebbe morto se non l'avesse assaggiata proprio in quell'istante. Lei ansimò, e lui ne approfittò per irrompere nella sua bocca.

Fortunatamente, Grace ricambiò immediatamente, inclinando la testa in modo da favorire la sua posizione, lasciando che la sua lingua danzasse con quella di lui. Logan non chiuse gli occhi, neanche per un istante, desiderando memorizzare ogni attimo del suo primo *vero* bacio con Grace Mason. Lei aveva chiuso gli occhi nel momento in cui le loro labbra si erano incontrate, e lui le guardò gli occhi che giocavano sotto le palpebre chiuse. Con un gemito profondo che salì dal fondo del suo petto, Logan si allontanò con riluttanza. Si passò la lingua sulle labbra, assaggiando il sapore di Grace su di esse, ed aspettò che lei aprisse gli occhi e lo guardasse.

Non appena lo fece, si chinò su di lei, mise le labbra proprio accanto al suo orecchio e sussurrò: "I tuoi genitori saranno pure riusciti a tenerti nascosta da me dieci anni fa, ma non accadrà più... Capito?"

Gli occhi di Grace si spalancarono mentre si voltava a guardarlo e lui vide, nella penombra dei lampioni, le sue pupille dilatarsi in risposta alle sue parole.

"Sì, ho capito," sussurrò mentre gli stringeva la maglia in vita. Poteva sentirla tremare contro di lui. "E dovresti sapere che avevo già fatto piani per venirti a cercare non appena mi avessero liberata, per dirti esattamente la stessa cosa."

Lui le sorrise teneramente. "Bene. So che il luogo non è ideale, ma non potevo più aspettare nemmeno un secondo per assaggiarti."

Logan passò il pollice sul labbro inferiore di Grace, asciugandone l'umidità lasciata dalla sua bocca, si chinò e la baciò ancora una volta. Un bacio rapido e fermo, più rassicurante e affettuoso di quello appassionato che avevano appena condiviso.

Nathan e Blake non diedero alcuna indicazione di sapere cosa stesse succedendo sul sedile posteriore, ma non gli importava comunque se lo sapessero o no. Aveva finito di fingere che Grace non significasse nulla per lui.

Si fermarono di fronte al ristorante, Nathan corse dentro e raccolse le patatine fritte per Grace e lei le attaccò proprio lì per lì, in macchina. Logan era furioso per il modo entusiasta, se non disperato, in cui Grace divorava lo snack unto; non con lei, ma ancora una volta coi suoi genitori che ovviamente non si erano presi cura della loro figlia. Avrebbe ascoltato l'intera storia il giorno dopo. Per ora, voleva solo godersi il fatto che Grace era al sicuro. Era con lui. Ed era dove sperava sarebbe rimasta per molto tempo a venire.

Quando Nathan finalmente parcheggiò davanti all'appartamento di Logan, Grace stava già dormendo profondamente. Era riuscita a fare fuori una buona parte delle patatine, ma si era accasciata non molto dopo aver iniziato a mangiare. Logan pensò che fosse perché era piena e si sentiva al sicuro.

"Vuoi che saliamo? Ti aiutiamo con quelle manette?" chiese Blake a bassa voce per non svegliare Grace.

"No, ce la faccio. Ho un paio di taglia-bulloni nella mia macchina. Grazie comunque."

"A che ora vuoi che veniamo domani?"

"C'è quel lavoro di scorta a Denver domattina. Sai, quello in cui ci assicuriamo che l'ex della donna non la molesti mentre raccoglie le sue cose dal loro appartamento. Potresti farlo per me, vero?"

"Certo", disse Blake a suo fratello. "Già programmato. Non c'era nemmeno bisogno di chiedere."

"Vieni all'una. Avrai abbastanza tempo per fare il lavoro, tornare qui, passare a prendere Cole e forse Felicity", commentò Logan.

"Non vuoi che ci incontriamo in ufficio?" chiese Nathan, anche lui a voce bassa.

"No, preferirei tenerla a casa mia per ora. Assicurarmi che sia al sicuro."

"Certo" concordò Blake. "Allora c'incontreremo qui ogni volta che sarà necessario in questo periodo. Qualcos'altro?"

"Puoi per favore chiamare Felicity e farle sapere che Grace è al sicuro? So che era davvero preoccupata per lei."

"Certo" concordò Blake. Poi fece una pausa, come se fosse incerto, e continuò, "Sei sicuro al cento per cento di questo?"

Logan sapeva esattamente cosa volesse dire suo fratello. "Assolutamente. Non so cosa sia, ma il mio istinto mi sta urlando di tenerla vicina. Pensavo che saremmo finiti insieme quando avevo diciotto anni. A quanto pare i miei sentimenti non sono cambiati affatto".

"E se non contraccambia?" chiese Nathan.

"Quando le ho chiesto se voleva prendere qualcosa con sé prima di andarcene, l'unica cosa che voleva era una pila di lettere nascoste sotto il suo materasso. Lettere che mi aveva scritto e che non aveva mai potuto inviare. Stava aspettando che le scrivessi per avere il mio indirizzo. Le ha tenute tutti questi anni".

"Accidenti," sussurrò Nathan, comprendendo che le lettere rispondevano sufficientemente alla sua domanda. "Qualunque cosa ti serva, non hai che da chiedere. Sai che la proteggeremo con le nostre vite. Se è tanto importante per te, lo è altrettanto per noi."

"Grazie." Logan sapeva che quella parola non poteva esprimere ciò che provava, ma era quello che aveva in quel momento.

"Dai. Levale quelle fottute cose dai polsi. Chiamo Felicity, per rassicurarla che ci stiamo occupando di lei. Vedo se può raccogliere dal suo appartamento alcune delle cose di Grace da portarle. Ci vediamo domani."

Logan annuì ai suoi fratelli e scese con cura dall'auto. Grace si svegliò abbastanza da trattenerlo mentre usciva dalla macchina.

"Le mie lettere?" borbottò preoccupata. "Le hai ancora con te?"

"Sì, Smarty. Le ho prese. Non hai idea di quanto sia importante per me che tu mi abbia scritto e che abbia conservato le lettere. Ho una pila simile da me. Possiamo fare a cambio, che ne dici?"

"Le hai tenute, anche se ti sono state restituite?" disse Grace, stringendo la presa attorno al suo collo come reazione.

"Sì." incontrò i suoi occhi e le disse con sincera onestà: "Non riuscivo a liberarmene. Erano l'unica cosa rimasta che mi collegava a te."

Condivisero uno sguardo. Uno sguardo di comprensione,

desiderio, e frustrazione per tutto ciò che era stato loro impedito.

"Vorrei leggere le tue lettere, Logan," sussurrò Grace, appoggiando la testa sul suo petto.

"Le leggerai," la rassicurò.

Logan sentì la macchina di Nathan allontanarsi, mentre si dirigeva verso il suo appartamento, e rifletté ancora una volta sulla donna che sonnecchiava tra le sue braccia. Ogni parola che aveva detto ai suoi fratelli gli era uscita dal cuore. Avrebbe fatto tutto il necessario per assicurarsi che Grace fosse al sicuro, per assicurarsi che sapesse che apparteneva a lui.

Proprio come allora.

Nulla glielo avrebbe impedito stavolta.

Non le sue paure.

Non i suoi dubbi.

E certamente non i suoi genitori.

CAPITOLO SEDICI

GRACE SI DESTÒ quando sentì di essere stata messa giù. Aprì gli occhi e vide il viso di Logan che, chinato sopra di lei, l'aveva appena sdraiata su un divano.

"Ehi", disse nervosamente.

"Ehi. Sei sveglia?"

"Sì, in un certo senso. Siamo a casa tua?"

"Sì. Non è il Ritz, ma starai al sicuro qui", le disse Logan con un piccolo sorriso.

"So che lo sarò. Ci sei tu, qui. Grazie", disse Grace con una sincera onestà, che era facile da leggere sul suo viso.

"Devo correre un attimo giù al mio pick-up. Ho un paio di taglia-bulloni in una scatola nel portabagagli. Ti tirerò fuori da questi aggeggi in un batter d'occhio. Starai bene qui da sola per un momento?"

"Certo," disse Grace con una piccola risata. "Prima vai, e prima uscirò da queste." Sollevò le mani, facendo tintinnare forte le catene.

"Ti serve il bagno prima che vada?" chiese Logan, stranamente riluttante a lasciarla sebbene per un breve momento.

"No grazie. Preferirei aspettare di togliermi queste."

"Ovviamente." Non si era ancora mosso dalla sua protettiva posizione china sopra di lei.

"Logan?" chiese Grace, inclinando la testa preoccupata. "Stai bene?"

"Sì. Sei bellissima, Grace. Gli anni sono stati generosi con te," disse di getto.

Lei, sentendosi arrossire, si morse il labbro. "Grazie. Anche tu."

Logan alzò una mano e le lisciò una ciocca di capelli dietro l'orecchio prima di chinarsi completamente su di lei per sfiorarle le labbra con le sue. "Torno subito."

"Va bene."

Grace osservò Logan mentre si raddrizzava e attraversava la stanza, per poi uscirne. Si raddrizzò a sedere e si portò una mano sulle labbra. Quell'ultima ora era stata intensa. Si era addormentata nel proprio letto mentre pianificava la sua fuga e si era svegliata con Logan accanto che le diceva di essere venuto a tirarla fuori. Non aveva esitato. Non le importava che i suoi genitori fossero imbestialiti. Aveva chiuso, con loro. *Chiuso*.

Ma la parte più vivida della nottata fu quando Logan la baciò. Erano rimasti seduti lì, a fissarsi l'un l'altra per un momento, e improvvisamente lui le stava divorando la bocca. Non le fece strano, non era imbarazzante, come le altre poche volte che aveva baciato degli uomini. Era invece la cosa più naturale al mondo.

Poteva ancora sentire la sua lingua nella sua bocca, duellare con la sua, accarezzare terminazioni nervose che non sapeva di avere. Era tutto ciò che aveva sempre sognato, e molto di più.

Grace aveva desiderato Logan Anderson per così tanto tempo e il bacio che avevano condiviso suggeriva l'intimità che aveva sempre sognato. Quel bacio non aveva fatto altro che alimentare le fiamme del desiderio che teneva soppresso fin dal momento in cui lo aveva incontrato per la prima volta, al liceo.

Ma ora erano adulti.

E ora in un certo senso avrebbero praticamente convissuto.

Non sarebbe mai riuscita a impedirgli di scoprire quanto lo desiderasse.

"Fatto." La sua voce trionfante proveniente dalla parte anteriore della stanza fece sobbalzare Grace. Lei lo guardò da sopra il divano.

Il suo appartamento non era niente di speciale. Gran parte delle persone che lo avessero visto avrebbe pensato che il proprietario fosse in cattive condizioni, ma Grace aveva la sensazione che a Logan semplicemente non importassero le apparenze. Indossava abbigliamento comodo, non diceva nulla che non credesse davvero, ed era una delle persone più oneste che conosceva.

Ma certamente non era ordinato. Grace poteva vedere i piatti vuoti accatastati nel lavello della piccola cucina. Sul bancone c'era una scatola di cereali, insieme a una pagnotta di pane, un barattolo di burro di arachidi e due buste di patatine. C'era un tavolino fuori dalla cucina, era pieno di giornali e posta non aperta e un laptop seduto nel bel mezzo di quel caos. Chiaramente non era solito mangiare spesso al tavolo.

Era seduta su un divano in pelle nera che aveva ancora l'odore di nuovo. Davanti a lei c'era un tavolino malconcio, anch'esso pieno di riviste, e il telecomando della televisione che stava dall'altra parte della stanza. C'era una poltrona reclinabile a un lato del divano e una libreria contro la parete opposta, piena di libri.

E le scarpe. Erano ovunque. Grace contò tre paia di scarpe da ginnastica, stivali da combattimento logori, scarponcini da trekking e persino delle ciabatte infradito sparse per la stanza. Sembrava che Logan le avesse lasciate esattamente dove erano atterrate quando se le era tolte dai piedi.

Le parole le uscirono di bocca senza pensarci. "Non hai un armadio?" giurò di aver visto un rossore attraversare la faccia di Logan. Lui si voltò imbarazzato e guardò la stanza come se la vedesse con gli occhi di lei.

Scrollò le spalle. "Scusa. Sono un po' disordinato."

"Pensavo che i militari fossero dei veri maniaci dell'ordine."

"Lo siamo. Quando siamo nell'esercito. Ma appena lasciato il servizio, ho deciso che nessuno mi avrebbe detto come dovevo tenere casa. Sembra disordinata, ma giuro che è pulita".

Si chinò per raccogliere un paio di scarpe da ginnastica ma Grace lo fermò. "Non fa niente. Sul serio. Mi piace davvero. Sembra... vissuta. Se io avessi mai osato lasciare qualcosa in giro così, sarei stata nei guai. Perfino nel mio appartamento, mi sento sempre in dovere di mettere a posto... in caso mia madre si presentasse."

Invece di dispiacersi per lei, provò una sorta di affinità. Logan si limitò a sorridere e sbottò una risata. "Io mi sono sentito così per molto tempo. Ma l'ho superata. Immagino sia per questo che è così adesso."

Si sorrisero e Logan si avvicinò per sedersi accanto a lei sul divano. "Pronta?"

"Decisamente." Grace tese i polsi.

Logan fece un lavoro rapido sui lucchetti che tenevano le catene ai suoi polsi e la aiutò a rimuovere le manette. Si accigliò vedendo i segni rossi che avevano lasciato sulla sua pelle.

"Quando ho visto il tuo polso l'altro giorno, non ero sicuro di quello che volevi farmi notare."

Grace si strofinò il polso, tirando un sospiro di sollievo per la sensazione dell'aria tornata sulla sua pelle. "Sì, non potevo esattamente alzarmi e dirti che mia madre era psicopatica e pregarti di portarmi via."

"Perché no?"

Grace sollevò lo sguardo alla sua breve domanda e lo fissò per un momento. Perché non l'aveva fatto? Cosa avrebbe fatto sua madre? Sì, sua madre si sarebbe imbestialita, proprio come probabilmente lo era ora. Ma se Grace avesse detto a Logan di portarla via da quella casa, avrebbe potuto impedire la scena folle della cena con i Grant. Era quasi come se stesse ancora cercando di compiacere quella donna. "Avrei dovuto," disse Grace a Logan, arrabbiata. Digrignò i denti e scosse la testa.

Lui la tirò a sé e la strinse forte. Grace seppellì il naso nel suo collo e inspirò profondamente. Aveva l'odore maschile e muschiato dell'avventura notturna appena trascorsa... e le piaceva.

Logan si tirò indietro e le tirò su il mento in modo da poter vedere i suoi occhi. "Ne vuoi parlare?"

Grace ci pensò per mezzo secondo, poi scosse la testa. "Non adesso. Magari domattina. Sono esausta. Non ho dormito molto. Va bene lo stesso?"

"Certo, Smarty. Qualunque cosa ti serva. Dai. Ti mostro dove puoi dormire." La aiutò ad alzarsi e le tenne una mano sulla schiena mentre la conduceva in un breve corridoio fuori dal salotto principale, in una piccola stanza per gli ospiti. C'era un letto matrimoniale con una cassapanca di legno ai piedi. Una piccola libreria e un cassettone erano appoggiati alla parete opposta. Non c'erano vestiti sparsi in giro, e il letto era fatto, ma c'erano diverse scatole accatastate contro il muro; vide che l'armadio era pieno di cianfrusaglie.

"Sto ancora cercando di capire come disporre tutto. Non è un gran che, ma credimi, è molto più ordinata della mia stanza", scherzò Logan.

L'ultima cosa che Grace voleva era essere sola, ma non

poteva esattamente dirgli che voleva dormire nella sua stanza. In realtà non si conoscevano così bene, nonostante il loro passato comune, i suoi sentimenti attuali, o quel meraviglioso bacio che avevano condiviso.

"Va benissimo. Grazie."

Logan annuì, poi fece una pausa per un momento prima di prendere un respiro profondo. "Parleremo di più al mattino, ma voglio solo dire, mi dispiace per come sono andate le cose tra di noi. Non avrei dovuto lasciar perdere, allora." Alzò la mano quando Grace aprì la bocca. "Per favore, lasciami finire. Detto questo, le cose stanno diversamente ora. I miei occhi sono aperti. Ti vedo, Grace, e sei al sicuro con me. So che ci vorrà del tempo per arrivare al punto dove saremmo potuti essere prima, ma per favore sappi che sono sincero quando ti dico che *voglio* arrivarci."

Santo cielo. Le faceva sentire così tante emozioni diverse. Rabbia, poiché si rese conto di essere *stata* arrabbiata perché aveva rinunciato a lei così facilmente allora. La faceva anche sentire al sicuro... non aveva dubbi che Logan l'avrebbe protetta. Anticipazione, poiché si chiedeva come si sarebbe sviluppata la loro relazione. E desiderio. Oh sì, ora che era più grande e più saggia, voleva assolutamente provare tutto ciò che Logan Anderson era a letto. Logan le mise una mano sulla nuca e la tirò al suo petto. Grace sospirò e avvolse le braccia attorno a lui. Era incredibile quanto si sentiva bene con lui.

"Non sarà facile", ammonì lui. "Non so cosa vogliano i tuoi genitori, ma hanno potere e sono influenti. Sarà difficile convincere la gente a vederli quali i mostri che sono in realtà."

Grace inspirò e si rilassò ulteriormente nell'abbraccio di Logan. Sapeva che si sarebbe dovuta preoccupare dei suoi, ma al momento non ci riusciva proprio. Era al caldo, la sua pancia era piena per la prima volta dopo molti giorni, ed era con Logan, il ragazzo – anzi no – l'uomo, che un tempo pensò avrebbe sposato.

"Sei ancora sveglia?"

"Mmmmm."

Logan ridacchiò leggermente. "Va bene, dai, bella addormentata." La guidò verso il piccolo bagno nel corridoio fuori dalla stanza da letto. "C'è uno spazzolino in più sul mobile e vado a prenderti una maglietta per dormire. Sono sicuro che Felicity ti porterà i tuoi vestiti domani. Ci arrangiamo, per ora."

Grace annuì e lo lasciò andare con riluttanza. Si spazzolò i denti e si lavò le braccia, desiderando una doccia, ma desiderando anche di più dormire. Si cambiò nell'enorme maglietta che Logan le portò, sorridendo al logo dell'esercito sul davanti.

Quando finalmente uscì dal bagno, Logan era appoggiato al muro ad aspettarla.

"Ti senti meglio?"

Alzò le spalle, esausta. "Non so perché sono così stanca. Non è che ho fatto molto di recente."

Il braccio di Logan le avvolse la vita e, tirandola al suo fianco, si diresse con lei nella camera degli ospiti. "Probabilmente vari motivi. L'adrenalina che sta sfumando, il fatto che sai di essere al sicuro qui, e il cibo nello stomaco. Ti sentirai come nuova domattina."

Grace si lasciò ricondurre nella stanza, e si sorprese nel vedere che le coperte erano state riordinate. Logan si era chiaramente fatto in quattro per metterla a suo agio. Saltò sul letto e sorrise quando Logan le rimboccò le coperte.

Lui si sedette accanto a lei sul letto e, appoggiando le mani ai lati delle sue braccia, si chinò sopra di lei. "Ho messo le tue lettere sul comodino." Logan indicò con la testa il tavolino accanto al letto.

Grace si voltò e vide le lettere che gli aveva scritto, ancora legate nel loro nastro rosa, al sicuro accanto a lei. Alzò gli occhi su Logan. "Vuoi leggerle?"

"Sì." Vide sincerità e entusiasmo nei suoi occhi. Voleva vedere quello che gli aveva scritto tanti anni prima tanto quanto lei voleva leggere quello che le aveva raccontato nelle sue.

Lui continuò come se potesse leggerle il pensiero "E voglio che tu legga quelle che ti ho scritto io. Anche se devo avvisarti, le lettere che ti ho inviato verso la fine non erano belle come quelle all'inizio. Ero... arrabbiato."

Grace si mosse sotto le coperte finché riuscì a liberare un braccio per metterlo su quello di Logan. "Va bene. Capisco. Mia madre mi disse che aveva conservato l'ultima lettera che inviasti, e me la recitò."

Logan fece una smorfia e Grace si affrettò a rassicurarlo. "Va bene. Veramente. Capisco. Anch'io ero arrabbiata. Vedrai quando leggerai le mie."

"Mi dispiace che tu abbia dovuto sentirla da lei, però," disse Logan, i suoi occhi che si ammorbidivano mentre la guardava. "Voglio che tu sappia senz'ombra di dubbio che ti ho scritto. Che non stavo mentendo sul mio volere che venissi a stare con me, una volta arrivato alla mia prima stazione."

"Ti credo."

"Dovresti sapere che i sentimenti che ho provato per te allora non sono morti, Smarty. Ero arrabbiato perché non ricevevo tue notizie, lo ammetto, ma era perché sapevo di aver perso qualcosa di prezioso". Sollevò una mano e le tracciò il sopracciglio, poi fece scorrere giù la parte posteriore delle dita lungo la sua guancia. "Abbiamo perso tanto, ma Grace, abbiamo anche una seconda possibilità ora. Non lascerò che nessuno si frapponga di nuovo tra di noi. Se decidiamo di non essere adatti l'uno per l'altra, dipenderà solo da noi. E da nessun altro."

Grace capiva e le piaceva quello che aveva detto. Un sacco. E glielo disse. "Mi piace." Il suo cuore accelerò quando

Logan si abbassò verso di lei. Le sfiorò le labbra con le sue in una carezza troppo breve, prima di ritirarsi su a sedere.

"Buona notte, Grace. Ci vediamo domattina. Dormi quanto vuoi."

"Mi alzerò presto. A mia madre piace alzarsi e iniziare la giornata. Mi ha addestrata bene."

"Non è qui adesso. Puoi dormire fino a tardi," disse Logan seriamente.

Grace gli sorrise. "Ci proverò, ma non sorprenderti se mi sveglio alle cinque e mezzo. Il mio corpo è abituato."

Logan mugugnò ironicamente alzando gli occhi al soffitto come a cercare un intervento divino. "Una persona mattiniera. Signore, aiutami. Questa è l'unica cosa dell'esercito che davvero non mi manca." Riportò gli occhi in quelli di lei e si chinò di nuovo, baciandole la fronte questa volta.

"Grazie per essere venuto a prendermi, Logan," sussurrò Grace.

"Non c'è di che, Smarty. Dormi bene."

"Anche tu."

Logan sospirò e si alzò in piedi. Non si voltò a guardare indietro, ma si diresse verso la porta, spegnendo la luce e andandosene senza dire un'altra parola. Chiuse la porta quasi del tutto, lasciandola appena socchiusa. Grace si girò su un fianco e sorrise. Come avesse fatto a sapere che non poteva essere chiusa dentro un'altra stanza, soprattutto dato che lei stessa non lo sapeva fino a quel momento, era un mistero. Tutto ciò che le sarebbe bastato fare era di chiamarlo e sapeva che Logan sarebbe stato al suo fianco in pochi secondi.

Non pensava che sarebbe riuscita a dormire, ma aveva sottovalutato il bisogno di rigenerarsi del suo corpo. Grace si addormentò nel giro di pochi minuti.

Non sentì Logan aprire la porta un'ora dopo.

Non seppe che lui, per diversi minuti, rimase a guardarla mentre dormiva.

Non lo udì avvicinarsi al lato del letto e non sentì la sua mano che le sfiorava la testa in una lieve carezza.

Non lo sentì mettere qualcosa sul comodino, accanto a lei.

Soprattutto, non sentì mai le sue dolci parole sussurrate mentre si chinava su di lei.

"Mi dispiace, Grace. Lettere maledette o meno, sarei dovuto venire a prenderti."

CAPITOLO DICIASSETTE

GRACE SI SVEGLIÒ CONFUSA. Fuori era ancora buio e non era sicura di dove si trovasse. Tirandosi su a sedere rapidamente, le tornò in mente. Tutto. I suoi genitori avevano reciso la sua ultima speranza di essere una figlia di cui essere orgogliosi. L'essere incatenata al suo letto. Logan, i suoi fratelli, il cibo che le aveva procurato, il suo appartamento.

Guardando l'orologio, Grace vide che erano le 5:43 del mattino. Scrollò le spalle mentalmente. Anche se era stanca, come aveva avvertito Logan, le abitudini erano difficili a morire. Spostò le coperte, mosse le gambe verso il lato del letto ed accese la piccola lampada accanto al letto. Strizzando gli occhi per l'intensità della luce, non capì immediatamente quello che stava vedendo, ma non appena la sua vista si adattò, rimase congelata.

Le lettere che lei aveva scritto a Logan stavano ancora dove erano prima che si addormentasse, ma ora c'era una seconda pila accanto a loro. Allungò una mano tremante per raccoglierla.

A differenza della sua pila di lettere amorevolmente

conservata dentro un nastro annodato, l'altra era avvolta in un elastico. Grace guardò la busta in cima alla pila.

Era indirizzata a lei e l'indirizzo del mittente era militare. I suoi occhi si riempirono di lacrime. La scrittura di Logan era inclinata e disordinata, come se l'avesse buttata giù velocemente. Poteva immaginare che si fosse sbrigato a scrivere per non mettersi nei guai con un sergente istruttore.

Ma furono le parole vistose scritte in stampatello sul fondo a farle cadere le lacrime dagli occhi.

RISPEDIRE AL MITTENTE

Grace riconobbe subito la calligrafia di sua madre. Un conto era sapere che sua madre le aveva nascosto le lettere di Logan, ma averne la prova tra le mani e vederlo con i propri occhi era tutta un'altra cosa.

Grace girò i fianchi e piegò i cuscini dietro di sé, appoggiandosi alla testiera del letto.

Il timbro postale sulla prima lettera datava solo una settimana dopo la partenza di Logan, tanti anni prima. Con le mani tremanti di emozione, Grace estrasse con cura la prima lettera dalla pila, lasciando l'elastico in posizione. Rigirò tra le mani la preziosa busta. Non era stata aperta. Chiudendo gli occhi, Grace immaginò Logan che la leccava per chiuderla, sorridendo al pensiero che lei l'avrebbe letta. Le fece male. Un sacco. Ma era anche bello. *Aveva scritto*. Continuava a pensare a quelle due parole. Non poteva farne a meno.

Provando un'eccitazione che non aveva sentito da anni, Grace girò la busta bianca e mise un dito sotto il bordo della patta. Aprì con cura la lettera che avrebbe dovuto ricevere tanto tempo prima. La lettera era breve e concisa e le ricordava Logan, tanto che non poté fare a meno di sorridere.

. . .

Grace,

Grazie di essere venuta alla stazione degli autobus con me. Ho appena iniziato l'addestramento reclute ieri e il mio sergente istruttore deve essere imparentato al diavolo. :) Ho molto da dirti, ma volevo mantenere la mia promessa e mandarti una nota il prima possibile in modo che tu avessi il mio indirizzo.

Non vedo l'ora di avere tue notizie.

A risentirci presto,

Logan

Grace alla fine cedette ai sentimenti rinchiusi dentro di lei e cominciò a singhiozzare. Erano singhiozzi grandi, lanciati dalle profondità della sua anima. La lettera di Logan non era sdolcinata, non stava dichiarando il suo amore per lei, ma aveva fatto come aveva promesso. Le faceva male al petto pensare a tutto il tempo perduto.

Dieci minuti dopo, con il viso bagnato dalle lacrime e il naso che colava per il pianto, Grace rimise con cura la lettera nella busta, da parte. Poi, prese la successiva. Era un po' più lunga della prima.

Grace,

Ho un po' più di tempo per scriverti oggi. So di non aver dato alla mia prima lettera il tempo necessario per arrivare da te, ma quando penso a tutto quello che è successo negli ultimi due giorni, non c'è nessun altro a cui voglia raccontarlo quanto a te.

L'allenamento di base è duro, ma lo adoro... a parte il fatto di ricevere degli ordini. Odio dover piegare i miei vestiti in un certo modo, e rifare il letto ogni giorno è semplicemente stupido poiché nessuno vede le nostre brande tranne noi, e ci cadiamo sopra sfiniti alla fine della giornata.

Il nostro programma giornaliero è molto monotono. Ci alziamo, facciamo allenamento, poi mangiamo. Poi, ci alleniamo di più e andiamo ad alcune lezioni. Dopo, pranziamo e ci urlano addosso per essere troppo lenti, o troppo veloci o per non aver prestato attenzione. (I nostri sergenti istruttori ci sgridano per qualsiasi cosa, anche se devono inventarsela.) Di solito facciamo una specie di team-building, e poi più classi (tiro, combattimento corpo a corpo, valori dell'esercito, ecc.), e dopo la cena un altro allenamento. Dobbiamo pure pulire le caserme, anche se i pavimenti sono già tirati a lucido.

Mi sembra tutto inutile, ma ne capisco il perché. Hanno bisogno di abbattere ciò che possiamo aver pensato del servizio militare, per poi ricostruirci, facendoci lavorare come una squadra. Lo capisco, ma è comunque seccante. Preferirei piuttosto sedermi accanto a te in biblioteca, Smarty, ascoltarti mentre mi parli di presidenti morti o qualcosa del genere. :)

Volevo farti sapere che ero serio quando ti ho detto che volevo vedere dove poteva andare una relazione tra di noi. Avrei dovuto chiederti di uscire insieme l'anno scorso, ma sapevo che me ne sarei andato via e che non ero alla tua altezza. Per non parlare del fatto che non ero sicuro al 100% se ti piacessi o no. Un giorno credevo di piacerti quanto tu piaci a me, e il giorno dopo ti comportavi con distanza. Avrei solo dovuto essere più uomo e chiederti di uscire con me. Mi dispiace. Stare lontano da te e non poterti parlare ogni giorno ha reso evidente (per me) quanto mi piaci.

Mi piace il tuo odore, il modo in cui sei sempre così seria, il modo in cui mi ascolti e il modo in cui ti sei presa cura di me quando sono venuto a scuola con l'occhio nero fatto da mia madre. Sto facendo del mio meglio per diventare una persona migliore. Il tipo di persona con cui potresti voler stare. Unirmi all'esercito era un modo per uscire da Castle Rock, ma sapevo anche che per avere l'opportunità di stare insieme a te, avrò bisogno di costruirmi una carriera per potermi prendere cura di te.

Sembro smielato da morire, e probabilmente non avrei mai avuto il coraggio di dirtelo di persona, ma è più facile dirlo in una lettera.

Bene, i miei quindici minuti di tempo libero sono finiti, il sergente istruttore ci sta urlando, "Avete dieci minuti per portare fuori i vostri culi d'asino puzzolenti". (Non scherzo, è una citazione testuale! Lol.) Imbucherò la lettera questo pomeriggio.

Non vedo l'ora di sentirti. Mi manchi.

Logan

E così via. Grace divorò ogni parola su ogni pagina di ogni lettera. Alla fine, il tono delle lettere di Logan cambiava dalla trepidante attesa delle sue lettere alla confusione sul perché non ricevesse sue notizie.

Grace-

Sono passati due mesi da quando me ne sono andato e sono preoccupato per te. So che continui a rimandare indietro le mie lettere, ma non so perché.

Per favore, non rispedire questa indietro. Devo sapere che stai bene.

Se non vuoi che scriva, fammelo sapere. Potrebbe uccidermi, ma smetterei.

Spero non sia così. Voglio vederti. Desidero ardentemente avere tue notizie. Per favore.

Logan

. . .

Alla fine le lettere perdevano il loro tono innocente e amorevole. Grace teneva in mano l'ultima lettera, fece un respiro profondo. Aveva quasi paura di aprirla, ma sapeva che era necessario. Aprì l'ultima lettera e fece un altro respiro profondo, preparandosi. Ma le parole di Logan non erano quelle che si aspettava.

Grace-

Per favore. Ti prego parla con me. Perché ci stai facendo questo? Pensavo ci fosse qualcosa di bello fra di noi. Volevo che venissi a vivere con me. So di essere stato un idiota in passato, ma ti amo. Dio, sembra patetico visto che non abbiamo nemmeno fatto l'amore, ma penso a te e a come ti sentirei tra le mie braccia. Sogno di svegliarci la mattina e ridere insieme. Sei tutto ciò a cui riesco a pensare e sono preoccupato per te. Va tutto bene? Sei malata? È per questo che non mi scrivi? Solo una lettera. È tutto ciò che chiedo. Qualunque cosa io abbia fatto, mi dispiace. Per favore, scrivimi e fammi sapere che stai bene.

Con tutto il mio amore,
Logan

Grace aveva pensato che quella lettera sarebbe stata piena di accuse e rabbia, e invece la sua preoccupazione per lei balzò fuori dalla pagina e la colpì dritto al cuore. Anche se ogni lettera che aveva scritto era stata restituita, non aperta, non aveva rinunciato a lei.

Guardò il timbro postale. Undici mesi. Le aveva scritto per undici mesi prima di arrendersi.

Per la prima volta dopo tanto tempo, pensando ai suoi genitori Grace non sentì paura o preoccupazione per quello che provavano per lei. Ora era arrabbiata. Furibonda. Come *osava* sua madre, immischiarsi così nella sua vita. Come *osava* ridurre Logan a chiedere l'elemosina e a farle mettere in discussione i suoi sentimenti per lui. Aveva detto che la amava e Grace non aveva avuto la possibilità di ricambiare le sue parole. O di rassicurarlo. O qualsiasi altra cosa.

Raggruppò con cura le lettere insieme. Anche se era fuori di sé, quelle lettere valevano il mondo intero per lei. Dopo averle riposte con cura sul tavolo accanto a lei, afferrò le lettere che aveva scritto a Logan e uscì dalla stanza.

La luce mattutina era entrata nell'appartamento abbastanza da permettere a Grace di vedere dove stava andando. Attraversò il corridoio fino ad arrivare alla stanza di Logan. Aprì la porta, senza nemmeno considerare che poteva aver invaso la sua privacy.

Con gli occhi sulla protuberanza delle coperte di fronte a lei, Grace si avvicinò e si sedette pesantemente sul lato del letto.

Nel momento in cui il suo sedere entrò in contatto con il materasso, Logan scattò. L'afferrò per la vita e la girò fino a che fu stesa a pancia in su accanto a lui. Lei teneva stretto al petto il fascio di lettere che aveva portato con sé, mentre Logan la ribaltava. Rimase a bocca aperta mentre lui incombeva su di lei. Una mano era al suo collo e l'altra le teneva il braccio sopra la testa.

Nel momento in cui Logan si rese conto di chi fosse sotto di lui, allentò immediatamente la presa, ma non la lasciò andare del tutto, e esclamò. "Cazzo, Grace. Non entrare mai più così di soppiatto. Tutto bene? Ti ho fatto male? Merda."

"Sto bene, Logan. Scusami. Non me ne sono resa conto."

"Per favore. Non cogliermi di sorpresa quando dormo. Mai. Potrei farti del male."

"È per via del tuo addestramento militare?" chiese lei, guardandolo agitata.

Si passò una mano sul viso, il suono della sua barba mattutina spuntata che sfregava contro il palmo. "In parte. E in parte perché mia madre era solita entrare nelle nostre stanze nel cuore della notte e iniziare a picchiarci per qualsiasi motivo si fosse inventata in quel momento."

"Accidenti. Mi dispiace. Non lo farò mai più." Grace gli passò la mano su e giù per il braccio, cercando di calmarlo.

Logan inclinò la testa e chiese: "Cosa c'è che non va? Perché sei qui? Stai bene?"

Per un momento, si era spaventata della rapida reazione di Logan, ma adesso era di nuovo furibonda. "Mia madre è una stronza" dichiarò come se non lo sapesse già. "Sul serio. Sapevo che non era una madre modello, ma avermi nascosto le tue lettere è orribile."

Le labbra di Logan si sollevarono in un piccolo sorriso prima di dire inutilmente: "Hai letto le mie lettere".

"Sì, le ho lette. Ti ha fatto dubitare di te stesso. Ti ha turbato. Diamine, ti ha fatto *supplicare*. So di non conoscerti davvero, ma l'uomo che conoscevo allora non supplicava. Qui", Grace premette al suo petto il fascio di lettere che teneva stretto. "Leggi le mie. Adesso. Tutte."

Logan le coprì la mano che teneva le lettere contro il suo petto con la mano che aveva tenuto tra i suoi capelli e si chinò su di lei, sorridendo teneramente. "Posso alzarmi e farmi una doccia e prendere una tazza di caffè prima?"

"No!" Grace scosse la testa. "Devi leggerle. Subito."

"Grace..."

"Non è giusto che tu non lo sappia. Ti ho scritto ogni settimana. Ogni settimana, Logan. Io..."

"Grace..." Il suo nome era stato pronunciato con più forza ora, ma lo ignorò di nuovo.

"Non vedevo l'ora di uscire da Castle Rock e venire da te. Avevo una cotta esagerata per te al liceo ed ero così eccitata perché pensavo che mi avevi finalmente notata. E..."

Smettendo di cercare di richiamare la sua attenzione con

le parole, Logan semplicemente le sollevò testa e la zittì con la sua bocca.

Grace si bloccò per un momento, poi gli si sciolse fra le braccia. Il bacio, che era iniziato duro e tempestoso per farla tacere, si era trasformato subito in morbido ed erotico. Le loro lingue danzavano e duellavano.

Le lettere caddero inosservate per terra a lato del letto, mentre i due si baciavano. Logan mordicchiò il labbro inferiore di Grace, e lei succhiò il suo in cambio. Quando le leccò il palato, Grace ansimò e gemette, spostando le mani dietro la sua testa e afferrandogli i capelli per l'estasi.

Con riluttanza, Logan si ritrasse, ma non andò lontano.

Grace sentì il suo peso lungo tutto il suo corpo, la sua evidente erezione le pulsava tra le gambe, le sue mani le incorniciavano il viso.

"Sei proprio mattiniera, vero?"

Lei annuì, incerta se rimanere appesa alla sua rabbia o essere imbarazzata.

"Mi piace. Sentiti libera di svegliarmi così ogni mattina", le disse Logan strofinando il naso contro il suo.

"Come? Arrabbiandomi e facendoti prendere un colpo?"

"No. Con il tuo entusiasmo e passione. Non mi piace che tu sia arrabbiata, anche se a mio favore. Ma mi *piace* che tu non me l'abbia nascosto. Niente più segreti tra di noi. Va bene? Penso che abbiamo entrambi avuto esperienza diretta del danno che possono fare."

"Sono d'accordo." Grace esitò, poi sbottò impazientemente: "Leggerai le mie lettere? Vedere ciò che mi hai scritto è stato straziante ed esasperante allo stesso tempo", gli disse Grace onestamente. "Leggere le tue parole nero su bianco mi ha fatto davvero capire quanto io abbia lasciato che i miei genitori mi controllassero, mentre cercavo la loro approvazione."

Logan stava scuotendo la testa ma Grace continuò: "Sì

invece, è stato così. Ho *permesso* loro di controllarmi. Forse avrei potuto liberarmi di loro se – come hai fatto tu quando ti sei allontanato da tua madre – avessi smesso di preoccuparmi di quello che pensavano di me. Forse no. Ma non ho avuto l'occasione. *Adesso* è la mia occasione. Voglio chiarire la questione, Logan. Allora volevo tanto stare con te. E quando finalmente ho accettato che non ricambiassi i miei sentimenti, mi ha fatto male, e così mi sono appoggiata a ciò a cui ero abituata... cioè a lasciare che i miei genitori prendessero tutte le decisioni per me. Facevo tutto il possibile affinché mi mostrassero un briciolo di affetto. Negli ultimi anni ho cominciato a liberarmi in piccoli modi. Voglio ricominciare da zero, Logan, e non credo che sia possibile a meno che tu non sappia cosa c'era nel mio cuore allora."

"Non ricominceremo mai da zero, Grace", disse Logan, chiarendo rapidamente: "No, non fraintendermi", quando arricciò le sopracciglia preoccupata. "Non possiamo ricominciare da zero, perché abbiamo una storia alle spalle. Eravamo amici. Buoni amici. E io volevo di più, ma ero troppo vigliacco per chiederti di uscire con me. Pensavo di avere un sacco di tempo, ma avrei dovuto essere più saggio. Nulla è garantito in questa vita. Lo sapevo, ma l'ho ignorato come lo stupido adolescente che ero."

Si chinò e le baciò la fronte prima di continuare. "Abbiamo una storia alle spalle. Una storia davvero meravigliosa. Meravigliosa abbastanza da dirti che ti amavo, in una lettera, quando non avevamo fatto che sfiorarci le labbra". Ignorò il suo rossore e proseguì. "Quindi no, non ci sarà mai una tabula rasa tra di noi."

"Wow, ehm, va bene," disse Grace, fissandolo, sbalordita. "Nessuna tabula rasa. Mi va bene."

"Bene. Ora, andiamo, Smarty, abbiamo molto da fare oggi. Tu fatti una doccia. Io preparo la colazione. Leggerò le tue lettere. Parleremo di questa settimana con i miei fratelli e vedremo dove si va da qui. Ma, Grace, ovunque sia, sappi che io sarò al tuo fianco. Ti sei liberata dalla presa dei tuoi genitori e non ti lascerò tornare indietro."

"Non voglio tornare indietro."

"Bene." Logan, che era sopra di lei, si distese sul suo fianco accanto a lei, con la testa appoggiata sulla mano. "Adesso fila via, prima che perda quel poco controllo rimasto e mi metta a scoprire cosa indossi sotto la mia maglietta."

Grace arrossì, ma fece come aveva chiesto. Si diresse verso la porta prima di voltarsi indietro. "Hai del bacon?"

"Sono un uomo?"

Lei rise. "Mi piacerebbe mangiarmi un piatto pieno di pancetta. E uova strapazzate. E toast con una tonnellata di burro e marmellata."

"Allora è quello che avrai. Immagino che non sia quello che mangi di solito la mattina? "

Fece una smorfia. "No. Di solito solo un toast secco, una frittata di bianco d'uovo con spinaci e formaggio di capra o a volte una piccola ciotola di fiocchi d'avena."

La faccia di Logan si indurì per un momento, prima di ammorbidirsi. "Vai, Grace. Prendi tutto il tempo che vuoi in doccia. Preparerò una colazione degna di una regina. La tua nuova vita inizia questa mattina."

"Fantastico," sospirò, sorridendo ampiamente a Logan mentre si voltava di nuovo verso la porta.

"E assicurati che la pancetta sia extra croccante", disse a voce alta dal corridoio.

Grace sentì la risata di Logan esplodere mentre chiudeva la porta del bagno alle sue spalle.

CAPITOLO DICIOTTO

Logan cucinò un'intera confezione di pancetta e la frisse esattamente secondo le specifiche di Grace. Croccante, ma non bruciata. Adorava guardarla mentre si godeva il suo pasto. Mangiava delicatamente, ovviamente un risultato del modo in cui era stata cresciuta, ma con un gusto che gli dava soddisfazione.

Si sedettero sul divano, per mangiare, dato che il tavolo era coperto dai suoi fogli, ma a Grace non sembrava importare. Lei sorrideva e rideva mentre mangiava il suo pasto, lodandolo per quanto era delizioso. Il fatto che potesse ancora essere spensierata e dolce dopo tutto quello che aveva passato era un miracolo. Più Logan ci pensava, più si rendeva conto di essere un uomo estremamente fortunato. Gli ultimi dieci anni avrebbero potuto cambiare completamente la personalità di Grace ma, per miracolo, non era andata così.

Risero dei ricordi condivisi del liceo e Logan poteva sentire l'elettricità tra di loro, più forte e più profonda di quanto non fosse mai stata in passato. Ogni volta che i loro occhi si incontravano, lei arrossiva ma non distoglieva lo sguardo. La loro relazione si ricostruiva con ogni contatto visivo.

Quando finirono di mangiare, Grace guardò la pila di lettere sul tavolino da caffè e informò casualmente Logan: "Sono un po' stanca. Vado a fare un pisolino mentre leggi le mie lettere. Va bene?"

"Non è necessario che tu vada."

Lei scrollò le spalle. "Mi hai dato la privacy per leggere le tue, è il minimo che possa fare. Inoltre, sono imbarazzata. Avevo diciotto anni quando le ho scritte."

Logan si alzò e la prese in un abbraccio. Si stava abituando a tenerla fra le sue braccia. Gli piaceva.

Poi, la guardò a lungo negli occhi. Sembrava preoccupata e timida allo stesso tempo. Logan allora lasciò che andasse, non volendo metterla più a disagio di quanto non fosse già. "Vengo da te quando finisco. Ok?"

"Ok. Sai dove trovarmi", disse lei con un sorriso ammiccante, sporgendosi e baciandolo sul mento.

Si allontanò e Logan la fissò anche dopo che sparì nel corridoio; i suoi pensieri erano dappertutto. Il sollievo che fosse al sicuro. La felicità che fosse con lui. E l'aspettativa di conoscerla meglio.

Logan tornò sul divano e prese il pacchetto di lettere. Tirò lentamente il nastro rosa sbiadito fino a che il fiocco si sciolse. A differenza delle sue lettere, non c'erano timbri postali che gli indicassero l'ordine delle lettere. Decise di iniziare dall'alto, immaginando che Grace le avesse probabilmente organizzate.

Il suo nome era sul davanti della busta e l'indirizzo di Grace era scritto con precisione nell'angolo in alto a sinistra. Vedendo la sua calligrafia di nuovo dopo i tempi del liceo, la riconobbe e mentalmente si diede un calcio, di nuovo. La sua scrittura fiorita e femminile non somigliava affatto alla scritta rigida in lettere maiuscole "RISPEDIRE AL MITTENTE" che si trovava su ciascuna delle sue lettere restituite. Un altro errore da mettere sul suo conto.

La lettera non era sigillata e tirò fuori con cura il pezzo di carta ripiegato, non volendo raggrinzirlo o danneggiarlo in alcun modo. Il corsivo di Grace riempiva la pagina e, anche senza leggere una parola, Logan sapeva che le sue parole gli avrebbero spezzato il cuore.

Logan,

Non vedo l'ora di ricevere la tua prima lettera. Non riesco a immaginare tutte le cose interessanti che stai vivendo all'addestramento di base. So che è difficile. Abbiamo parlato di come ti urleranno e di quanto dovrai allenarti tutto il tempo, ma so solo che sarai fantastico. Sei nato per essere un duro, e sono tanto orgogliosa di te.

Logan fece un respiro profondo e guardò il soffitto per un momento, per riprendere il controllo delle sue emozioni. Dannazione, non aveva nemmeno finito di leggere la prima lettera che già sentiva una costrizione al petto e il retro della sua gola bruciava di lacrime non versate.

Abbassò lo sguardo sulla lettera, si schiarì la gola e continuò a leggere. Continuava a parlare di come avrebbe iniziato le lezioni a Denver, quell'estate, e di come desiderasse tanto specializzarsi in marketing, ma i suoi genitori pensavano che fosse meglio per lei laurearsi in gestione aziendale. Chiacchierò sul tempo e su altri pettegolezzi locali riguardo a persone che aveva dimenticato da tempo. Gli ultimi paragrafi della sua lettera però lo colpirono duramente.

. . .

Sei così fortunato a essertene andato da qui. So che tua madre è stata orribile con te e i tuoi fratelli, e sono tanto felice che tu sia riuscito ad allontanarti da lei. Mia madre non mi picchia, ma a volte può essere davvero cattiva e non è mai stata soddisfatta di qualunque cosa io abbia mai fatto. Quando completi l'addestramento reclute e l'altra tua formazione, se vuoi ancora che venga a trovarti ovunque tu sia, mi piacerebbe tanto farlo. Posso continuare i miei corsi universitari ovunque. Sono sicura che i corsi che avrò già fatto verranno accettati.

Logan, ti ho ammirato per anni. Devi saperlo. Anche se non eravamo fidanzati, mi piacerebbe provare...

Prenditi cura di te. In attesa di tue notizie,

Grace

Dopo la prima, le lettere diventavano un po' più facili da leggere. Non c'erano tante richieste emotive che lui le scrivesse. Erano più un diario delle sue giornate. Come andavano le sue lezioni, come sperava che le cose per lui stessero andando bene. Divennero sempre più brevi col passare del tempo. Grace aveva più forza di volontà di lui, però, perché gli aveva scritto per un anno e mezzo dopo la sua partenza. Lui era durato meno di un anno.

La sua ultima lettera lo fece vergognare di non aver messo da parte i propri sentimenti feriti per comportarsi come l'uomo che avrebbe dovuto essere.

Logan,

Oggi sono passati diciotto mesi da quando sei partito. Sinceramente pensavo che volessi davvero che venissi a stare con te, ma ovviamente sono stata una stupida. Mia madre mi dice sempre che non ho buon senso e credo che abbia ragione.

Ho finito il mio primo anno di università e quando ho visto i miei voti finali ho pensato subito a te e al modo in cui rideresti del fatto che ho avuto il massimo dei voti in tutto... tranne che in Civiltà Occidentale. Alla faccia dell'essere 'Smarty'. Lol. Naturalmente mia madre non ha trovato la cosa affatto divertente ed era molto delusa di me. Mi ha tenuta in punizione per due settimane. Non è stato poi così male. Almeno non ho dovuto mangiare con i miei genitori e sorbirmi i loro sguardi disgustati.

Spero che tu sia felice e al sicuro, ovunque tu sia. Sento continuamente notizie su dispiegamenti di soldati e spero che, se mai dovessi andare all'estero a combattere, tu torni sano e salvo.

Un ragazzo in una delle mie classi mi ha chiesto di uscire la settimana scorsa e io gli ho detto di no, ma poi mi sono chiesta... perché? Perché non accettare? Perché ti stavo aspettando. Volevo che il mio primo vero appuntamento con un ragazzo fosse con te. Ma qualcosa che mio padre mi ha detto stasera è stato finalmente recepito. Mi ha detto di finirla di illudermi perché tu tanto non tornerai. Che hai lasciato Castle Rock e non hai intenzione di tornare. Mi ha detto che io ti ricordo tutte le brutte esperienze che hai avuto qui, ed è per questo che non ho mai ricevuto tue notizie.

Quindi domani, troverò quel ragazzo e gli dirò che accetto. Mi dispiace che non abbiamo mai avuto la possibilità di vedere cosa ci poteva essere fra noi.

Spero che la vita militare sia tutto ciò che volevi che fosse e che i tuoi fratelli stiano bene. Mi manca il Logan che conoscevo, ma chissà, forse non è mai esistito.

Grace

. . .

Logan non sapeva quanto tempo fosse passato, ma ripiegò l'ultima lettera e la rimise nella busta. Le impilò tutte e, rimettendo il nastro attorno alla pila, rifece con cura il fiocco. Alzandosi, mise il mazzo sul bancone e si diresse verso il corridoio.

Senza dire una parola, aprì la porta della stanza degli ospiti. Grace era distesa su un fianco con le spalle alla porta. Logan si avvicinò al letto e vi si sdraiò. Sapeva che era sveglia perché si era irrigidita nel momento in cui lo aveva sentito alle sue spalle.

Ignorando il suo linguaggio del corpo, Logan si rannicchiò accanto a lei e le mise un braccio intorno alla vita, tirandola a sé fino a farla appiccicare contro di lui. Non disse nulla per diversi minuti, ma fece un sospiro di sollievo quando il braccio di Grace si mosse e gli afferrò la mano per intrecciare le dita con le sue.

Logan alla fine ruppe il silenzio, dicendo piano: "Vorrei essere stato il tuo primo appuntamento."

"Anch'io."

"Ho fatto una cazzata."

"Non lo sapevi."

"Non importa. Ho *fatto* una cazzata. Avrei dovuto trovare il tempo di tornare a casa e vedere cosa stava succedendo. Perché mi avevi rispedito le lettere. Ma voglio tu sappia che, da questo momento, recuperare il tempo perduto sarà la missione della mia vita."

Grace si girò tra le braccia di Logan. Quando furono faccia a faccia, lo guardò con le lacrime agli occhi. La voce le si spezzò quando disse: "Siamo persone diverse ora da quelle di allora, Logan. Potremmo anche non piacerci più."

"Mi piaci." Logan tirò i suoi fianchi a sé finché furono accoccolati insieme. Una mano si abbassò sul suo sedere, trattenendolo contro di sé, facendole sentire l'effetto che la sua vicinanza aveva su di lui.

"Vuoi solo fare sesso con me. È una reazione naturale. Succede agli uomini quando stanno attorno alle donne", gli disse Grace testardamente.

Logan scosse la testa in segno di smentita. "Fammi indovinare, è quello che ti ha detto tua madre."

Lei lo guardò con occhi grandi. "Mio padre."

"Sono cazzate, Grace. Sì, ti voglio. Voglio seppellirmi dentro il tuo corpo così profondamente che non saprai più dove finisci tu e dove comincio io. Ma non è solo perché sei una femmina. Dammi un po' più di fiducia. È perché sei *tu*. Sei la mia prima cotta. La prima persona che ha visto il vero me. Ti ho detto cose al liceo che non ho nemmeno detto ai miei fratelli. Abbiamo perso molto tempo a causa della mia stupidità e dei tuoi genitori, e non sono disposto a concedere loro nemmeno un altro minuto".

Guardò Grace arrossire senza distogliere il suo sguardo da lui. La combinazione di timidezza e forza era molto attraente per lui, il che rese Logan più determinato che mai a vedere come potevano andare le cose tra loro.

"Credimi. Ti voglio, Grace Mason, ma mentre vivi nel mio appartamento, vorrei rallentare le cose. Possiamo conoscerci di nuovo. Questo non è un accordo del tipo 'amici con benefici'. Non approfitterò di te. Voglio che tu sia sicura al cento percento prima di fare quel passo."

"Ma farai l'amore con me... giusto?" chiese lei, sollevando le sopracciglia mentre lo premeva più forte contro i sui fianchi, prendendolo in giro.

Le sorrise di rimando. "Oh sì. Non c'è nulla che non veda l'ora di fare più di quello". Le accarezzò la schiena e il suo sorriso svanì. "Mi piace toccarti." Logan lo dimostrò accarezzando il sedere di Grace. "Voglio assaggiare di nuovo le tue labbra succulenti."

Lui sorrise mentre lei gliele leccava come se fosse in attesa del suo tocco.

"Voglio toccarti e farmi toccare. Ma finché capiamo meglio la nostra relazione, dobbiamo decidere le nostre condizioni di convivenza. Puoi stare qui nella stanza degli ospiti e possiamo conoscerci giorno dopo giorno. Oppure puoi dormire nel mio letto con me di notte, e mi terrò le mie mani e altre parti del corpo per me fino a quando mi dici diversamente. La velocità con cui vuoi che ci muoviamo dipende da te. Fare sesso con me non è un requisito perché tu stia al sicuro. Capito?"

"Penso che all'inizio, sarebbe meglio che io rimanessi qui per un po'", disse incerta Grace, giocando con un filo immaginario sulla maglietta di lui.

Logan spostò la sua mano dal sedere di Grace per coprirle teneramente le dita sul suo petto. "Nessun problema, Smarty. Questa stanza è tua finché ne hai bisogno."

"Non sono vergine", sbottò lei, guardando la sua fronte, anziché i suoi occhi. Sapeva che era ancora a disagio con questa conversazione, ma ammirava che fosse coraggiosa abbastanza da menzionarlo.

"Neanche io sono vergine", le disse seriamente Logan.

Lei fece una risatina in risposta al suo commento e quel suono gli alleggerì il cuore. "Non pensavo che lo fossi", gli disse, incontrando i suoi occhi.

"Ma non sono nemmeno un donnaiolo. Che tu ci creda o no, sono andato a letto solo con cinque donne. So che questo non è il genere di cose di cui la maggior parte delle coppie parla, ma mi sento che te lo devo."

"Io sono... Non sono così entusiasta di sentirti parlare di altre donne", ammise Grace con riluttanza.

"E io non sono così entusiasta di *raccontarti* di loro. Ma lasciami dire?"

Respirò profondamente, poi annuì con fermezza.

"Una era al liceo. Il mio primo anno. Non riesco nemmeno a ricordare il suo nome adesso."

"Ruth", si offrì immediatamente Grace.

Logan sorrise debolmente al fatto che Grace sapesse esattamente di chi stava parlando. "Suppongo. Ad ogni modo, onestamente, ero frustrato di non riuscire a trovare il coraggio di chiedere alla mia insegnante di ripetizioni di uscire con me, e anche se lo avessi trovato, pensavo che avrebbe detto di no perché era così fuori dalla mia portata. Quindi, da adolescente irritato che ero, decisi che anche se tu non avessi voluto stare con me, potevo andare con lei."

Vedendo lo sguardo ferito negli occhi di Grace, che cercò di nasconderlo, Logan si affrettò, volendo arrivare al punto. "Dopo che smisi di scriverti, frequentai brevemente tre donne, una dopo l'altra. Cercavo di dimenticarti. E devo dire che non ha funzionato. Sono passati tre anni dall'ultima donna con cui sono andato a letto. Prima di lei non ero stato con nessuno per un paio d'anni e avevo deciso che dovevo almeno provare ad avere una relazione.

Ho pensato fosse quello che fanno gli adulti. Si fidanzano, si sposano, hanno figli. Lei era una brava donna, ma dopo un po' mi sono reso conto che non mi fidavo abbastanza di lei da raccontarle di tutto di me.

"Così ho chiuso con lei. L'ultima volta che ho avuto notizie, era sposata e aveva un figlio in arrivo. Sono passati tre anni per me, Grace. Non sono stato nemmeno interessato ad andare a letto con nessuno in tutto questo tempo. Mi sono occupato dei miei bisogni da me, se sai cosa intendo. Ma eccomi qua, completamente vestito vicino a te e più duro ed eccitato di quanto non lo sia mai stato con qualsiasi altra donna con cui sono stato a letto."

Grace si morse il labbro inferiore e lo fissò prima di chiedere incredula. "Tre anni?"

"Sì, Smarty. Tre anni. Quindi questo non è solo perché io sono un maschio e tu sei una femmina. Sei Grace. La mia Smarty. La donna che desidero da quando avevo diciassette anni. Non ho intenzione di rovinare tutto, almeno spero di non farlo. Voglio che tu sappia che ti voglio per te, non perché voglio un orgasmo. Ok?"

"Ok, ma io non ho mai..." si fermò come imbarazzata, poi si affrettò a finire il suo pensiero. "Non mi è piaciuto molto."

"Sei venuta?" Sapeva di cosa stava parlando.

Arrossì di un rosso intenso, ma rispose: "No."

"Ci hanno provato almeno? Laggiù? A bagnarti...?

"No, niente sesso orale. Il primo non era interessato a nient'altro che a ficcarmelo dentro e a venire, e per me andava bene perché non era esattamente comodo. Gli altri dicevano che non erano a proprio agio col sesso orale, e onestamente non lo ero nemmeno io. E, sì, ci sono stati un po' di preliminari e ho usato del lubrificante, ma non c'è mai stato alcun terremoto, se sai cosa intendo."

"Insomma non erano degli stronzi totali allora? Non ti ha fatto del male?" Logan mormorò prima di guardarla di nuovo negli occhi.

"No", disse lei dolcemente.

"Grace, te lo prometto qui e ora, quando faremo l'amore, ti piacerà."

Lei gli fece un sorriso stuzzicante che gli diede un'impennata alla libido. "Mi piacerà, eh?"

"Oh sì."

"Voglio che piaccia anche a *te*", insisté lei.

"Non ho alcun dubbio al riguardo, Grace. Mi piacerà."

"Non ho mai preso un ragazzo in bocca prima d'ora."

Logan gemette, una nuova immagine nella sua testa ora. Prima c'era Grace che giaceva sotto di lui a guardarlo meravigliata, mentre si spingeva dentro di lei per la prima volta. Ora c'era Grace in ginocchio tra le sue gambe, mentre lo guardava con i suoi occhioni castani prima di aprire la bocca e prenderlo dentro. Non aveva idea di cosa le sue parole non tanto innocenti gli stessero facendo in quel momento. "Almeno avrò *una* delle tue prime volte. Ti insegnerò. Ti mostrerò quello che mi piace. E potrai dirmi cosa piace a te quando sarà il mio turno".

"Vuoi davvero fare questo con me?" chiese lei incerta, con le sopracciglia arricciate adorabilmente.

"Oh sì," respirò Logan. "Voglio davvero farlo con te." Le baciò la punta del naso. "E ora dobbiamo alzarci. Non ce la faccio più a parlarne senza voler agire, quindi per favore abbi un po' di pietà di me." Sorrise mentre lo diceva per farle capire che stava scherzando... per lo più.

"Baciami?"

Logan mosse le mani per incorniciarle il viso, il suo modo preferito di tenerla mentre la baciava. "Questo lo posso fare. Spero che ti abituerai alle mie labbra sulle tue, Grace, perché ho la sensazione che non riuscirò a evitarlo."

Logan si sporse in avanti di un centimetro o giù di lì per raggiungerla e la baciò a lungo, lentamente e dolcemente, mostrandole quanto apprezzasse averla di nuovo nella sua vita. Lei seguì la sua guida, senza trasformare il bacio nella presa passionale che entrambi sapevano ribolliva sotto la superficie, in attesa di esplodere.

Lei lo morse e lo leccò, proprio come lui faceva a lei. Alla fine, Logan si tirò indietro e posò la fronte sulla sua. "Grazie per avermi fatto vedere le tue lettere. Grazie per non esserti arresa, anche se ti ho deluso dopo soli undici mesi. E grazie per la tua fiducia nel confidarmi i tuoi segreti. So che abbiamo altre cose di cui parlare ma apprezzo la tua fiducia."

"Grazie a *te* per avermi rapito", disse immediatamente, dandogli un colpetto col dito sul petto per sottolineare il suo punto.

"Avrei dovuto farlo nove anni fa."

"Forse." sollevò una spalla. "Ma meglio tardi che mai."

Sorrise di nuovo e si mise seduto, trascinando Grace con

sé. "Dai, dobbiamo prepararci per la visita. Sei sicura di volerla fare oggi?"

"Sì. È ora. Devo svuotare il sacco sui miei genitori e su come si sono comportati con me".

"Il loro regno del terrore finisce adesso", le disse Logan, aiutandola a rialzarsi vicino al letto.

"Lo spero."

"Finirà. Andiamo, guarderemo la TV e ci rilasseremo fino a quando saranno arrivati tutti. Sei nervosa?"

"Tu ci sarai?" chiese con uno sguardo pieno di speranza negli occhi.

"Ovviamente."

"Allora no, non sono nervosa", disse lei con un leggero scuotimento della testa.

Logan non aveva idea di come fosse diventato così fortunato, ma non avrebbe fallito, stavolta. Non sapeva nemmeno gran parte di ciò che aveva passato... ma pensò che lo avrebbe saputo tra poche ore. Non importava comunque, d'ora in poi avrebbe protetto il suo tenero cuore dal mondo.

CAPITOLO DICIANNOVE

GRACE GUARDÒ i suoi amici attorno a lei. Stavano aspettando che iniziasse. Blake sembrava rilassato, reclinato su una delle poltrone accanto al divano. Teneva un piede appoggiato sul ginocchio. Ma c'era qualcosa nella sua posizione troppo rilassata che tradiva la sua irritazione. Era arrabbiato. Ma Grace apprezzava che cercasse di celarlo.

Cole, d'altra parte, non cercava di nascondere la sua rabbia. Camminava agitato avanti e indietro davanti al divano. Grace aveva detto loro che era stata rinchiusa nella sua stanza per l'ultima settimana o giù di lì e aveva dato loro una visione d'insieme della sua vita all'interno di casa Mason. Non conosceva Cole molto bene, ma non aveva paura di lui... non esattamente. Lui e Felicity erano molto amici, e sapeva che il suo abbaiare era di solito peggiore del suo morso. Ma era grata che fosse arrabbiato con i suoi genitori e non con lei.

Nathan era il jolly del gruppo. Grace aveva sempre creduto che fosse il fratello Anderson dalla voce pacata, ma guardandolo ora, non ne era più tanto sicura. Era in piedi con una gamba piegata, il piede appoggiato al muro dietro di lui, le braccia incrociate, i pugni serrati. Quando erano adolescenti, Grace lo aveva visto ignorare gli insulti e le prese in giro dei loro compagni di classe, ma nel momento in cui una ragazza attirava l'attenzione dei bulli, si trasformava in un altro tipo d'uomo e non esitava mai a saltare in sua difesa. Era ovvio che fosse indignato e arrabbiato per il modo in cui Grace era stata trattata dai suoi genitori. Era pronto a combattere per lei.

Grace fu felice di vedere Felicity alla porta. Logan le aveva detto che sarebbe passata e che aveva bisogno di trascorrere un po' di tempo fra donne. Quando aveva sentito cosa era successo a Grace, aveva insistito ad unirsi ai fratelli Anderson e Cole.

Grace lanciò un'occhiata a Felicity e si gettò tra le sue braccia. Era bello avere lì un'amica che la conosceva quasi quanto lei conosceva se stessa, per poterci parlare. Apprezzò anche il fatto che Felicity avesse portato una valigia piena di vestiti e cose di cui avrebbe avuto bisogno durante il tempo in cui sarebbe rimasta a casa di Logan.

E poi c'era Logan. Grace lo guardò. Erano sul suo divano; gli era seduta accanto, quasi in grembo, e Logan le teneva la mano. Anche se lui aveva avuto un po' più di tempo per abituarsi all'idea che i suoi genitori non erano brave persone, era ancora molto agitato, come evidenziato dal modo in cui stringeva le labbra e l'altro pugno sulla sua coscia.

Voleva confortarlo, ma raggomitolarsi sulle sue ginocchia e baciarlo non era forse appropriato in quel momento.

"Che cosa è successo alla cena con i Grant?" Fu Logan a chiedere. Anche se era appena successo, sembrava così irrilevante rispetto a tutto il resto.

"Vogliono che io e Brad ci sposiamo e facciamo un figlio che potranno rubare da me e crescere come vogliono". Grace spiegò senza troppi giri di parole.

"Gesù", respirò Cole.

"Non ci credo," imprecò Nathan.

"Quella stronza," sibilò Felicity.

Blake si limitò a stringere forte le labbra.

L'unico segno esteriore dato da Logan fu lo stringere delle sue dita attorno a quelle di Grace. "Continua. Come pensano che funzionerà? Hanno invitato i Grant per parlarne?"

Grace apprezzò la sua moderazione. Sapeva che era arrabbiato, ma che stava mantenendo la calma per permetterle di spiegarsi. "Sì, praticamente. Mi hanno fatto sfilare al piano di sotto e mi hanno detto che se avessi fatto qualcosa per metterli in imbarazzo, mi avrebbero chiusa nella cantina invece della mia stanza da letto."

"Come sono riusciti a rinchiuderti nella stanza per così tanto tempo?" chiese Blake. "Il personale di servizio non se n'è accorto?"

Grace scrollò le spalle. "Vengono pagati abbastanza per fare finta di niente. Non è che i miei genitori mi picchino, comunque."

"Guardami, Grace," ordinò Logan.

Lei lo guardò e vide che aveva uno sguardo intenso sul viso. "Mi c'è voluto molto tempo per rendermene conto, e Cole ha dovuto sottolinearlo, ma il solo fatto che non ti picchiassero non significa che tu non sia stata abusata. Ne abbiamo parlato."

Grace alzò le spalle imbarazzata e lanciò un'occhiata alla sua migliore amica. "Lo ha detto anche Felicity, ma non è la stessa cosa che è successa a te e ai tuoi fratelli."

"Hai ragione, non lo è," concordò Logan. "Ma i tuoi genitori sembrano rappresentare la descrizione testuale dei bulli tormentatori. Hanno iniziato controllando il tuo comportamento, convincendoti che lo facevano per proteggerti. Hanno posto su di te aspettative non realistiche, continuando a spostare la "linea del traguardo" in modo che tu non potessi mai raggiungere nessuno dei loro obiettivi. Ti hanno negato il loro affetto per tutta la vita, ciondolandolo di fronte a te come se tu fossi un cane che ha il compito di compiacere il proprio padrone. Ti hanno manipolato in modo da non fidarti del tuo giudizio, rimpiazzando l'amore con il controllo. Per non parlare del fatto che ti dicono costantemente che sei stupida e buona a nulla. Controllano i soldi che spendi e cercano di farti sposare un uomo che non vuoi per avere un bambino per loro".

Grace fissò Logan a lungo. Aveva paura di dire quello che stava pensando. Avendo spiegato i fatti in quel modo, sarebbe sembrata stupida se avesse obiettato. Inoltre, l'ultima cosa che voleva fare era sottolineare i suoi difetti, soprattutto quando sembrava che volesse finalmente stare con lei.

Ma Logan sapeva che stava trattenendo qualcosa. "Che cos'è? Dimmi cosa stai pensando dietro quei bellissimi occhi marroni".

Non distolse lo sguardo da lui dicendo piano: "Avrei dovuto rendermi conto di quello che stavano facendo e andarmene come hai fatto tu. Ma sono debole. Volevo che mi amassero. Perché non sono semplicemente andata via?"

"Non sei debole, Grace. Neanche un po'", le disse Logan.

"Avrei potuto andarmene. Avrei potuto lasciare il mio lavoro mille volte, ma non l'ho fatto. Continuavo a tornare ogni volta che dicevano di aver bisogno del mio aiuto. Mi facevano sentire come se avessero bisogno di me. E quella era la cosa più vicina all'essere amata da loro che potevo provare. Anche se era una bugia."

"Grace, guardami", disse Nathan.

Girò la testa verso il fratello di Logan e si morse il labbro, preoccupata di quello che stava per dire.

"Essere debole sarebbe stato diventare come loro. Manipolatoria e dura. Credere a tutto ciò che ti hanno detto nel corso degli anni, sarebbe stata debolezza. Non preoccuparti di scrivere a mio fratello. Non iscriverti ai corsi universitari che desideri. Non fare amicizia con Felicity perché i tuoi genitori non approvano. Per anni, li hai sfidati nell'unico modo che conoscevi. Essere forte non significa sempre avere muscoli o controbattere. Essere forte significa difendere ciò che è giusto, anche quando significa che ti farai male nel farlo".

Lasciò andare le mani di Logan, si alzò, si avvicinò a Nathan e gli mise le braccia attorno al collo. Lo strinse forte e sospirò di sollievo quando lo sentì ricambiare il suo abbraccio. Gli sussurrò all'orecchio: "Grazie."

Si allontanò, non volendo mettere in imbarazzo l'uomo sensibile che ora capiva un po' meglio. Guardò timidamente Logan.

"Ti ammiro, Grace", disse, appoggiando gli avambracci sulle cosce e sporgendosi verso di lei.

Scosse la testa negando: "Non dovresti".

Logan ignorò la sua protesta. "Sei cresciuta in un campo di battaglia, ma sei rimasta la stessa persona dolce che ho incontrato quando avevo sedici anni. Giuro che non dovrai più tornare indietro o parlare di nuovo con loro. Faremo tutto il necessario per tenerli lontani da te."

"Ho fatto così tanti errori nel trattare con loro, non voglio farne un altro".

Logan la rassicurò, "Non sei più sola."

"Ci sarò anche io per te" aggiunse Felicity, avvicinandosi e avvolgendo un braccio attorno alla sua vita. "Hai combattuto questa battaglia per molto tempo da sola. Non sei più sola, amica mia."

Anche gli altri uomini aggiunsero le loro rassicurazioni. Grace fece un piccolo sorriso e si guardò intorno con le lacrime agli occhi. Non aveva idea di cosa avesse fatto per essere così fortunata; aveva persone così fantastiche che la sostenevano; ne fu grata.

Blake ruppe il pesante silenzio che seguì. "Qual è il piano

dei tuoi genitori con i Grant? Come ti avrebbero fatto sposare Bradford? Puoi dirci di più riguardo alla cena?"

Grace annuì e tornò a sedersi accanto a Logan. Guardò Blake. "La cena è iniziata come al solito. Un sacco di chiacchiere e discussioni sugli affari. Però, dal momento che Alexis era lì, i Grant hanno cercato di evitare gran parte dei discorsi sul lavoro. Hanno detto qualcosa su come lei non fosse veramente interessata all'attività di famiglia. Anche se Bradford è architetto, penso che Alexis stia ancora cercando ciò che vuole fare della sua vita."

"I Grant ti sembravano arrabbiati per questo?" chiese Blake.

"Sorprendentemente, no. Ricordo di aver pensato quanto fosse bello che potesse fare tutto quello che voleva. Fu un'altra cosa che mi convinse che i miei genitori non si sono mai comportati come se mi amassero davvero. Non mi hanno mai sostenuto incondizionatamente. I Grant invece sono orgogliosi dei loro figli, qualsiasi cosa loro facciano.

"Comunque, il discorso è passato a Bradford e me, e il fatto che siamo ancora single. Mia madre ha cominciato dicendo che sembriamo una bella coppia. Tutti hanno riso, tranne lei. Poi ha insistito sul fatto che era seria e che sarebbe stata una buona decisione commerciale legare insieme le nostre famiglie. All'inizio i Grant sembravano confusi, ma quando mia madre ha iniziato a parlare di come, se le loro due società si fossero unite, sarebbero state la più grande azienda del Colorado, alla fine si sono resi conto che non stava scherzando".

Grace fece un respiro profondo e si affrettò a tirare fuori il resto della storia. "Allora la situazione è diventata davvero imbarazzante e ci siamo trasferiti tutti in salotto. Io non ho detto nulla, a causa delle precedenti minacce di mio padre di far tagliare i freni della loro macchina... Stavo per avere un attacco di nervi, spaventata non solo per me stessa, ma ora anche per quelle persone davvero brave sedute di fronte a me. Avevo pensato che i miei genitori non potessero mai fare qualcosa del genere - che tutte le loro minacce fossero solo chiacchiere a vuoto - ma considerando ciò che mi avevano fatto e quello che avevano detto, non ne ero più sicura.

"La discussione si è fatta accesa; la signora Grant ha detto a mia madre che non avrebbe mai costretto suo figlio a sposare qualcuno che non voleva sposare, e poi mia madre li ha minacciati in modo non tanto velato, dicendo che se Bradford non mi avesse sposato e dato un figlio, avrebbero potuto iniziare a perdere affari."

"Lo ha detto chiaramente?" chiese Blake, inclinandosi in avanti sulla sua poltrona.

"Sì. Inutile dire che i Grant non l'hanno presa bene e se ne sono andati poco dopo."

"Sarebbe la parola di Margaret contro la loro", avvertì Nathan come se sapesse cosa stava pensando Blake.

"Vero, ma ora ci sono altri testimoni oltre a Grace. Minacciando i Grant, si sono scoperti."

"Mia madre lo negherà", ammonì Grace. "Dirà che tutti l'hanno fraintesa. È quello che fa. È brava a manipolare le persone affinché credano a ciò che vuole".

Logan le diede una pacchetta sulla mano. "Forse, ma se cinque persone affermano di averla sentita minacciare i Grant, è più credibile. Cos'altro? Dopo che Brad e la sua famiglia se ne sono andati, che cosa è successo?"

Grace guardò Logan con occhi enormi. "Sono andata di sopra."

"Ti ho vista, Grace," disse Logan con voce sommessa, cercando di non spaventarla. "Cosa ti ha detto prima di mandarti in camera tua?"

Abbassò lo sguardo sul proprio grembo, piuttosto che guardare negli occhi le persone forti intorno a lei. "Le solite cose. Che avrei fatto quello che voleva, o l'avrei delusa e avrebbe fatto del male a uno dei miei amici".

"Come pensa di poter costringervi a sposarvi?" chiese Cole perplesso. "Non siamo nel Medio Evo. I matrimoni forzati sono scomparsi molto tempo fa."

Grace sbuffò. "Esistono ancora; è solo che non ne sei al corrente. Certo, non ci metterebbe un coltello alla gola davanti a un giudice, ma ha altri modi. Il denaro compra, come anche le minacce e le mazzette."

Le sue parole rimasero sospese per aria come una granata che cade al rallentatore.

"Di cosa ti ha minacciato?" Nathan chiese con voce dura, accanto a lei.

Grace scrollò le spalle. "Di tutto". Non voleva davvero entrare in dettagli, ma i suoi amici erano venuti per aiutarla, e lei aveva già deciso che avrebbe fatto qualsiasi cosa per liberarsi dai suoi genitori, una volta per sempre. Se si fosse messa in imbarazzo nel farlo, questo sarebbe solo stato una parte del processo doloroso. "Quando chiudermi nella mia stanza non sembrava più dare l'effetto desiderato, mi ha minacciato di farmi internare, di uccidere Felicity, di rovinare la tua attività, Cole, di tagliare i freni e causare un incidente d'auto a uno di voi." Le parole di Grace si affievolivano mentre si rendeva conto dell'effetto che stavano avendo sugli altri nella stanza.

Se prima aveva pensato che i suoi amici fossero arrabbiati, non era niente in confronto a come si sentivano adesso. Non le piaceva averli fatti sentire in quel modo, voleva rimediare, così Grace si affrettò a fare un passo indietro e correggersi. "Ma di solito erano solo cose come darmi una brutta recensione sul mio lavoro o dirmi che sono stupida."

"Ti ha detto di stare alla larga da me al liceo? Ti ha minacciato di qualcosa?" chiese Logan con voce tesa.

Grace rifiutò di guardarlo, ma annuì. "Sì. Certo. Odiava te e la tua famiglia e non sopportava nemmeno che ti parlassi."

Logan le sollevò il mento e girò il suo viso in modo che lo

guardasse. "Quali minacce ha usato per tenerci separati?" ripeté con voce gentile.

Grace si arrese. Non che non sapesse già quanto orribili fossero i suoi genitori. "Una delle sue preferite, e più efficaci, era che conosceva un ufficiale dell'esercito che poteva negare il tuo arruolamento."

"Bastarda", imprecò Nathan a bassa voce, ma Grace lo ignorò e tenne gli occhi su Logan.

"L'hai sfidata e hai continuato a insegnarmi", disse Logan. Non era una domanda, ma Grace annuì comunque. Proseguì. "Ma ogni volta che sembrava che ci stessimo avvicinando troppo, ti ritiravi. Mettevi una certa distanza tra di noi. Un giorno pensavo che ti piacessi, più di un amico, e poi il giorno dopo annullavi le nostre lezioni e mi trattavi di nuovo solo come un amico. Stavi proteggendo me... e te."

"Sì", disse Grace un po' bellicosamente. "Perché voleva *farmi* sentire una merda. C'ero abituata. Ma non mi piaceva che cercasse di farti sembrare una cattiva persona quando sapevo che non lo eri. Quindi, cercavo di fare il possibile, per farti trascorrere del tempo con me, senza avvicinarti troppo, affinché mi lasciasse un po' perdere."

"Proteggi i tuoi amici dai tuoi genitori da molto tempo, vero Grace?" chiese Logan gentilmente.

Per la prima volta nella sua vita, Grace ammise ciò che teneva nel suo cuore da sempre. "Tentavo di farlo. Avevo sentito voci in giro per la città su ciò di cui erano capaci di fare e non avrei mai voluto correre il rischio che dessero effettivamente seguito a una qualsiasi delle loro minacce".

Senza dire una parola, Logan la prese tra le sue braccia.

Grace sentì che il carico che portava da tanto tempo, improvvisamente sembrava più leggero.

Sapeva che, solo perché non era più sotto il controllo dei suoi genitori, non voleva dire che fosse sfuggita alle loro minacce, ma per un solo minuto, voleva fingere di essere al sicuro. Che le persone a cui teneva erano al sicuro. Che non doveva inchinarsi alla volontà di Margaret e Walter Mason per tentare disperatamente di guadagnare il loro amore.

Quanto tempo rimasero seduti sul divano di Logan, Grace non ne aveva idea. Nessuno disse una parola per quello che sembrava un tempo lunghissimo. Alla fine Grace fece un sospiro enorme e si raddrizzò a sedere sul divano. "E adesso?"

"La prima cosa che dobbiamo fare è ottenere un'ingiunzione restrittiva contro i tuoi genitori." Al suo sguardo inorridito, le passò una mano sui capelli, calmandola. "So che è difficile, ma dobbiamo fare le cose ufficialmente. Non ti faranno più del male, Grace. E se ci provano, dovremo coinvolgere gli sbirri."

"Mi aiuterai?" chiese Grace. "Non l'ho mai fatto prima... non so cosa fare."

"Certo che lo farò. Ace Security lo fa sempre. Non volevo certo lasciarti alla stazione di polizia dicendoti: 'Ci vediamo dopo'."

Grace sorrise alla sua presa in giro. "E poi?"

"E poi aspettiamo", disse facilmente Logan.

"Aspettiamo? Cosa?"

"Che facciano la loro mossa. Odieranno il fatto che non sei più sotto il loro controllo. Non ho dubbi che tenteranno di influenzarti, ma devi essere forte. Mi hai sentito Grace? Non fare niente di stupido. Non essere una di quelle eroine troppo-stupide-per-vivere come nei libri e nei film. Loro pensano che tu sia debole e che desideri ancora il loro affetto, quindi cercheranno di manipolarti proprio come hanno fatto per tutta la tua vita. Quando non funzionerà, ti minacceranno, ma non dar loro retta. Vieni da me, o dai miei fratelli, o anche da Cole o Felicity, e raccontaci cosa ti dicono. Informeremo gli sbirri in modo che ci sia un registro ufficiale di tutto questo. Non siamo stupidi, abbiamo bisogno della polizia. Ma anche come civili, non restiamo con le mani in mano senza fare nulla".

"Ma se loro...“

"Grace", Logan interruppe severamente, mettendole le mani su entrambi i lati del viso. "Non sono più un adolescente. Ho trascorso molto tempo nell'esercito imparando a proteggere me stesso e coloro che mi circondano. Blake è bravo in quello che fa. Quando avremo finito qui, contatterà i Grant e troverà un po' di sporcizia su Margaret e Walter, e, se necessario, la useremo per tenerli a bada. E Nathan? Guardalo. Guarda quant'è arrabbiato per te. Ti sei fatta un protettore a vita. E non solo loro, ma anche Felicity e Cole. I tuoi amici sono a tua disposizione e puoi rivolgerti a loro ogni volta che hai bisogno di qualcosa."

"Ci puoi scommettere," mormorò Felicity.

"Ha ragione", disse Cole allo stesso tempo.

Logan continuò: “E *io* posso proteggerti e lo farò. Tu lo hai fatto per gli altri per tanto tempo, lascia che io ti aiuti, adesso. Lascia che tutti noi ti aiutiamo."

"Ragazzi, non li conoscete quanto me."

"Hai ragione", concordò Logan, "non li conosciamo. Ma penso che abbiamo tutti conosciuto gente come loro. Persone che usano qualunque mezzo per ottenere ciò che vogliono. So che hanno soldi e agganci, ma non importa. Non vinceranno."

"Non voglio sposare Brad." Le parole sgorgarono senza pensarci. Sapeva che erano uscite fuori dal nulla, ma voleva disperatamente assicurarsi che Logan sapesse che Brad non le piaceva romanticamente.

Logan rise brevemente. "So che non lo vuoi, Smarty."

"È un bravo ragazzo. Veramente gentile. Mi piace. Ho l'impressione che sia forse gay, il che in realtà non ha niente a che fare con niente. Penso che i suoi genitori lo sappiano e non gli importi, il che mi fa piacere anche *loro*. Ma non merita di essere coinvolto nel folle piano dei miei genitori di farmi rimanere incinta di un bambino che possono rubare e crescere nel loro mondo perverso."

Si guardò intorno, guardò i suoi amici. "Ma se qualcuno di voi si fa male a causa di qualcosa che ho fatto o non ho fatto, non sarei mai in grado di perdonare me stessa."

"Innanzitutto, qualunque cosa accada la responsabilità è dei tuoi genitori, non tua," disse Logan fermamente, mettendo un dito sotto il mento di Grace e girando la sua testa verso di lui. "Sono responsabili delle proprie azioni. Hai smesso di prenderti addosso la loro merda. In secondo luogo, sei la persona più altruista che io abbia mai conosciuto. In assoluto. E mentre adoro questo in te, mi preoccupa anche allo stesso tempo. Mi impegnerò affinché tu mi faccia delle richieste."

"Che cosa?" chiese Grace, inorridita, in parte perché non riusciva a immaginare di fare richieste a Logan e in parte per ciò che forse stava insinuando di fronte ai suoi fratelli, Cole e Felicity.

Logan sorrise. "Sì, ed è proprio per questo che mi sto innamorando di te." Si guardò attorno. "Tutto a posto, ragazzi?"

Tutti annuirono.

"Bene. Domani ci risentiamo." Le parole di Logan erano chiaramente un congedo, a cui nessuno sembrava essersi offeso.

Felicity fu la prima ad andare verso Grace. La tirò su dal divano e le diede un lungo abbraccio. "Se hai bisogno di qualsiasi cosa, conosci il mio numero. Tutto ciò che devi fare è mandarmi un messaggio o chiamarmi e io sarò qui. Capito?"

"Capito," disse Grace con gli occhi umidi alla sua migliore amica.

Dopo un altro lungo abbraccio, Felicity indietreggiò e lasciò che Cole abbracciasse Grace. "Fammi uno squillo se hai domande o hai bisogno di qualcosa", disse lui burbero, facendo un passo indietro. Grace annuì.

Il prossimo fu Nathan. Anche lui l'abbracciò, poi si limitò a fare un passo indietro tenendo le mani sulle sue spalle. Dopo averla guardata negli occhi per un momento, fece un cenno con la testa.

Poi fu il turno di Blake che la immerse nel suo abbraccio.

"Non sono mai stata abbracciata così tanto in tutta la mia vita", Grace sbottò di buon umore, dando una pacca sulla spalla a Blake mentre lo stringeva.

"Abituati. Ci piacciono gli abbracci," le disse Blake con un sorriso.

"Trovati una donna da abbracciare," si lamentò Logan da dove si trovava accanto a Grace, tirandole una mano per riportarla al suo fianco.

Tutti risero e si diressero verso la porta. Dopo ulteriori rassicurazioni sul fatto che Grace poteva chiamare se avesse avuto bisogno di qualunque qualcosa, la porta si chiuse finalmente dietro di loro.

"Accidenti, pensavo che non se ne sarebbero più andati via", scherzò Logan. Senza lasciarle andare la mano, tornarono in salotto. "Dai, questo posto è un porcile. Ora che ho una coinquilina, devo sistemare il mio casino. Mi aiuti?"

"Certo" rispose Grace. "Anche se devo dire che sarebbe molto più piacevole sedermi tra le tue braccia che pulire."

Logan si chinò su di lei e sentì il suo respiro caldo sull'orecchio mentre le sussurrava. "Non vorrei fare altro che sedermi sul divano tutta la notte con te tra le mie braccia, ma sarebbe egoistico da parte mia."

"Come se mi dispiacesse", disse Grace con un'espressione maliziosa negli occhi. Era bello poter dire quello che voleva senza doversi preoccupare di ciò che l'altra persona poteva pensare o fare. Logan non era Margaret o Walter Mason, ed era bello poter essere semplicemente se stessa.

Logan fece un gran sorriso e le tese la mano. Grace sorrise timidamente e mise una mano nella sua. Lo seguì mentre si dirigevano verso il suo tavolo ingombro. Fece un respiro profondo. Poteva certamente aiutarlo a organizzarsi... *aveva* dopotutto una laurea in gestione aziendale, anche se non era quello che voleva fare per il resto della sua vita.

Lei non aveva un lavoro.

Non voleva proprio tornare nel suo appartamento, in caso i suoi genitori cercassero di trovarla lì.

Ma a quanto pare, aveva un amico di nome Logan.

E i suoi fratelli. E Felicity e Cole.

Era tutto ciò di cui aveva bisogno... per adesso.

CAPITOLO VENTI

LE SETTIMANE che seguirono il drammatico salvataggio di Grace dalla casa dei suoi genitori furono in realtà tranquille. Walter e Margaret Mason non saltarono fuori da nessun cespuglio pretendendo che Grace continuasse a lavorare per loro o insistendo che venisse a casa loro e aiutasse nelle faccende domestiche. Non era stata rapita per strada da uomini vestiti di nero. Nessuno dei suoi amici era volato giù dal dirupo di una montagna a causa della manomissione dei freni della macchina. Era quasi abbastanza da farle abbassare la guardia... quasi.

Grace alla fine capì veramente quello che Logan le aveva detto poche settimane prima... non era la stessa persona che conosceva al liceo. Poteva più che prendersi cura di se stesso. Il tempo trascorso nell'esercito lo aveva in parte indurito, ma gli aveva anche dato la sicurezza di affrontare qualsiasi prepotente... grande o piccolo. Questo era rassicurante, e sicuramente un afrodisiaco.

Grace aveva trascorso molto tempo con i suoi fratelli e vedeva la stessa sicurezza in loro, anche se si manifestava in modi diversi. Blake aveva molti degli stessi manierismi di

Logan, che Grace immaginava derivassero dal fatto che anche lui era stato nell'esercito, ma la sua cazzutaggine era più sotto la superficie. Non aveva dubbi che potesse mettere a posto chiunque lo avesse contrariato, ma era più contento di usare la testa prima di picchiare qualcuno che lo avesse guardato di sbieco.

Ma Nathan era il più intrigante dei tre fratelli. Era tranquillo e pensieroso, e sembrava un'anima gentile, ma Grace vedeva nei suoi occhi la stessa luce protettiva che vedeva in quella di Logan. Immaginava che bastasse la giusta circostanza, o persona, per portare in primo piano il suo genere personale di cazzutaggine.

Il suo appartamento era vuoto, ma continuò a pagare l'affitto con i soldi che aveva messo da parte sul conto bancario segreto di Denver, sperando che un giorno sarebbe stata in grado di tornarci. Nel frattempo, tuttavia, le piaceva vivere con Logan, anche se era solo una sistemazione temporanea.

Aveva trascorso molto tempo con Felicity, che spesso veniva a casa di Logan. Lui aveva capito che passare del tempo fra donne le avrebbe fatto bene e spesso le lasciava sole quando andava al lavoro o faceva commissioni.

Durante una di queste visite, Grace decise di chiedere alla sua amica qualcosa che la disturbava. "Pensi che Logan e i suoi fratelli si pentiranno di avermi aiutato?"

"Che cosa? Perché dici questo? No. Certo che no", rispose Felicity, visibilmente scioccata.

"È solo che... So che ho bisogno del loro aiuto. Ho bisogno del tuo aiuto, ma è difficile per me lasciare che gli altri combattano la mia battaglia. Mi sembra sbagliato" ammise Grace, mordendosi il labbro e giocherellando con il telecomando piuttosto che guardare la sua amica.

"Grace", disse Felicity con fermezza. "Ti dico un segreto sui ragazzi... a loro piace aiutare. A loro piace sentirsi utili. Lasciarli fare questo per te è una cosa buona. Innanzitutto, sanno cosa stanno facendo; e poi, li fa sentire bene, aiutare un'amica."

"A volte mi deprimo. Sapendo che i miei genitori non mi amano davvero, che mi stavano usando per qualsiasi motivo. Un giorno sì e uno no penso che sarebbe più facile per tutti se me ne andassi per sempre. Se mi allontanassi e ricominciassi da qualche parte dove nessuno conosce me o i miei genitori."

Felicity si avvicinò a Grace e le mise un braccio attorno alle spalle. "Grace, sei la mia migliore amica. Non so cosa farei senza di te. Non posso davvero biasimarti se sei triste per tutto quello che è successo, ma la morale della favola è che i tuoi genitori non meritano di averti nella loro vita. E come tu abbia fatto a diventare fantastica come sei, non lo saprò mai." Dato che Grace continuava a non guardarla, Felicity l'abbracciò più stretta e le chiese: "Che altro stai pensando?"

Poiché Grace non disse nulla, Felicity insisté: "Sono io. Felicity. La tua migliore amica. La ragazza che ti ha convinto a farti un tatuaggio. Puoi dirmi qualsiasi cosa."

Grace annuì come se stesse puntellando le sue difese, e si voltò a guardare la sua amica. "A volte mi sembra che sarebbe più facile se mi arrendessi e facessi quello che vogliono. Sposare Bradford."

Felicity emise un suono nella parte posteriore della gola e Grace si affrettò a finire. "Ma poi penso a cosa farebbero al mio bambino, e come sicuramente sarebbero altrettanto violenti dal punto di vista emotivo verso i loro nipoti, e mi rendo conto che non lo posso fare. Non importa quanto io sia depressa o quanto sia difficile."

"Sono orgogliosa di te, Grace", disse Felicity, appoggiando la testa sulla spalla di Grace. "Niente di tutto ciò è facile, ma ti stai facendo forza e sei davvero coraggiosa."

"Non mi sento coraggiosa la maggior parte del tempo", ribatté Grace.

"Ma non ti stai arrendendo e stai andando avanti. Questo è coraggio."

La conversazione aveva aiutato molto Grace a sentirsi meglio in tutto. Non stava usando i suoi amici affinché facessero il lavoro sporco per lei, e vivere con Logan era bello. Il che stava diventando più difficile di quanto entrambi pensassero. Non perché avessero scoperto che dopotutto non si piacevano ma, al contrario, perché ogni giorno che passava godevano sempre di più della compagnia reciproca.

Grace dormiva ancora nella stanza degli ospiti, ma ogni giorno che passava, sentiva sempre meno di aver bisogno o di voler dormire separatamente da lui. Lui aveva fatto proprio come aveva detto che avrebbe fatto... Aveva lasciato che decidesse quanta distanza mantenere e quanto velocemente lasciare che le cose prendessero il loro corso fra loro. Trascorrevano quasi tutto il tempo insieme quando era a casa. Non era andato molto all'ufficio della Ace Security; solo quando Felicity visitava Grace. Diceva che era perché la Ace Security era troppo vicina allo Studio di Architettura Mason, e voleva starle vicino il più possibile.

Un giorno, dopo che era tornato a casa da alcune commissioni, Grace gli si era avvicinata e gli aveva detto senza mezzi termini: "Sono annoiata. Sono abituata a fare qualcosa tutto il giorno. A lavorare. Stare in casa a guardare la TV non funziona per me. Per favore, posso fare qualcosa per aiutarti? Forse, alcune delle scartoffie per Ace Security o qualcosa del genere?"

Logan sembrò sorpreso, ma poi sorrise. "Questa è una gran bella idea. Non credo che Nathan ti lascerà toccare nessuna delle sue cose contabili, poiché sono un po' la sua cosa, ma so che a Blake e a me piacerebbe avere un po' di aiuto con le email e il sito Web. Non riusciamo a starci dietro. E inoltre, facciamo semplicemente schifo con quel genere di cose."

"Mi piacerebbe tanto!" disse Grace allegramente, battendo le mani eccitata. "Quindi, ti farei solo sapere se ci sono messaggi urgenti da qualcuno che ha bisogno di sicurezza, o qualcosa del genere?"

"Esattamente. Il sito Web è piuttosto statico al momento, non abbiamo molti aggiornamenti, ma se hai qualche idea per ravvivarlo o renderlo più user-friendly, sentiti libera di annotare le tue idee e posso parlarne con Nathan e Blake. Se sono d'accordo, potremmo vedere di aggiornarlo... se è qualcosa che ti senti di fare."

"Oh, sono pronta," gli disse Grace, con gli occhi che brillavano. "Grazie!"

"Aspetta a ringraziarmi", disse Logan. "Potresti scoprire che è più lavoro di quanto ti aspetti. Non siamo esattamente il top in quanto a organizzazione e scartoffie".

Grace lo abbracciò. "Penso che ti stia sminuendo, ma grazie di avermi permesso di aiutarvi. Mi aiuterà a distogliere la mente da tutto il resto."

La sera era il momento della giornata preferito in assoluto da Grace. Era solita odiarla in passato, ma era perché allora passava il tempo tentando di compiacere i suoi genitori. Ora, invece, lei e Logan passavano le serate sul divano, insieme, guardavano la TV, e parlavano. Trascorrere il tempo con Logan le aveva fatto imparare molto su di lui. Era come se stessero facendo degli appuntamenti lampo, tranne che si sentivano a proprio agio, la loro relazione procedeva veloce.

Una sera, a cena, Grace notò: "Sai che mangi in fretta, vero?"

"Sì." Logan alzò le spalle, per nulla preoccupato. "È un'abitudine che ho imparato crescendo, e l'esercito certamente non ha aiutato."

Grace lo guardò con le sopracciglia corrugate. "L'hai imparato crescendo?"

"Eravamo costretti a mangiare a tavola ogni sera, anche se

tutti lo temevamo. Se mangiavo in fretta, mia madre non trovava scuse per menarmi e potevo andarmene, uscendo dalla sua portata molto più velocemente."

Grace lo fissava, con la forchetta a mezz'aria davanti alla bocca.

"Grace? Sarà un problema? Posso provare a rallentare, ma mi caccio il cibo in bocca a questa velocità da tutta una vita. Non credo che sarà facile cambiare".

"No!" disse Grace, scioccata che avesse persino pensato che cose del genere le importassero. "Stavo solo pensando come io sono stata costretta dai miei genitori a mangiare lentamente e in modo signorile, non importa quanto fossi affamata. Proprio come tu sei stato invece addestrato a mangiare in fretta." Si strinse nelle spalle un po' imbarazzata. "Abbiamo questo in comune."

"A quanto pare. E penso che il modo in cui mangi sia carino."

"Carino?" Grace arricciò il naso. "Non è carino. È educato. È irritante. Devo dire che sono un po' invidiosa di come non ti importi di quello che gli altri pensano di te, quando mangi. Mi piacerebbe, anche solo una volta, potermi scofanare una pizza o degli spaghetti senza preoccuparmi di come appaio mentre lo faccio."

"Allora senti," le disse Logan con un sorriso, "se mi insegni alcune delle tue maniere aristocratiche, e a cosa diavolo servono tutte le posate, mi assicurerò che tu abbia un sacco di opportunità per rimpinzarti con le mani senza doverti preoccupare di un pubblico che ti giudica. Sei d'accordo?"

"Affare fatto."

Avevano anche trascorso molto tempo dando seguito alla loro attrazione reciproca. Le prime sere erano state imbarazzanti per entrambi, ma quando la novità di vivere nello stesso appartamento era svanita, erano calate anche le barriere che entrambi avevano eretto per proteggersi.

"Vuoi guardare un film?" chiese Logan dopo aver esaminato insieme gli eventi del mattino. Grace gli aveva parlato dei lavori imminenti che aveva prenotato per l'azienda, e lui l'aveva informata che i suoi genitori sembravano essersi completamente dimenticati di lei... si erano ancora una volta presentati al lavoro puntuali per poi andarsene via subito alle cinque.

Era l'una del pomeriggio. Avevano pranzato e anche se avrebbero potuto lavorare un po', Grace aveva qualcos'altro in mente. Lei scosse la testa. "Sono stufa della TV. Vorresti..." fece una pausa, non era sicura se chiedere quello che stava pensando.

"Dai, cosa?" Logan incoraggiò.

"È sciocco, ma ti ho visto un giorno fuori dalla Ace Security e non ho mai..."

"Sputa il rospo, donna." Logan sorrise per farle capire che stava scherzando.

Grace gli lanciò un'occhiataccia scherzosamente, ma era segretamente grata che avesse fatto una battuta sulla sua reticenza. "Mi porti a fare un giro in moto? Non ci sono mai stata."

Logan la squadrò da capo a piedi. "Mi piacerebbe. Dovrai indossare jeans e una maglietta a maniche lunghe per proteggere la tua pelle".

Grace annuì. "Sì."

"Perfetto. Allora sei pronta. Puoi indossare la mia giacca di pelle e farò in modo che Blake ne scelga una per te, se vedi che ti piace fare giri in moto e pensi di volerci andare di nuovo."

"Non è necessario comprarmi una giacca," protestò Grace. "Mi andrà bene quello che Felicity mi ha portato."

"Grace, non è solo perché voglio che ne abbia una tua; è anche per la tua sicurezza e protezione. Preferirei prendermi un chiodo in un occhio piuttosto che fare qualunque cosa che ti metta in pericolo. Fidati di me su questo. Una maglietta, o una giacca normale a maniche lunghe, non è abbastanza sicura. Dietro le giacche di pelle pesanti che indossano i motociclisti c'è il motivo della sicurezza. Ci aiutano a proteggerci dalle intemperie, e anche da escoriazioni se cadiamo."

"Oh ok. Non me n'ero resa conto. Ma, Logan, se indosso la tua giacca, tu non ne avrai una. Non voglio metterti in pericolo. Forse questa è stata una cattiva idea; possiamo farlo un'altra volta."

Logan si avvicinò al punto in cui Grace stava in piedi in cucina e le mise le braccia intorno alla vita, agganciando le dita dietro la sua schiena e tirandola contro di sé. Grace sentì la sua erezione semidura contro la sua pancia e l'odore del sapone sulla sua pelle. La menta piperita che aveva mangiato prima si diffondeva sul suo viso mentre le parlava.

"Non preoccuparti. Vado in moto da molto tempo. So cosa faccio. Non credo che avremo incidenti ma, per qualunque eventualità preferisco che sia coperta tu, piuttosto che io."

"Allora perché non l'hai detto prima?" disse mezza scherzosa.

Lui sorrise e le passò il dito sulla punta del naso. "Birbante. Grazie della premura, comunque. È passato molto tempo da quando una donna se n'è fregata di quello che faccio."

"Mi frega."

Sorrise di più. "Mi fa piacere."

"E grazie anche a te di preoccuparti per me", ricambiò Grace. "Non per quello che faccio che si riflette su di te, ma per *me*."

Il sorriso sul viso di Logan si spense e la guardò seriamente. "Non dubitarlo nemmeno per un istante, voglio che tu faccia quello che vuoi, quando vuoi, perché è ciò che piace a *te*. Non voglio che tu *non* faccia qualcosa perché sei preoccupata di quello che potrei pensare. No aspetta, mi correggo. Se è qualcosa di pericoloso... come andare in moto senza l'abbigliamento e le attrezzature di sicurezza adeguati... allora preoccupati sicuramente di quanto mi arrabbierei con te. Ma se si tratta di prendere delle lezioni di tuo piacimento, o accettare un lavoro a Denver con una delle cinque società principali di marketing, o cosa mangiare e come mangiare, allora devi solo pensare a cosa è meglio per te e cosa ti rende felice."

"*Tu* mi rendi felice," gli disse Grace in tono solenne, incontrando i suoi occhi a testa alta.

"Lo stesso vale per me. Sono più felice di quanto non lo sia stato da molto tempo".

"Anche se sei rinchiuso nel tuo appartamento con me?"

"Lo sono *poiché* ho avuto la fortuna di essere rinchiuso nel mio appartamento con te. Ora vai a cambiarti. Non vedo l'ora di mostrarti il mondo dal punto di vista di un motociclista".

Cinque minuti dopo, indossando un paio di jeans e una maglietta azzurra a maniche lunghe, Grace voltò le spalle a Logan e gli tese le braccia, lasciando che l'aiutasse a mettersi la sua giacca troppo grande.

Si girò a guardarlo e scrollò le spalle, sentendosi impacciata. "È enorme su di me."

Logan allungò la mano e chiuse la cerniera lampo come se fosse una bambina piccola. Poteva sembrare un geto condiscendente, ma Grace invece si sentì protetta. Abbassò la testa e inspirò l'odore della pelle della giacca e dell'uomo in piedi di fronte a lei.

"Cosa stai facendo?"

Senza alzare lo sguardo, Grace rispose: "Odora di te. Lo adoro."

"Grace... Dio... mi stai uccidendo."

Lei sorrise, poi ansimò quando Logan d'un tratto la tirò a sé, sulla punta dei piedi, e le coprì le labbra con le sue. La baciò appassionatamente e Grace partecipò con gusto. Le sue mani si fecero strada, fin dove potevano, sotto la camicia di lui ma purtroppo riuscì ad arrivare solo fino al centro del suo petto. Lì, sentì i peli ruvidi del suo torace e si leccò le labbra eccitata dall'aspettativa... Le dava piacere toccarlo.

Logan approfittò della sua eccitazione e le afferrò a piena mano una natica del sedere, tirando più forte i suoi fianchi contro di sé. L'altra mano andò dietro la sua testa e la tenne stretta a sé mentre si baciavano.

Grace si muoveva eccitata nella sua stretta. Aprì la bocca più ampiamente; le loro lingue si rincorrevano. Ansimò quando Logan le succhiò la lingua, facendole venire la pelle d'oca alle braccia.

Si tirò indietro affannata e lo guardò, leccandosi le labbra e assaporando la menta piperita. Nessuno dei due si mosse per un lungo momento fino a che Logan dichiarò: "Prima il giro".

"Prima?" chiese Grace confusa. L'ultima cosa che voleva fare era andarsene. Avevano pomiciato quasi tutte le sere da quando si era trasferita da lui e ogni sera si erano spinti un po' oltre. All'inizio, il tocco lieve della mano di Logan sul suo seno; poi, la testa di Grace sul grembo di Logan mentre lui, con la mano poggiata sullo sterno di Grace, le accarezzava il seno con le dita.

Una sera Grace gli aveva fatto togliere la maglietta e aveva esaminato ciascuno dei suoi tatuaggi, arrivando al punto di far scorrere le labbra e la lingua sul suo inchiostro, adorandolo, facendogli sapere senza parole quanto le piacessero i disegni che aveva scelto.

Poco a poco, si stavano conoscendo sessualmente, sebbene entrambi avvertissero che il momento non era ancora giusto per andare fino in fondo. A volte era Grace a tirarsi indietro, e altre volte era Logan, come la notte precedente, quando si era tirato indietro con riluttanza dopo che

Grace gli era gattonata in grembo e si era seduta sul suo membro, duro come una roccia.

"Sì, prima" disse Logan guardandola negli occhi. "Sì, prima. Poi, torneremo qui e vedremo cosa fare dell'elettricità con cui abbiamo flirtato in quest'ultimo mese... se per te va bene."

Grace tenne le mani dov'erano e usò i pollici per strofinare su e giù i peli del suo torace. "Va decisamente bene per me, Logan. Sei stato così bravo a non mettermi fretta. Ti voglio. Non dobbiamo andare da nessuna parte se non ti va. Possiamo andare in camera tua. Sono pronta."

Logan chiuse gli occhi come se fosse in preda a un dolore lancinante, ma quando li riaprì, Grace vide determinazione e sollievo.

"Volevi fare un giro in moto con me, e quindi farai un giro in moto. Ti porterò su per le montagne per farti provare come andare in moto fa sembrare tutto più vivo, più bello. Poi torneremo qui, e se sarai ancora disposta, farò l'amore con te come ho sognato in questi ultimi dieci anni. Sei pronta a questo?"

"Sì." Lo sguardo negli occhi di Grace la diceva lunga.

Sorridendo, Logan districò le dita dai suoi capelli e le passò una mano sulla spalla e lungo il braccio per afferrargli la mano. Si voltò e la condusse verso la porta d'ingresso, fermandosi per afferrare un giubbotto di tela e un casco appesi allo schienale di una sedia. Chiuse a chiave la porta mentre usciva. Lei lo seguì giù per le scale fino alla sua moto, che era parcheggiata sotto una sporgenza accanto al suo pick-up.

Tirò fuori un altro casco dalla borsa della moto e l'allacciò con cura sotto il mento di Grace, assicurandosi che fosse ben tirato, ma non troppo stretto. Strinse le spalle nel suo giubbotto di tela mentre si metteva il casco in testa. Prese entrambe le spalle di Grace, si chinò e la baciò forte, poi salì sulla grande moto.

"Passa il piede sopra il sedile e mettilo su uno dei poggiapiedi... sì, lì. Bene", elogiò, mentre Grace faceva come richiesto. Tenendo le mani sul manubrio, girò la testa e ordinò: "Inclinati quando e dove mi inclino io, e fidati che ti tengo al sicuro. Ora, metti le braccia attorno a me e tieniti forte."

Grace deglutì a fatica e si sporse in avanti, facendo scivolare le braccia attorno alla vita di Logan e appiccicando le tette contro la sua schiena. Sorrise notando che, al suo tocco, lui inspirava. Quest'avventura prometteva divertimento.

CAPITOLO VENTUNO

Il giro in moto non era divertente, era fantastico.

Grace si sentiva come se fosse in un altro mondo, in sella alla moto di Logan, in giro per la campagna che circonda Castle Rock. All'inizio aveva avuto paura, vedendo la strada così vicina ai loro piedi, sentendo nient'altro che il rumore del vento.

Ma più andavano, più ci si abituava. Il vento sul suo viso e nelle orecchie le faceva sembrare che nulla potesse toccarla. Sentire i muscoli di Logan ammassarsi e flettersi mentre controllava l'enorme moto sotto di loro era rassicurante.

Anche guardare il mondo che passava, dal retro di una moto, era un'esperienza diversa. Poteva sentire l'odore delle mucche e dei cavalli quando passavano accanto ai campi, e poteva in qualche modo vedere ogni dosso e cunetta del terreno intorno a lei.

Mentre si dirigevano a ovest verso la catena montuosa Front Range e salivano sempre più in alto, l'aria intorno a loro divenne più fresca. Grace era felice per la pesante giacca di pelle che Logan le aveva fatto indossare e si rannicchiò più stretta a lui. Appoggiando la testa sulla sua schiena, osservò le rocce e il paesaggio del fianco della montagna che gli passavano davanti agli occhi in una sfocata cacofonia di colori.

Si sentiva libera. Finalmente libera. Libera dalla vergogna che i suoi genitori le avevano scaricato addosso per anni. Libera dal senso di colpa di non essere mai stata abbastanza per loro. Libera di essere se stessa. Di essere chi voleva. Libera di essere con *chi* voleva.

E lei voleva essere con Logan.

Ogni parte del suo corpo vibrava con il motore sotto di lei, ricordandole quanto desiderasse Logan. Al momento non c'era altro nella sua mente, solo lei e Logan... e il crescendo del suo desiderio di averlo era accentuato dal forte motore tra le sue gambe.

Anche se indossava dei jeans, la vibrazione della moto sembrava centrata proprio sul clitoride. Indipendentemente da come si spostava sul sedile, non smetteva mai di sollecitarlo. Quando Logan si fermò in un punto panoramico in cima a una montagna sopra Denver, era ormai più che pronta a venire.

Logan aveva semplicemente sorriso come se sapesse esattamente cosa stava provando, quando l'aiutò a scendere dalla moto. L'appoggiò seduta sul parapetto e proseguì a fare l'amore con la sua bocca. La baciò come se fosse la cosa più desiderabile su cui avesse mai messo le mani. Grace era a una decina di secondi dal raggiungere un orgasmo mostruoso, aiutata dal palmo di Logan che la strofinava sopra i suoi jeans e dalle labbra di lui che accarezzavano le sue, quando improvvisamente un'auto si avvicinò al belvedere.

"Accidenti," respirò profondamente Grace. "Ero così vicina. È sempre così andare in moto?"

Lui le sorrise e le baciò la fronte, poi la tenne teneramente contro il suo petto. "Ti ci abituerai."

Grace sbuffò. "Non sono sicura che sia vero. Penso che le

donne dicano così ai loro uomini per non rivelare esattamente quanto sono arrapate ogni volta che vanno in moto con loro".

Logan rise e accarezzò affettuosamente con il pollice il lato del suo naso. "Ti piace andare in moto." Non era esattamente una domanda.

"Sì. Mi fa sentire libera. Come se non avessi preoccupazioni o problemi. Il vento sulla mia faccia, osservare le linee tratteggiate che scorrono sulla strada sotto di noi... è difficile da spiegare."

"Lo stai spiegando perfettamente", disse Logan. "Sono contentissimo che ti piaccia."

"Mi piace con *te*", chiarì Grace. "Non sono sicura che mi piacerebbe tanto se dovessi guidare io o se fossi con qualcun altro."

Logan indietreggiò e le tese una mano. "Dai, è tempo di tornare a casa."

Si sistemarono di nuovo sulla moto e Grace fece una smorfia mentre si arrampicava di nuovo per accomodarsi sul sedile posteriore. "Sarà un miracolo se non vengo prima che arriviamo a casa", borbottò, rannicchiandosi contro la schiena di Logan.

Vide gli occhi di Logan riempirsi di desiderio ardente... e di qualcos'altro che non riusciva a identificare. "Vado dritto a casa e non prendo strade panoramiche."

"Fantastico", respirò Grace. "Anche se non sono sicura che sarà di grande aiuto."

"Non ci pensare", suggerì Logan. "Guarda il panorama durante il tragitto."

"La tua moto ha un motore davvero potente, Logan", scherzò Grace imbronciata.

Lui si girò a metà sul sedile e la baciò a lungo e con forza.

"E veramente nemmeno questo è d'aiuto", sorrise Grace quando si voltò per avviare la moto.

Non voleva che facessero un incidente, ma adorava anche

la sensazione di sentire Logan sotto i palmi delle sue mani. Le sue mani vagarono liberamente, sebbene non in 'territorio pericoloso', mentre si dirigevano verso Castle Rock. Non stava cercando di torturarlo; stava soprattutto tentando di tenere la sua mente lontana dall'incessante pulsazione tra le sue gambe, ma a un certo punto, Logan afferrò la sua mano errante mentre si muoveva un po' troppo in basso e la costrinse a risalire tenendogliela ferma e piatta contro il suo addome. Grace non disse una parola, non che sarebbe riuscita a sentirlo comunque, ma sorrise sopra la sua spalla quando si rese conto che la vibrazione della moto sotto di loro stava avendo effetto anche su di lui.

Arrivarono a casa e Logan non disse una parola. L'aiutò a scendere e le tenne una mano sulla vita fino a che fu sicuro che le gambe l'avrebbero sostenuta. Slacciò il suo casco, poi quello di Grace, prima di tirarla al suo fianco.

Camminarono così, fianco a fianco, fino al suo appartamento, e appena chiusa la porta Logan lasciò cadere i caschi e si occupò della cerniera della sua giacca, troppo grande. La face cadere dalle spalle di Grace e poi si scrollò di dosso la propria giacca. Di nuovo non badando dove fossero atterrate nel piccolo ingresso.

"Via le scarpe."

Senza guardare, tenendo gli occhi su di lui, Grace avvicinò un piede alla sua mano e slacciò la scarpa. Ripeté i movimenti con l'altro piede e si tolse entrambe le scarpe da ginnastica. Logan fece lo stesso con i suoi stivali, tirandoli via senza battere ciglio, nemmeno quando emisero un forte tonfo cadendo a terra. Lasciar cadere le scarpe a terra una volta tolte, tornati a casa, aveva certamente i suoi vantaggi. Grace sapeva che non avrebbe più guardato un paio di scarpe di Logan che giacevano a casaccio in giro per casa riuscendo a non ricordare questo momento.

Senza dire altro, Logan mise una mano sotto le ginocchia

di Grace e l'altra dietro la sua schiena e la sollevò da terra. Lei ansimò, amando la sua prova di forza e gli afferrò il collo mentre camminava lungo il corridoio.

Ogni volta che aveva fantasticato di fare l'amore con Logan, aveva immaginato che fosse buio fuori, che avrebbero fatto una bella cena, seguita da una pomiciata sul divano, e che poi si sarebbero fatti strada nella camera da letto per farlo...

Ma la realtà era molto diversa da ciò che aveva immaginato; molto meglio di qualsiasi cosa avesse potuto fantasticare.

Grace trattenne il respiro mentre Logan la portava nella sua stanza. Il sole del tardo pomeriggio splendeva brillantemente attraverso le tende aperte della finestra, i raggi dorati riscaldavano le coperte sul suo letto. La stanza aveva l'odore di Logan, lo aveva notato prima, ma ora che era tra le sue braccia, era più potente.

Lei tenne gli occhi sui suoi mentre la lasciava cadere delicatamente in piedi, ferma di fronte a lui.

"Sei nervosa?" chiese, passando le mani su e giù lungo le sue braccia.

Grace scosse la testa. "No." Poi cambiò idea e annuì. "Un po'. Non voglio deluderti."

"Non mi deluderai", le disse con assoluta convinzione. "Niente che tu possa fare mi deluderebbe. Ti fidi di me?"

"Sì." Grace poteva rispondere a quella domanda con il cento percento di onestà. Si era fidata di lui dal momento in cui si era presentato nella sua stanza per portarla via.

"Ho aspettato questo momento per oltre dieci anni", le disse, passandole un dito sulle labbra, facendola trasalire. "Non ho fretta. Voglio memorizzare ogni centimetro della tua pelle e imparare cosa ti piace e cosa no."

"Mi piaci tu. Questo è quello che mi piace", gli disse Grace con impazienza. "Non voglio andare piano. Temo, se non ci sbrighiamo e ci spogliamo, che succederà qualcosa e dovremo fermarci."

Le labbra di Logan si contrassero in un accenno di sorriso, e sollevò una mano per intrecciarla ai capelli di Grace sul lato della sua testa. "Abbiamo tutta la notte. I miei fratelli non aspettano mie notizie fino a domani mattina. Tu hai parlato con Felicity questa mattina, e tutte le email che arrivano questo pomeriggio possono aspettare o Nat può controllarle. Ci siamo solo io e te, e non mi fermerò. Non fino a quando saremo entrambi soddisfatti".

Grace, a quell'aspettativa, si passò la lingua sulle labbra, sentendosi bagnata al solo udire le sue parole. "Fai l'amore con me, Logan. Ti prego."

"Con piacere."

Logan prese il viso di Grace tra le mani e si chinò. L'aveva fatto molte volte nelle ultime settimane, ma questa volta era diverso. Entrambi sapevano che non si sarebbe fermato a un bacio. Inclinò la bocca sopra la sua e la baciò con urgenza.

Durante l'ultimo mese, avevano avuto molto tempo per conoscersi e, ogni giorno che passava, Logan era più sicuro che mai che Grace fosse la donna per lui. Anche quando non erano d'accordo, si portavano rispetto. Lei non aveva mai alzato la voce e lui non aveva mai sentito il bisogno di allontanarsi per avere un po' di spazio. Quando non erano d'accordo su qualcosa, lo dicevano semplicemente e proseguivano come al solito. Era una novità ristoratrice nella sua vita e qualcosa che Logan non aveva mai avuto con nessuna donna.

Trovava estremamente soddisfacente essere riuscito a rompere il guscio esterno che lei mostrava al mondo per trovare al di sotto di esso la donna sensibile che era. L'aveva intravista sempre di più nelle ultime settimane, e non c'era niente di più soddisfacente che vedere quel guscio incrinarsi sempre di più, ogni volta che pomiciavano. Un tocco della sua mano sopra il suo capezzolo l'aveva fatta ansimare, le sue dita che correvano sulla pelle nella parte bassa della sua schiena le avevano fatto venire la pelle d'oca sulle sue braccia. E succhiarle il lobo dell'orecchio l'aveva sempre fatta contorcere fra le sue braccia. Ma la sua reazione al motore potente della sua moto che le vibrava contro il clitoride mentre andavano in moto aveva superato le sue fantasie più sfrenate.

Grace Mason era una delle donne più appassionate che avesse mai incontrato, e imparare cosa le piaceva, che tipo di tocco le faceva perdere la testa, sarebbe stato un piacere irrinunciabile. Aveva la sensazione che lo avrebbe tenuto sulle spine e lo avrebbe sorpreso costantemente. Non vedeva l'ora di scoprire la sua giocosità, la sua irriverenza, la compassione e, sì... la sua passione.

Senza distogliere i suoi occhi dagli occhi di Grace, Logan si tolse la maglietta, mostrandole il torace. Di nuovo, senza dire una parola e senza distogliere lo sguardo da lei, si slacciò la cintura, sbottonò e si tolse i jeans, e i boxer. Di fronte a lei, completamente nudo, Logan attese.

Grace distolse lo sguardo dal suo viso, e lui la osservò mentre lo sguardo di lei scorreva su e giù lungo il suo corpo. Un rossore si levò dal collo a coprire il viso di Grace, ma ciò non la fermò dalla lettura del suo corpo. Logan sapeva che era già duro per lei, Grace aveva già sentito sotto le sue mani erranti quanto lui la volesse, mentre ritornavano a casa, e mentre lei se lo beveva con gli occhi, lui si sentiva indurire ancora di più. Dio. Perfino i suoi occhi su di lui erano sexy.

"Sei... ehm... grosso", gli disse lei con esitazione.

Logan non sarebbe stato un vero uomo se quelle parole non lo avessero fatto sentire orgoglioso del suo corpo. "Mmmm."

"I tuoi tatuaggi sono fantastici. Cioè, so di averli già visti prima, ma ero un po'... distratta in quei momenti. Cosa vogliono dire?"

L'ultima cosa di cui voleva parlare era l'inchiostro sul suo corpo, ma stava cercando di procedere lentamente e spiegare il significato dei suoi tatuaggi l'avrebbe aiutato a raggiungere quell'obiettivo.

Si voltò leggermente, mostrandole il lato destro. "Ho il mio nome, quello di Blake e di Nat qui, dentro alle parole 'Brothers Forever'. Sulla schiena, dietro la spalla sinistra, ho lo stemma dell'esercito. Poi qui, come puoi vedere, ho un sacco di simboli tribali a casaccio sulla parte superiore del braccio destro". Scrollò le spalle. "Veramente, non significano niente per me. Ero giovane e stupido e volevo fare il figo." Sorrise, poi si fece serio. "Non sono dipendente dall'aggiunta di tatuaggi sul mio corpo, ma ce n'è un altro che voglio farmi." allungò una mano e la mise dietro il collo di Grace, accarezzando con il pollice il tatuaggio che non poteva vedere, ma sapeva esserci.

Lei rabbrividì al suo tocco e, appoggiando i palmi delle mani sul suo torace caldo, chiese: "Che cos'è?"

"Andrà proprio qui sul mio avambraccio." Logan girò il braccio sinistro, mostrandole la pelle abbronzata, immacolata da qualsiasi tipo di inchiostro. "Saranno due uccelli, che volano liberi. Rosa. E se riesco a farmeli fare, ciascuno porterà delle lettere negli artigli. Voglio che le lettere vengano fatte con lo stesso inchiostro che hai usato per il tuo... così che solo noi sappiamo che ci sono. Sarà solo nostro."

"Rosa?" sussurrò, stringendogli inconsciamente i fianchi. "Non è molto maschile."

"Non importa. Mi ricorderà di te ogni volta che lo vedrò. La tua femminilità. La tua bellezza. Di come hai trovato il coraggio e la forza di volare fuori dalla tua gabbia e di scoprire chi sei". Si accorse che le sue parole l'avevano commossa, quando lei emise un respiro traballante.

"Logan," sussurrò Grace con voce tremante.

"Solleva le braccia."

Lo fece, non voleva più parlare di tatuaggi e Logan le tolse lentamente la maglietta a maniche lunghe. Adorava quando indossava le sue magliette. Vi ci dormiva fin dalla prima notte in cui era arrivata nel suo appartamento, ma toglierle una sua maglietta attillata era sexy da morire. Quasi lo preferiva al suo indossare le sue magliette larghe... quasi.

I capelli di Grace ricaddero sulle spalle mentre lui lanciò sopra la propria testa la maglietta, lasciandola cadere distrattamente dietro di sé.

Lei mosse le mani dietro la propria schiena e sganciò rapidamente il reggiseno color crema che indossava, lasciandolo cadere sul pavimento.

Logan aveva tastato le sue tette in precedenza, ma vederle da vicino così, senza nulla che le copriva, era una vera meraviglia. Non riusciva a toglierle gli occhi dal seno. Era pieno e rotondo, e aveva grandi areole attorno ai capezzoli, che si increspavano proprio mentre li guardava. I suoi respiri si stavano facendo brevi e tronchi, il suo seno si alzava e si abbassava di frequente. I suoi capezzoli erano tesi e sporgenti come a supplicare il suo tocco.

A voce bassa, Logan disse: "Un uccello rosa. Proprio qui sulla curva interna del tuo seno. Del tuo cuore. Sarebbe fottutamente bellissimo."

Incapace di resistere, Logan portò una mano sul petto di Grace. Usando solo il dito indice, toccò l'area in cui poteva praticamente vedere il tatuaggio che aveva disegnato mentalmente. Lei non disse nulla, ma il suo respiro accelerò. Quando il suo capezzolo si indurì ancora di più all'avvicinarsi della punta delle sue dita, Logan sorrise e mosse la mano in modo da far circolare il suo dito intorno al capezzolo desideroso, che implorava il suo tocco. Si irrigidì ancora di più, cosa che non pensava fosse possibile.

"Ti piace?" Sapeva che non aveva bisogno di chiedere, ma adorava il modo in cui le labbra di Grace si aprivano e lei annuiva con palpebre pesanti.

A Logan venne l'acquolina in bocca per la necessità di assaggiarla, ma si trattenne. Si stava divertendo a scoprirla a poco a poco. Aveva tanto tempo per leccarla dalla testa ai piedi. Spostò il dito sull'altro capezzolo, trattandolo con lo stesso tocco riverente, soddisfatto al vederlo indurirsi immediatamente.

"Accidenti, la tua pelle è così bella. Senza macchia," continuò, descrivendo il tatuaggio che voleva vedere sulla sua pelle. "Non un uccello grande. Piccolo, piccolo. Proprio qui, dove posso vederlo mentre ti succhio queste belle tette, vederlo svolazzare mentre il tuo respiro accelera... sì, così... e può volare mentre ti siedi sopra di me e mi cavalchi."

"Logan", protestò lei con voce rauca.

"Lo faresti per me?"

"Sì. Farei qualsiasi cosa tu mi chieda." Logan sentì il suo cazzo contrarsi alla sua risposta e un po' di liquido preseminale trasudare dalla punta.

Respirò a fondo mentre sentiva le dita di Grace tracciare i suoi capezzoli. "Oddio", gemette e spostò la mano sul suo cazzo, stringendone la base mentre gli pulsava nella mano. Se il solo pensiero di un tatuaggio sulla sua pelle e il tocco della sua mano sui suoi capezzoli stavano per farlo venire, era nei guai. Erano passati anni da quando aveva fatto l'amore con una donna e il suo cazzo lo stava praticamente implorando di prenderla. Doveva affondare nelle profondità calde e bagnate del suo corpo.

Le afferrò le mani e le allontanò dal suo corpo, sorridendo al broncio sul suo viso.

"Anch'io volevo toccare."

"Ti darò tutto il tempo che vuoi... dopo."

"Non è giusto."

"Credimi, Grace. Voglio le tue mani e le tue labbra su ogni centimetro della mia pelle, ma dopo. Se tu solo respirassi sul mio cazzo in questo momento, verrei immediatamente. E anche se è quello che ho sognato, è importante per me assicurarmi che ti goda la nostra prima volta. Me lo concedi?"

"Ma voglio che anche tu goda," gli disse facendo un passo verso di lui, mordendosi il labbro quando il suo cazzo le sfiorò il ventre.

"Oh, Smarty, godrò," le disse Logan senza un minimo di dubbio nella sua voce, "ma per gli uomini è più difficile venire più di una volta in un breve periodo di tempo, mentre le donne possono venire più volte... purché il loro uomo sappia cosa fa."

"E tu sai cosa fai?" disse, con un angolo della bocca inclinato in un mezzo sorriso malizioso mentre gli metteva le mani sulla vita.

Lui le solleticò delicatamente i fianchi per vendetta e rise, mentre lei si contorceva, le sue tette rimbalzavano con i suoi movimenti. "Sì, monella, so cosa sto facendo. Potrei non essere l'uomo più esperto al mondo, ma non mancherò di farti venire tra le mie braccia."

Grace non rispose, ma si mise le mani sui pantaloni. Logan gliele spostò immediatamente. "Lasciami fare."

Lavorò rapidamente sul bottone e la cerniera in vita e le spinse i jeans giù, lungo le gambe. Rimase in piedi di fronte a lui in nient'altro che un semplice paio di mutandine bianche. Ed era la cosa più sexy che avesse mai visto in vita sua.

"Accidenti, Grace", respirò. Logan non sarebbe riuscito a esprimere i suoi pensieri meglio di così nemmeno se da ciò dipendesse la sua vita.

"Non sono sexy", gli disse, ovviamente imbarazzata, e fece per toglierle.

La fermò di nuovo semplicemente afferrandole i polsi e tenendola ferma. Logan si passò la lingua sulle labbra, alla prospettiva...

"Non sono d'accordo. Su di te, sono la cosa più sexy che abbia mai visto in vita mia." Logan le lasciò andare le mani e si inginocchiò di fronte a lei, leccandosi le labbra e inspirando profondamente. Sentì le mani di Grace appoggiarsi sulle sue spalle, ma non riuscì a distogliere gli occhi dal cotone bianco che la copriva. Deglutì a fatica, ignorando la sua erezione, che pulsava bisognosa.

Alzò gli occhi su quelli di lei. Grace lo stava fissando, mordendosi il labbro. Le sue tette erano ancora più spettacolari da questo punto di vista. Perdendo il filo dei suoi pensieri, una delle mani di Logan si era allungata verso uno dei suoi seni prima di ricordarsi cosa si era prefissato di fare.

"Posso?" chiese educatamente, inclinando la testa verso i suoi fianchi a chiedere il permesso di toglierle le mutandine.

"Sì. Per favore ", sospirò lei.

Logan sorrise e riportò la sua attenzione in basso. Appoggiò i palmi delle mani sui suoi fianchi e lentamente, molto lentamente, abbassò le mutandine, assicurandosi che le sue dita scivolassero sotto l'elastico. Si mosse lentamente, ma senza fermarsi, spingendo il cotone bianco sui fianchi e lungo le gambe fino a che la biancheria intima si raccolse ai piedi di lei.

I peli all'incontro delle cosce erano rasati corti in una striscia sopra le sue grandi labbra, ma tutto il resto era liscio.

Logan fece scorrere le mani all'interno delle sue cosce e la guardò muoversi vogliosa sotto il suo tocco intimo. Saltò il monte di Venere, rimandando il momento, e passò i pollici sulla pelle setosa ai lati della striscia. La sfiorò una volta, poi un'altra...

"Logan, toccami", implorò lei.

"Ti sto toccando", le disse seriamente.

"Sai cosa intendo."

Logan la guardò. "Piano, Grace. Ci è dato di avere una sola prima volta e sto memorizzando tutto di te. Il tuo odore, come ti muovi sotto le mie dita, il tuo aspetto, dove sei più sensibile... Ho tanto da imparare. Starò qui per un po'."

"Mannaggia," respirò Grace e alzò gli occhi al soffitto. Era ancora appoggiata sulle sue spalle e Logan poteva sentire le sue unghie corte scavare nella sua pelle. Si concentrò sulla pelle sotto la punta delle sue dita mentre la carezzava teneramente.

"Mi piacerebbe vederti fare un altro tatuaggio qui", le passò il pollice sull'anca. "Un uccello sulla tua anca, proprio come quello sulla tua nuca e quello che mi farò sul braccio. Voglio vederti coperta di uccelli, che rappresentano la libertà del fare quello che vuoi. Ma solo sotto i tuoi vestiti, dove posso vederli solo io. Una donna composta in superficie, che vola libera con il giusto incentivo. Con le mie dita. E con le mie labbra."

Grace emise un suono, ma era più un gemito che una parola.

Logan sentì le vibrazioni contro le sue mani e si alzò bruscamente, gettando indietro la trapunta, esponendo le lenzuola sottostanti. "Vieni qui, Smarty. Sdraiati sul letto."

Fece ciò che le aveva chiesto senza esitazione, sdraiandosi sul materasso, girata in modo che la sua testa fosse appoggiata su un cuscino e il suo busto esposto alla luce del sole che entrava dalla finestra. Logan si sdraiò sopra di lei, appoggiato con i gomiti su entrambi i lati del suo torso, portando le mani sul suo seno. Ora era faccia a faccia con le sue bellissime tette e poteva usare sia le mani che la bocca, se voleva. Alzò la testa per guardarla.

"Tutto ok?"

Grace annuì. "Oh sì. È più che ok. È assolutamente fantastico."

Con lo stesso tocco leggero che aveva impiegato prima, Logan usò le dita per fare dei cerchi attorno ai suoi capezzoli. Questi si indurirono e sporsero, mostrandogli ancora una volta quanto fosse sensibile. Il fatto che quegli idioti con cui era stata non riuscissero a farla venire era per lui inimmaginabile. Se non errava, i suoi tocchi leggeri l'avevano già fatta contorcere.

Nemmeno l'umidità tra le sue cosce gli era passata inosservata... e non l'aveva ancora toccata. Era già più che pronta per lui. Ma voleva che gocciolasse, così bagnata da poter scivolare dentro la sua vagina stretta senza darle nemmeno un pizzico di disagio. Voleva far solo godere la sua Smarty, quella notte.

Fece per inghiottire un suo capezzolo. Non lentamente e lievemente, ma quasi come a morderla, lo succhiò nello stesso momento in cui avvolse la lingua attorno alla punta rigida.

"Ah," gemette lei, e inarcò la schiena al suo tocco invece di allontanarsi da lui.

Logan sorrise anche mentre teneva la bocca su di lei. Mise l'altra mano sotto la sua schiena e la premette verso l'alto, spingendola ad inarcarsi di più contro di lui. Adorava vedere Grace scatenata e persa in quello che le stava facendo. Una leggera lucentezza di sudore si era già diffusa sul suo corpo, facendola brillare alla luce del sole.

Spostando la bocca sull'altro seno, riservò all'altro capezzolo lo stesso trattamento. Bagnandolo con la lingua, mordicchiandolo e succhiandolo, suscitando da lei la stessa reazione. Logan sentì improvvisamente il bisogno di *vedere* il primo orgasmo che le avrebbe dato, non solo provarlo. Si spostò allora lungo il suo corpo fino a che fu sdraiato tra le sue gambe. Seppellì il naso nella piega tra le sue grandi labbra, avvolto dalla sua gamba destra, e inspirò profondamente. Era muschiata e sentiva l'odore di una sorta di sapone fiorito. Era deliziosa.

Lei tentò di chiudere le gambe, ma non ci riuscì, impedita dalle spalle di Logan.

"Tranquilla, Grace."

"Ma è così... intimo."

"Hai ragione," concordò. "Lo è. Ed è proprio per questo che lo voglio fare. Ti fidi di me, vero?

"Sì, certo che mi fido."

"Allora smetti di preoccuparti di quello che pensi che io voglia fare, rilassati e goditi il mio amarti."

Lei gli fece un piccolo cenno del capo. Poi chiese: "E mi lascerai fare lo stesso con te?"

"Oh sì", sospirò. "Non solo te lo *lascerò* fare, ma ti *pregherò* di farlo."

"Fantastico", disse con un sorriso, e lentamente allargò le gambe, garantendogli l'accesso.

"Fantastico", fece eco lui, riportando la sua attenzione sulla sua fica e leccandosi le labbra eccitato.

Logan si chinò e, usando la punta della sua lingua, la leccò dal basso verso l'alto, catturando la goccia di eccitazione che le era sfuggita e diffondendola fino al clitoride. Non indugiò, ma si leccò le labbra quando si staccò.

Cazzo, aveva un buon sapore. Non era mai stato un appassionato di sesso orale, e si rese conto che in realtà l'amore per la persona a cui lo faceva era ciò che glielo faceva piacere tanto. Logan fissò la fica più bella che avesse mai visto in vita sua. Forse era perché era di Grace, forse perché aveva trascorso l'ultimo mese e mezzo a conoscere la donna a cui apparteneva, ma qualunque fosse la ragione, Logan sapeva che non si sarebbe mai stancato, nemmeno dopo mille anni a guardare, leccare e toccare la sua fica bagnata.

Notando che Grace si stava divincolando leggermente sotto di lui, bagnata fradicia, si ricordò di una fantasia che aveva avuto riguardo a lei. Le accarezzò il clitoride con un dito, lentamente e lievemente. Senza fretta, prendendosi il tempo necessario, guardando il prepuzio del clitoride ritirarsi lentamente mentre quest'ultimo si induriva. Il suo piano era di farla impazzire con un solo dito eccitandola sempre più, fino a renderle impossibile di trattenere l'orgasmo.

"Allarga di più le gambe, Grace", ordinò con voce roca. Sperava da morire che fosse possibile. Aveva la sensazione che, poiché la donna che giaceva sotto di lui si fidava di lui, tutto fosse possibile, soprattutto dopo l'eccitazione che aveva raggiunto sulla sua moto. "Afferra le tue ginocchia e tirale indietro."

"Logan..." Grace iniziò, incerta e disorientata dalla sua richiesta.

"Sei così sensibile, Grace. Sarà fantastico, per entrambi. Non ti farò male e puoi fermarmi quando vuoi." La guardò negli occhi mentre lei lo fissava nervosa.

Senza dire una parola, si decise e allungò le mani per tenere le ginocchia aperte.

Logan sapeva che probabilmente avrebbe dovuto aspettare e farlo più in là, una volta che si fossero conosciuti un po' meglio, sessualmente, ma voleva regalarglielo. Farle provare quel piacere tra le sue gambe, in questo modo. Lento e delicato. Il suo regalo per lei, come donna.

Posando la mano sinistra sulla sua parte interna della coscia, tenendola aperta, fece scorrere il pollice dell'altra mano sulla sua fica gocciolante, raccogliendone i succhi mentre procedeva. Quindi le fece un leggero cerchio attorno al clitoride con il pollice. Strofinando e massaggiando il fascio di nervi lentamente e deliberatamente.

Grace si rilassò sotto il suo tocco.

Logan si spostò, usando l'altra mano per tirare su il prepuzio dalla sua perla rosa in modo da poterla accarezzare più direttamente. Alternando, sfregava il clitoride e faceva scorrere il pollice accanto ad esso, imparando che cosa piaceva di più al corpo di Grace.

Poteva vederla contrarsi mentre l'avvicinava sempre di più al limite. Non aveva fretta, non premeva con forza, manteneva il suo tocco leggero e metodico. Logan poteva vedere quanto stesse godendo dalla quantità di succhi che sfuggivano al suo canale caldo. Di tanto in tanto ne raccoglieva un po' col pollice e lo spalmava verso l'alto per aiutare a lubrificare il suo tocco sul clitoride.

"Logan, oddio... non posso... sento... sì..."

Le sue parole erano sconnesse e quasi incoerenti. Logan le amava tutte. La volta successiva che una goccia le fuggì, si chinò e la prese con la lingua. Era così sexy, e voleva affondare dentro di lei più di quanto desiderasse il proprio prossimo respiro.

Ma fu paziente. Voleva vederla venire con il suo solo tocco leggero sul clitoride. Mantenne la pressione costante e la carezza ritmica, ma aggiunse la sua lode mentre i suoi muscoli interni si stringevano.

"Non hai idea di quanto sia bella, Grace. Sei perfetta. Così sensibile al mio tocco. Verrai così, con un unico dito su di te. Verrai così forte che bagnerai le mie lenzuola. Sarai così calda e umida quando affonderò dentro di te, che mi brucerai vivo. Ci sei quasi, Grace? Vuoi venire?"

"Ti prego, sì. Più veloce..."

"No. Lento e morbido. Lascia che raggiunga l'apice. Cazzo, è fantastico. Posso vederti contrarre. Ti senti vuota? Mi vuoi dentro?"

"Sì! Ti prego, Logan. Ho bisogno di più. Più duro, e te dentro di me."

"E mi avrai."

"Ora, ti prego. Sono così vuota."

Logan poteva vedere i suoi muscoli cercare disperatamente più pressione dentro alla vagina. Voleva allungare un dito dentro di lei, sentire quanto fosse stretta, ma voleva di più che venisse; che provasse questo piacere, che si lasciasse andare completamente, perché voleva che per la prima volta fosse lei al centro del piacere, non lui.

Le gambe di Grace iniziarono a tremare e tentò di chiuderle, mentre l'orgasmo si avvicinava. Logan appoggiò il gomito sulla sua coscia e tenne l'altra aperta con la mano libera. Il suo pollice non aveva mai smesso di massaggiare il suo clitoride su e giù, con una carezza lenta e implacabile.

"Ecco, Grace. Ci sei quasi. Chiudi gli occhi, lasciati andare."

Fece come le aveva suggerito, gemendo, mentre inarcava all'indietro la schiena e la testa. Logan osservò il suo corpo aperto mentre si preparava all'orgasmo che si era lentamente accumulato dentro di lei. Aumentò leggermente la velocità del pollice, ma non la pressione. Lo fece circolare sempre più velocemente attorno al suo clitoride, osservandolo, affascinato, mentre il suo sedere si stringeva e tutti muscoli del suo corpo si flettevano per prepararsi all'apice del piacere.

Non se l'aspettava, ma nel momento in cui superò il limite, si spinse verso l'alto, aprendo le gambe ancora di più di quanto non lo fossero già e urlando il suo nome.

Afferrato un preservativo dal suo comodino, Logan si coprì e si inginocchiò tra le gambe di Grace, amando il fatto che tremava ancora dalle scosse di assestamento anche dopo che gli aveva tolto la mano.

"Grace?"

Lei aprì gli occhi e incontrò il suo sguardo. Per la prima volta da quando erano entrati nella sua camera da letto, Logan non vide altro che puro desiderio negli occhi di Grace. "Toglilo via", chiese Grace.

"Che cosa?"

"Il preservativo. Toglilo. Voglio sentirti."

"Grace..."

Lei lo interruppe. "Mi hai detto che non hai fatto sesso da anni. Anch'io. Sono sana. Per favore. Voglio sentirti, ho bisogno di *te*, solo te questa prima volta. Per favore."

"Sei sicura?" chiese Logan con urgenza, gli occhi che penetravano quelli di Grace. Era uno stronzo per averlo anche solo considerato, lo sapeva. Era sua responsabilità proteggere

Grace, e al momento sapeva che era troppo presa dalla passione per pensare davvero in modo coerente. L'ultima cosa che avrebbe voluto era che lei si pentisse di *qualunque cosa* riguardo alla loro prima volta.

"Assolutamente."

Logan attese un attimo e non vide alcuna esitazione nei suoi occhi. "Dio, sei fantastica." Logan si tolse rapidamente il preservativo lasciandolo cadere sul pavimento senza preoccuparsi di dove fosse atterrato. Si trattenne facendo una smorfia, tanto era pronto a esplodere. Le diede un'altra possibilità. "Sei sicura?"

"Sono sicura. Fai l'amore con me, Logan."

"Grace," gemette, mentre inseriva la punta della sua erezione appena dentro le sue pieghe bagnate. La sentì stringersi contro di lui, cercando di tirarlo dentro, e sollevò la sua mano per abbracciarla.

"Sei così caldo", disse lei alzando le mani per afferrare le sue braccia.

Digrignò i denti e si spinse dentro altro due centimetri. Buon Dio in cielo, non sarebbe durato. Aveva l'erezione da quindici minuti e non era diminuita neanche un po' durante tutto quel tempo. Voleva una cosa e una cosa sola... essere dentro Grace Mason.

Logan si spinse ancora più dentro, gemendo mentre lei glielo strizzava. "Dio, Smarty, rilassati. Fammi entrare."

"Non posso farci niente, sto godendo troppo", gli disse, senza distogliere lo sguardo dai suoi occhi.

Il sudore gocciolava sopra le sopracciglia di entrambi mentre Logan lentamente prendeva quello che avrebbe dovuto essere suo da anni.

Si passò la lingua sulle labbra e spinse dentro il resto, sentendo i testicoli contro il sedere di lei. Si spostò nel suo abbraccio e guadagnò ancora qualche millimetro in più.

"Cazzo, Grace, non posso... tu..."

Lei sorrise. "Vedo che sei senza parole tu adesso."

Logan aprì la bocca per rispondere alla sua sfacciataggine, ma invece ansimò quando Grace usò i suoi muscoli interni per stringerlo più forte che poteva. "Cazzo, sì. Oddio, Grace. Non hai idea di quanto sia fantastico. È come avere un migliaio di dita calde e pulsanti che mi sfregano il cazzo."

Si rilassò, poi si spinse di nuovo dentro, non volendo lasciare la cavità calda del suo corpo. Essere dentro di lei era una delle sensazioni più belle che avesse mai provato. In assoluto.

Si tirò fuori, poi si spinse di nuovo dentro. Poi lo fece di nuovo, consapevole che Grace lo osservava attentamente. Logan non aveva parole per quello che stava provando e non tentò nemmeno di parlare. Grace era grondante e lui scivolava dentro e fuori facilmente. Volendo sentirla spremere il suo cazzo nel mezzo di un secondo orgasmo, Logan spostò una mano verso il punto in cui erano giunti e trovò di nuovo il clitoride.

Invece di essere lieve e metodico, come era stato la prima volta che l'aveva costretta a venire, Logan stavolta sfregò duramente il suo fascio di nervi mentre pompava dentro e fuori da lei.

"Oh, oddio, Logan. Cazzo, Io... sì, proprio lì," gemette spingendo i fianchi verso l'alto contro le sue spinte e il suo pollice.

Alla fine Logan fu costretto a parlare. "Non riesco più a trattenermi. Sei troppo fottutamente sexy e mi fai godere troppo. Voglio sentirti venire sul mio cazzo, Grace." accelerò i movimenti del pollice. "Vieni, Smarty... Eccolo, posso sentirlo. Lasciati andare, dammela ancora una volta."

Grace gridò e sollevò di nuovo i fianchi contro i suoi, ed esplose per la seconda volta.

Logan sentì il suo rilascio caldo contro la pelle sensibile del suo cazzo e accelerò le sue spinte, entrando nella sua fica spasimante fino a sentire il suo orgasmo sollevarsi dalle sue palle e fuori dalla sua erezione. Si spinse dentro di lei duramente e si fermò mentre si svuotava dentro la donna sexy e sazia sotto di lui.

Logan rabbrividì dalla potenza dell'orgasmo, con gli occhi chiusi, lasciando che l'euforia attraversasse il suo corpo assieme allo sfogo.

"Santo cielo", bisbigliò Grace, facendo sorridere Logan anche se non si era ancora completamente ripreso.

Si rilassò su di lei, trattenendosi per non schiacciarla, quindi si girò da un lato assicurandosi di tenere incollati assieme i loro fianchi, fino a farla sdraiare sopra di lui. Grace si appoggiò delicatamente sul suo petto, mentre lo scrutava. Entrambi respiravano ancora affannosamente e i loro corpi erano coperti di sudore.

"Non ho mai provato niente del genere in vita mia" le disse Logan onestamente, portandole una mano sulla nuca e sfregando il pollice contro il suo tatuaggio.

"Nemmeno io," concordò lei senza fiato.

"Grazie."

"Prego?"

Le sorrise divertito. "Sì. Grazie per esserti data a me e per aver avuto fiducia in me. Era tutto ciò che sognavo potesse essere e pure di più."

"Veramente?"

"Veramente. Ti è piaciuto?" chiese Logan, alzando le sopracciglia.

"Non posso credere che tu me lo debba chiedere. È stato stupefacente. Sei stato fantastico. *Siamo* stati fantastici." Grace gli disse senza traccia di inganno nella sua voce. "Non avevo idea che il sesso potesse essere così. È così, normalmente?

"No", rispose sicuro Logan. "Almeno non per me. E non

credo che il sesso possa mai essere così per te con chiunque altro."

Grace scoppiò a ridere. "Solo *tu* puoi farlo succedere, eh?"

"Esattamente," le sorrise lui diabolicamente.

"Allora è meglio che ti tenga stretto."

"Sì. Per almeno altri ottanta anni circa."

"Pensi di poterlo ancora drizzare a centotto anni?"

"Se sei nella mia vita, sì, penso che sia possibile."

Grace gli appoggiò la testa sulla spalla e si rilassò comodamente su di lui. "So che dobbiamo fare la doccia, ma non credo di potermi muovere."

"Allora non farlo. La doccia può aspettare."

"Non è necessario... eh... lavarci?"

Logan avvolse le braccia attorno a Grace e la tenne stretta a sé, assicurandosi che non si muovesse. "Prima o poi."

"Beh, svegliami quando sei pronto."

"Lo farò," sussurrò Logan. Si sentì finalmente scivolare fuori dal suo corpo mentre il sangue lasciava finalmente il suo uccello. Entrambi gemettero ma non si mossero.

Logan tenne Grace fra le sue braccia mentre si appisolavano, e per la prima volta da quando si era trasferita da lui, non pensò alla sua situazione, ai suoi genitori o al pericolo in cui potesse trovarsi. Semplicemente si lasciò inebriare da lei, fottutamente grato di aver avuto una seconda possibilità di stare con lei.

CAPITOLO VENTIDUE

ERANO le undici del mattino e Logan era andato a Denver per incontrare un uomo che voleva una guardia di sicurezza. Non era il tipo di cosa che faceva la Ace Security, ma l'uomo era stato così insistente che Logan alla fine aveva accettato almeno di incontrarlo.

Dal pomeriggio in cui Grace aveva fatto l'amore con Logan, sembrava che la loro relazione fosse avanzata veloce. Facevano l'amore quasi ogni giorno e lei si sentiva a proprio agio con lui, come se fossero stati insieme da tutta una vita. Inoltre, si sentiva più tranquilla quando Logan era in giro, e meno preoccupata di ciò che avrebbe dovuto o non dovuto fare.

C'erano stati momenti in cui si era ritrovata a ricadere su vecchie abitudini, come concordare con qualcosa che Logan diceva anche quando non era d'accordo o non voleva farlo, ma per fortuna, la maggior parte delle volte lui l'aveva notato e fatto notare anche a lei. La incoraggiava ad essere se stessa... A dire ciò che le piaceva, agendo di conseguenza, e forse ancora più importante, a dire ciò che non le piaceva, non facendolo per compiacere lui o chiunque altro... e a non aver paura di parlarne.

Era l'orario in cui sapeva che sarebbe stato di ritorno a Castle Rock, quindi Grace non ci pensò due volte quando bussarono alla porta. Pensando che fosse forse Felicity, guardò nello spioncino e quasi si strozzò quando vide suo padre in piedi dall'altra parte della porta.

Improvvisamente, in preda al panico, Grace fece rapidamente un passo indietro, quasi inciampando sui propri piedi nella fretta di allontanarsi da lui.

"Grace. So che ci sei, ti ho sentito dietro alla porta. Per favore, parlami", supplicò suo padre.

Il respiro di Grace divenne corto e veloce; chiuse gli occhi e cercò di trattenersi dall'iperventilare. "Cosa vuoi?" chiese con voce fredda e dura quando riuscì a parlare di nuovo normalmente.

"Voglio solo parlare con te. So che non me lo merito e che non ti fidi di me, ma tutto quello che ti chiedo è che tu mi ascolti."

"Perché dovrei?" Le mani di Grace tremavano. Tutti si aspettavano da tanto tempo che qualcosa sarebbe successo, ma lei non era ancora pronta. E Logan non era lì con lei quando suo padre fece la sua mossa.

"Ho lasciato tua madre".

Era l'ultima cosa che si aspettava di sentire. "Cosa?"

"L'ho lasciata. Quando te ne sei andata, hai aperto la porta anche per me. Tua madre mi ha ricattato per tutta la sua vita. Ma il fatto che non c'eri più, ha permesso anche a me di andarmene. Ero rimasto con lei perché aveva sempre minacciato di farti del male se me ne fossi andato."

A Grace girava la testa. "Cosa stai dicendo? Che sei rimasto per tutti quegli anni per proteggermi?"

"Sì. È esattamente quello che ti sto dicendo", disse suo padre con voce triste. "Ogni volta che Margaret percepiva che avevo raggiunto il mio limite o che ero arrabbiato per come ti stava trattando, mi diceva che avrebbe reso la tua vita ancora più infernale se non avessi fatto quello che voleva."

"Quindi, quando avevo dodici anni, e mi dicesti che ero grassa e potevo solo bere brodo di pollo per una settimana, mia madre ti aveva costretto a farlo", disse Grace sarcasticamente.

"Sì."

"E quando mi ridesti in faccia quando inciampai e caddi sul tavolino da caffè e dovetti farmi tre punti sulla testa, era anche quella colpa di mia madre, suppongo?" lei pressò.

"Non capisci", supplicò suo padre. "L'odiavo. Odiavo quello che ero costretto a farti. Ma sai delle telecamere in casa. Se non lo facevo, lo avrebbe saputo, e l'avresti pagata tu."

"Non è passato molto tempo da quando mi hai ammanettato al letto e mi hai detto che dovevo cagare in un secchio", ringhiò Grace, non convinta.

"Ricordi quando fui ricoverato in ospedale quando avevi circa sette o otto anni?"

Grace alzò gli occhi al brusco cambio di argomento, ma disse: "Sì".

"Era subito dopo che eri tornata a casa con un disegno che avevi fatto a scuola. Un disegno di me e te, ricordi?

Lo ricordava. Erano stati incaricati di disegnare la loro famiglia. Grace era arrabbiata con sua madre per non averle permesso di fare colazione quella mattina e così aveva disegnato solo lei e suo padre. Erano in piedi davanti a un ristorante. L'aveva portata lì, solo loro due, la settimana prima. "Lo ricordo."

"Eri tornata a casa e me lo avevi mostrato tutta felice. Io lo attaccai sul frigo. Tua madre non c'era quella sera. Aveva un incontro a Denver con un costruttore."

"La foto sparì il giorno dopo", ricordò Grace ad alta voce.

"Sì. Margaret non era contenta di me..." La sua voce si affievolì.

"Perché? Che cosa ha fatto?"

"Mi spinse, caddi e sbattei la testa sull'angolo del camino nello studio. Un vaso sanguigno in testa si ruppe e iniziai a sanguinare molto. Rischiai di morire."

"Che cosa?" Grace sbottò. "Non è vero! Non è possibile."

"Grace, è così. Tu eri a scuola e lei mi disse che voleva parlarmi di qualcosa. Quando entrai nello studio, mi disse che ero un mezzo uomo, buono a nulla, e che era tutta colpa mia se non eri un maschio. Mi spinse più forte che poté. Ricordo ancora lo sguardo pieno di rabbia sul suo viso mentre cadevo."

Grace non sapeva cosa dire. Affatto. Non importava, perché suo padre continuò senza aspettare che lei commentasse.

"Chiamò il pronto soccorso e disse ai tecnici di medicina d'urgenza che ero inciampato e caduto. Mise in scena uno spettacolo convincente. Ma la morale della favola è che pensava che mi stavo avvicinando troppo a mia figlia."

Suo padre sembrava sincero e triste, e la sua voce aveva un tono premuroso che Grace non aveva sentito fin dalla sua infanzia. Le doleva il petto. Era così confusa. Non riusciva a ricordare quasi nessun bel momento con i suoi genitori. Entrambi.

Suo padre continuò. "Quando è venuta da me e mi ha detto che aveva intenzione di farti sposare Bradford, non ero d'accordo, ma mi aveva mostrato più volte che era spietata... mi ha detto cosa avrebbe fatto a *te* se non l'avessi appoggiata."

"Mi avete rinchiusa nella mia stanza", disse Grace con un pizzico di acido nella sua voce. "Sembra che abbia fatto quello che aveva promesso, in ogni caso... e tu l'hai appoggiata alla grande."

"Non volevo", disse Walter tristemente. "Non volevo

farlo. Per favore, Grace. Apri la porta. Lascia che ti parli faccia a faccia. Voglio dimostrarti che sto dicendo la verità".

"Non ti credo", disse Grace a disagio.

"Ho i risultati medici dell'ospedale con me, puoi vedere la data su di essi e saprai che non sto mentendo. Sono quasi morto. Temevo per la mia vita, se non avessi fatto quello che voleva. Ha perso la testa negli ultimi anni. Non era mai stata così male prima. Non vivo più a casa. Mi sono trasferito. Immagino che tu non voglia mai più metterci piede... e non ti biasimo. Nemmeno io ho alcuna voglia di rivedere più quel posto."

"Non ho intenzione di aprire questa porta. Se accetto di incontrarti, e questo è un grande se, sarà da qualche altra parte. In qualche luogo pubblico", disse Grace severamente a suo padre.

"Dove?" chiese immediatamente suo padre. "Nominalo e ci sarò."

Grace pensò in fretta. Il fatto che suo padre avesse consentito a *lei* di scegliere, fece sembrare ancora più credibile la sua sincerità. "La palestra Rock Hard."

"È proprio di fronte allo studio. Se tua madre, o una qualsiasi delle spie che ha in ufficio, ci vedesse insieme saremmo fregati in un secondo".

Aveva ragione. "Ok. Che ne dici della Ace Security? È sempre in centro, ma non così vicino allo studio."

"Perfetto. Fra una trentina di minuti?"

"No." Grace sapeva che non sarebbe bastato a Logan per rientrare in città. E lei non sarebbe stata una di quelle stupide eroine di cui a volte leggeva nei libri romantici. "Le due e mezzo."

"Va bene, andrà bene." Suo padre fece una pausa per un momento, poi parlò di nuovo. "Grazie, Grace. Non hai idea di quanto significhi per me."

Grace non disse altro, ma si avvicinò silenziosamente per

guardare fuori dallo spioncino e vide la schiena di suo padre che si allontanava dalla porta di Logan. Il cuore le batteva forte in petto e si sentiva leggermente nauseata. Non voleva sbagliarsi, ma suo padre era sembrato così sincero e per qualche motivo voleva fidarsi di lui. Credeva certamente che sua madre potesse essere crudele come aveva detto lui. Era sua madre quella che di solito la rimproverava, che impartiva la maggior parte delle punizioni e che per tutta la vita l'aveva tormentata del fatto che non era un maschio. Sì, suo padre partecipava, ma non sembrava mai essere arrabbiato quanto sua madre.

Grace andò al bancone della cucina, prese il telefono e premette il pulsante di contatto di Logan. Aspettò con impazienza che lui rispondesse.

"Ehi, Smarty. Che cosa succede?"

"Mio padre è passato di qui." Grace non perse tempo quando sentì il saluto di Logan. "Non ho aperto la porta, ma ha detto molte cose e sono sicura all'ottanta percento che stesse dicendo la verità, ma il punto è che vuole incontrarmi. Faccia a faccia."

"Quel figlio di puttana era a casa mia? Merda. Non lo incontrare. Assolutamente no. Non senza di me."

"Certo che no", concordò Grace immediatamente. "Non mi sarei mai messa volontariamente nei guai andando a incontrarlo da sola. Non ho alcun desiderio di finire di nuovo incatenata al mio letto."

"Cosa ha detto? Esattamente?" Le parole di Logan erano troncate e controllate e Grace poteva dire che non era felice in quel momento.

"Hai finito con il tuo incontro?"

"L'ho finito ora."

"Oh, non intendevo..."

"Grace, sei molto più importante per me di chiunque altro, o di qualsiasi altra cosa stia facendo. Ho preso la maggior parte delle informazioni di cui avevo bisogno da questo uomo, e la sua situazione non è terribile. Può aspettare. La tua non può. Ora, cosa ha detto tuo padre?"

Dio, Grace adorava quell'uomo. "Ha detto un sacco di cose. Mia madre gli ha fatto fare quello che voleva usando minacce contro di me. Ha detto che non avrebbe mai voluto fare nulla di ciò che mi ha fatto ma che mia madre l'ha costretto."

"E tu gli hai creduto?" chiese Logan incredulo.

"Lo so, sembra folle. Ma Logan, ha detto che mia madre lo spinse e lo fece cadere sull'angolo del camino quando ero piccola e provocò un'emorragia cerebrale. Ricordo che fu ricoverato per circa una settimana intorno al periodo quando mi disse che successe. E mia madre era particolarmente arrabbiata con lui. Quando tornò a casa dall'ospedale, cambiò nei miei confronti. All'epoca non capivo perché, ma ora ha senso. Mia madre gli disse che se non mi avesse trattato come voleva lei, mi avrebbe fatto del male di conseguenza."

"Stai scherzando?"

"Sfortunatamente no."

"A che ora?" Logan tagliò corto.

"Gli ho detto alle due e mezzo alla Ace Security. Ho pensato che ti avrebbe dato il tempo di tornare e venire con me."

"Dovrebbe funzionare. Sono le dodici adesso. Ho un'altra cosa da fare prima di tornare a casa. Non importa, non andare finché non avrai mie notizie e saprai che sto arrivando. Se sei in anticipo, guida intorno all'isolato fino alle due e mezzo esatte. Tornerei a casa a prenderti, ma non credo che farò in tempo."

"Mi piace", disse Grace dolcemente.

"Che cosa?"

"Casa. Che verresti a *casa* a prendermi."

La voce di Logan si abbassò al tono profondo e cavernoso

che usava quando faceva l'amore con lei. "Ovunque tu sia, quella è la casa, per me, Smarty. Potrebbe essere un appartamento schifoso, un palazzo a Beverly Hills o un buco in una montagna."

"Logan..." sussurrò, poi si schiarì la gola e si ricompose. "Va bene. Aspetterò che mi chiami, poi uscirò. Grazie."

"Di cosa?"

"Di aver accettato di incontrarlo con me. Di non avermi presa per pazza."

"Per la cronaca, lo *penso* che tu sia pazza, ma non importa. Sei un'adulta che può prendere decisioni da sola, non posso prenderle io per te. Ma, è certo come la morte, che sarò al tuo fianco quando le esegui. Se qualcosa va storto, chiama Nat o Blake. Diamine, chiama pure Cole. Va bene? Nat dovrebbe essere in ufficio quando arrivi lì, ma chiamalo comunque se senti anche un grammo di disagio per qualunque cosa."

"Va bene. Ti parlerò presto. Stai attento."

"Sempre. A dopo."

Grace riagganciò e portò il telefono al petto. Chiuse gli occhi e inviò di nuovo una preghiera di gratitudine verso l'alto per essere riuscita a riconnettersi con Logan. La trattava da adulta, non la sminuiva e la faceva sentire come se potesse fare qualunque cosa. Avrebbe fatto tutto il necessario per tenere Logan nella sua vita. Valeva qualunque cosa avesse dovuto sacrificare per averlo al suo fianco. Era una donna fortunata e lo sapeva.

Guardando l'orologio, Grace vide che aveva circa due ore prima di dover uscire. C'erano delle email della Ace Security da controllare, moduli di aiuto finanziario da compilare per le sue lezioni che iniziavano in autunno, e altre cose che avrebbe potuto fare, ma l'unica cosa che riusciva a fare in quel momento era camminare su e giù per la stanza. E cercare di rivisitare la sua vita. Stava dicendo la verità, suo padre? E se no, qual era il suo piano?

CAPITOLO VENTITRÉ

GRACE GUARDÒ NERVOSAMENTE L'OROLOGIO. Erano le due e mezzo. Logan aveva chiamato e le aveva fatto sapere che era in autostrada e che l'avrebbe incontrata nel suo ufficio verso le due e un quarto. Logan era andato a Denver in moto. Grace aveva preso il suo pick-up, ed era entrata nel parcheggio pubblico all'estremità opposta dell'isolato, lontano dallo studio di architettura dei suoi genitori.

Non voleva girovagare senza meta aspettando che Logan le facesse sapere che era arrivato, ma ora che era in ritardo di quasi venti minuti, cominciava ad essere nervosa.

Un colpo al finestrino la fece sussultare, tanto che strillò dallo spavento. Si voltò e vide suo padre in piedi accanto allo sportello del pick-up. Lui strinse le spalle per scusarsi e le fece cenno di uscire.

Grace si guardò attorno e non vide nessun'altra persona sospetta nelle vicinanze. Afferrò la borsa e scese dal pick-up.

"Ciao."

"Ciao. Grazie per aver accettato di incontrarmi. Apprezzo che mi dai una seconda possibilità."

Grace guardò suo padre con occhi duri. "Sono qui solo per

ascoltare il tuo lato della storia. Non pensare che questo sia l'inizio di una relazione amorevole. Sei in ritardo di circa ventisette anni per quello."

"Lo so, ma non riuscirei a dormire la notte sapendo che pensi che io sia una persona orribile come tua madre." Suo padre si allontanò da lei, dandole un po' di spazio. "Sei pronta ad andare?"

Grace aprì la bocca per parlare ma, prima che riuscisse a pronunciare una parola, un grosso braccio si avvolse attorno al suo petto e un altro si serrò sul suo viso. Voleva urlare, fare rumore per attirare l'attenzione su ciò che stava accadendo, ma non riuscì nemmeno ad aprire la bocca. L'impugnatura era troppo stretta. Inspirò bruscamente e annusò qualcosa di pungente e dolce. Incontrò gli occhi di suo padre e vide che la sua espressione si stava trasformando da preoccupata a puramente malvagia.

Fu l'ultima cosa che vide prima di perdere conoscenza.

———

"Dannazione," imprecò Logan. "Non riesco a parlare con Grace." aveva chiamato suo fratello non appena aveva potuto, ma sapeva che era troppo tardi.

"Che diavolo sta succedendo?" chiese Blake, afferrando al volo l'umore di Logan.

"Non lo so, ma ho davvero un brutto presentimento. Grace mi ha chiamato per dirmi che suo padre è venuto all'appartamento dicendo di volerle parlare, lei si è rifiutata di aprire la porta. Ha detto che le ha raccontato che sua madre lo aveva minacciato di farle del male per tutta la vita e che alla fine l'ha lasciata."

"E lei gli ha creduto?" Blake chiese incredulo.

"Sì, le ha raccontato una gran bella storia convincente. Lei ha accettato di incontrarlo, ma mi ha chiamato per accompagnarla."

"Quindi, di nuovo, che diavolo è successo?"

"L'ho chiamata prima di lasciare Denver. Mi sono dovuto fermare a vedere l'avvocato di papà riguardo al suo testamento. Non era niente di importante e niente che l'avvocato non avrebbe potuto dirmi al telefono. È stata una gigantesca perdita del mio fottuto tempo."

"Dove sei ora?" chiese Blake.

"Questo è il problema. Qualche stronzo mi ha mandato fuori strada prima che potessi andarmene da qui."

"Cazzo, stai bene?"

"Sì, ma lo stronzo è fuggito. Sono bloccato qui per il momento. Non solo ho dovuto parlare con la polizia, ma la mia moto è fuori uso. Ho provato a chiamare Grace per dirle di rimandare l'incontro con suo padre, ma non risponde," disse Logan a suo fratello.

"Si dovevano incontrare in ufficio? Hai chiamato Nathan?

"Sì, l'ho chiamato, ma nessuno risponde in ufficio. Avrei dovuto essere lì venti minuti fa, ma avevo a che fare con questa merda qui."

"Sto già andando in ufficio. Proverò di nuovo Nat e vedrò cosa succede quando arrivo lì. Riuscirai a tornare a casa? O devo mandare Cole o Felicity lassù per darti un passaggio?"

"No, un carro attrezzi sta arrivando per rimuovere la mia moto e noleggerò un'auto. Non ho un buon presentimento riguardo a questa storia. Chiamami quando sai qualcosa di Grace, ok?

"Ovviamente."

"Bene. Aspetterò. Grazie fratello."

"Non ringraziarmi. A più tardi," disse Blake e riagganciò.

Logan riagganciò e si mise a camminare su e giù. Il carro attrezzi sarebbe arrivato da un momento all'altro, ma non velocemente abbastanza da tornare a Castle Rock in tempo utile.

L'auto che lo aveva colpito era una schifezza. Era una hatchback color argento malandata, con un pezzo di cartone sbiadito sul finestrino posteriore al posto della targa. Logan stava guidando pensando ai fatti suoi, a Grace e all'imminente incontro con suo padre, quando l'altra macchina era passata col rosso. Lo avrebbe ucciso, se non avesse reagito prontamente come fece.

Logan ringraziò il suo addestramento militare per averla scampata. Aveva imparato a fidarsi del suo istinto, e prima ancora che il suo cervello elaborasse quello che stava accadendo, i suoi muscoli si erano automaticamente allontanati dall'auto in arrivo, facendolo colpire di striscio il veicolo accanto a lui ed evitando per un pelo di essere schiacciato dallo stronzo che guidava la hatchback.

Aveva battuto la testa piuttosto forte quando era stato sbalzato sul cofano della Mustang accanto a lui, ma il casco e la giacca di pelle gli avevano impedito di farsi male più seriamente.

L'uomo nell'auto che era passata col rosso aveva immediatamente fatto marcia indietro e si era dileguato in una strada vicina. Era accaduto tutto in un batter d'occhio, e Logan si chiese se fosse stato preso intenzionalmente di mira.

Venti minuti dopo, squillò il telefono di Logan. Il carro attrezzi era appena arrivato in garage con la sua moto. Alzò un dito verso il meccanico, che stava aspettando di parlargli, e rispose al telefono.

"Ciao Blake, l'hai trovata?"

"Non è qui, fratello. Stava guidando il tuo pick-up?"

"Cazzo. Sì. Le avevo detto di continuare a girare in macchina se fosse arrivata presto, e l'ultima volta che l'ho sentita era un messaggio in cui diceva che stava lasciando l'appartamento. Sei sicuro che non è in ufficio? Nat è lì?

"Sono sicuro. Nat era in ufficio tutto il tempo, ma aveva le cuffie e non ha sentito squillare il telefono e non ha visto Grace."

La testa di Logan era dolente e voleva mollare un pugno a qualcosa. "Le telecamere del centro?"

Ovviamente ci aveva già pensato, così Blake rispose: "Sì. Ci stiamo lavorando. Se era qui, dovremmo riuscire a trovarla. Quando pensi di riuscire a tornare?"

"Probabilmente almeno un'altra ora. Devo parlare con il meccanico, e poi convincere qualcuno a portarmi all'autonoleggio più vicino. Cazzo, cazzo, *cazzo*. E i suoi genitori? Qualcuno sa dove sono?"

"Guardiamo prima i nastri. Se dobbiamo coinvolgere gli sbirri, lo faremo. Fai attenzione alla guida, Logan. L'ultima cosa di cui Grace ha bisogno è che ti faccia male. Cioè, più male."

"A dopo." Logan riagganciò senza dire un'altra parola e si diresse immediatamente verso il meccanico che stava osservando la sua moto. Al momento, non gliene fregava niente del pezzo di metallo, non importava quanti bei ricordi avesse avuto con Grace in sella. Voleva solo arrivare a Castle Rock e trovarla.

Cinquantaquattro minuti dopo, guidando un'auto a noleggio, Logan entrò nel parcheggio della Ace Security. Non aveva più avuto notizie da Blake, dopo aver lasciato Denver, e non era sicuro di cosa questo significasse.

Corse in ufficio e vide Nat seduto davanti al computer e Blake appoggiato alle sue spalle, entrambi concentrati sullo schermo di fronte a loro.

"Era qui", disse Blake a suo fratello andando al sodo senza preoccuparsi di salutare. "È arrivata puntuale col tuo pick-up. Sfortunatamente, la telecamera è sul lato del conducente del pick-up.

"L'hanno presa?" chiese Logan.

"Sì."

"Chi?"

"Suo padre di sicuro. Stiamo cercando di vedere meglio l'altra persona ", disse Blake.

"Margaret?"

"No, non era lei. Un altro uomo." Fu Nat a parlare quella volta. "Lei si vede solo per quarantacinque secondi circa perché la telecamera si muoveva in perlustrazione dell'intero parcheggio. Non sembra che sia arrivata molto tempo prima che la portassero via", disse a suo fratello, rimandando indietro il video in cui si vede Grace che entra nel parcheggio.

Logan guardò attentamente lo schermo, cercando di catturare qualcosa di importante che potesse aiutarli a trovarla. Si era fermata in un punto e aveva armeggiato con il suo telefono. Suo padre si era avvicinato allo sportello del pick-up e aveva bussato alla finestra. Le aveva fatto cenno di uscire. Lei era scesa e si erano scambiati un saluto. Attraverso i finestrini del pick-up, Logan vide un altro uomo avvicinarsi dietro Grace e coprirle il viso con un panno. Lei si era accasciata tra le braccia dell'uomo e Walter aveva aperto lo sportello posteriore del pick-up di Logan. L'uomo aveva spinto Grace non tanto delicatamente sul sedile posteriore. Era quindi salito sul pick-up, tenendo la testa bassa, e se n'era andato.

"Qualche altro angolo?" abbaiò Logan.

"No, ma ho recuperato il filmato a partire da quindici minuti prima che lei arrivasse fino a subito dopo che quello stronzo se n'è andato con lei", spiegò Nathan. "Non sono sicuro da dove sia uscito fuori l'altro tizio, perché non lo si vede entrare nel parcheggio in un'altra macchina. E qui puoi vedere suo padre entrare nel parcheggio ma non c'è nessun altro nella macchina con lui."

"Nathan, resti qui in caso trovi qualcos'altro?" chiese

Logan, la sua mente si stava già muovendo su ciò che doveva fare dopo.

"Ovviamente."

"Ho chiamato la polizia", disse Blake agli altri. "Grazie all'ingiunzione restrittiva emessa il mese scorso contro i suoi genitori, stanno prendendo la sua scomparsa più seriamente di quanto avrebbero fatto altrimenti, ma sono ancora cauti. Mi hanno ricordato che Grace è un'adulta ed è scomparsa da meno di un'ora".

"Vieni con me a casa loro?"

"Non me lo perderei", informò Blake suo fratello.

"Nathan, facci sapere se trovi qualcosa", ordinò Logan.

"Mi sto dando da fare." Ed era vero. Si era già rigirato verso lo schermo e sporgendosi in avanti, scrutava con occhi sgranati il filmato in bianco e nero come se contenesse il significato della vita.

Logan strinse i pugni mentre usciva rapidamente con Blake dall'ufficio. Era tempo di confrontarsi di nuovo con la signora Mason. Qualunque cosa avesse fatto a Grace, non se la sarebbe cavata. Se necessario, avrebbe ispezionato quella dannata casa da cima a fondo. Se aveva nascosto Grace da qualche parte, l'avrebbe trovata.

———

Logan bussò alla porta dei Mason tredici minuti dopo. Blake era al suo fianco. "È una grande stronza", Logan avvertì suo fratello. "Si comporta in modo modesto ed elegante, ma sotto la facciata è solo una vipera."

"Ti copro le spalle, fratello."

La porta si aprì e James rimase lì, con la stessa aria da maggiordomo di sempre. "Signor Anderson e signor Anderson", disse con un cenno del capo a ciascuno dei due uomini furiosi in piedi sulla soglia. "Non è necessario battere la porta così. Mi scuso per il tempo che mi ci è voluto per arrivarci. Non sono più giovane come una volta."

"Dov'è Grace?"

"La signorina Grace?" rispose il vecchio sorpreso. "Lei non vive più qui."

"Dove... si trova... Grace.?" Logan ripeté, con voce più bassa e più cattiva di quanto lo fosse la prima volta che glielo chiese.

"Non c'è bisogno di vessare il mio personale, Logan", rimproverò una voce femminile alla loro destra.

Logan e Blake girarono la testa e videro Margaret Mason che sembrava calma, fresca e composta.

"Grazie, James. Puoi andare."

"Signora". Il vecchio maggiordomo si inchinò, percorse un lungo corridoio e scomparve.

"Entrate," disse la madre di Grace con un pizzico di sarcasmo. "Per favore, non stiamo in piedi all'ingresso. È così fuori luogo. Possiamo parlare in salotto." Fece un gesto verso una porta dall'altra parte dall'ingresso.

"Dov'è Grace? E non dirci cazzate. Sappiamo che sai cosa le è successo", disse Logan, senza muoversi verso la stanza a cui lei aveva accennato.

Sospirò disgustata prima di rispondere: "Non ho idea a cosa ti riferisca. Se non sbaglio, siete stati *voi* ad invadere la mia proprietà e a rapirla."

"Non credo che tu voglia giocare la carta del rapimento", scandì Blake. "Non vinceresti la battaglia."

"Questa non è una battaglia, giovanotto. Affatto. Ma sembra che non capiate che Grace è confusa. È sempre stata un po'... tocca... se capisci cosa intendo." Margaret si toccò la testa. "Abbiamo fatto del nostro meglio con lei, ma ha sempre avuto troppa immaginazione. Qualunque storia abbia inventato e vi abbia raccontato, credetemi, è tutta nella sua testa. Suo padre e io abbiamo provato ad aiutarla... dandole un lavoro meraviglioso e assicurandoci di darle l'aiuto di cui aveva bisogno, ma quando non prende i suoi farmaci..." La sua voce si affievolì.

Logan sbuffò, non credendo neanche a un grammo di quella merda. "Cazzate. Sei malata di mente. Grace non ha mentito su una singola cosa accaduta sotto il tuo tetto. Sei una prepotente troppo abituata ad avere tutto quello che vuoi. Ti sei messa tra noi una volta, ma non accadrà mai più. Te lo chiedo ancora una volta: dove... si trova... Grace?"

Margaret fece un sorrisetto e la sua facciata si incrinò solo un po'. "Ho fatto ciò che era meglio per Grace. È sempre stata troppo inarrivabile per un tipo come te, Logan Anderson. Dovresti ringraziarmi. Che tipo di vita le avresti dato... traslocando ogni paio d'anni, vivendo in un'orribile base dell'esercito, chiedendosi se saresti stato mandato in missione e ucciso, lasciandola sola?"

"Non sai nulla di me o della vita che avrei potuto dare a Grace", esclamò Logan.

"Il punto è che sei spazzatura. Tutti voi Anderson lo siete. Non avrei mai lasciato che mia figlia fosse coinvolta con te."

"Che cazzo le hai fatto?" Logan morse ancora una volta, persa ora tutta la pazienza rimasta.

"Sono sicura di non sapere di cosa stai parlando."

Il suo mento si sollevò e Logan riconobbe l'inutilità di farle ulteriori domande. Voleva strangolare la donna anziana, non solo per aver insultato i suoi fratelli, ma per essersi rifiutata di dargli indizi su Grace.

"Abbiamo tuo marito su video durante il suo rapimento", spiegò Blake a Margaret. "La polizia è già al corrente e lo sta cercando. Non ho dubbi che quando dovrà affrontare il resto della sua vita chinandosi a pecorina per i pervertiti in prigione, racconterà agli sbirri tutto ciò che vogliono sapere... senza esitare a buttarti sotto a un treno, soprattutto se questo significa essere graziato."

"Sono sicura che qualunque cosa *pensate* di aver visto sia un malinteso. Vogliamo solo il meglio per la nostra unica figlia. Ma è chiaro che pensate che la stiamo nascondendo. Siete liberi di cercare in casa, se è quello che volete. Lei non è qui. Dov'eri *tu*, Logan, quando veniva presumibilmente rapita? Non avresti dovuto essere con lei? Non mi sorprenderebbe che Grace sia felice di tornare a casa, protetta e al sicuro da gente come te."

Blake mise una mano sul petto di Logan, impedendogli di fare qualcosa di stupido. "Accettiamo la gentile offerta di cercare in casa. Non preoccuparti di farci strada, sono sicuro che riusciremo a trovarla da soli", disse Blake alla madre di Grace con un tono eccessivamente educato.

"Come desideri", disse Margaret con un cenno della mano, invitandoli a perquisire la casa, con un piccolo sorriso gongolante sul viso.

Logan e Blake trascorsero i successivi quaranta minuti rastrellando da un capo all'altro la dimora dei Mason... senza trovare alcun segno di Grace. Guardarono dietro ogni porta, batterono su ogni muro in cerca di stanze nascoste, e guardarono sotto ogni letto. Ma non c'era traccia di lei.

Sconfitto, ma determinato a non dare a Margaret un grammo di soddisfazione, Logan la informò: "La prossima volta che ti vedremo, sarà mentre vieni condotta nel retro di un'auto della polizia. Sappiamo che sei responsabile. Ricorda le mie parole: pagherai per ogni secondo di sofferenza che hai inflitto a tua figlia per tutti questi anni".

"Spero che anche tu abbia una bella giornata," rispose lei, per nulla intimidita dalle parole di Logan. "Mi accerterò di dire a Grace, quando torna a casa, che sei passato e hai fatto una scenata."

Blake tirò fuori Logan dalla casa con una presa solida attorno al braccio. Non appena la pesante porta si chiuse dietro di loro, Logan imprecò a lungo e duramente.

"Cazzo, Blake. Dov'è? Che cosa le hanno fatto?

"La troveremo, Logan. Se può essere una consolazione, non credo che sua madre voglia farle del male. Vuole solo controllarla."

"Non è una consolazione, fratello. Neanche un po'," disse Logan a suo fratello con tono sconfitto.

Risalirono rapidamente nella Mustang nera di Blake e accelerarono lungo il viale. "Non penso che si possa credere a qualunque cosa i suoi genitori le abbiano mai detto", Blake cercò di rassicurare suo fratello. "Penso che siano più chiacchiere che altro."

"E se non lo fossero?"

"Allora prenderai Grace tra le tue braccia e le dirai che la ami e che andrà tutto bene, qualunque cosa le abbiano fatto."

Logan girò di scatto la testa per fissare suo fratello.

Blake vide il suo sguardo incredulo e scrollò le spalle. "Cosa? Hai amato Grace Mason da quando avevi sedici anni. Non avrai mai detto nulla al riguardo, ma io ti conosco."

Logan non confermò né smentì le parole di suo fratello. Invece, dichiarò semplicemente: "Non posso perderla".

"E non lo perderai. Nat troverà su quei video qualcos'altro che possiamo usare per trovarla. Ho già chiamato la polizia. Cole e Felicity faranno anche *loro* tutto il possibile. La troveremo perché l'alternativa è inaccettabile".

Logan non voleva sorridere, ma non riuscì a evitarlo. Blake era stra-determinato a trovare e salvare Grace, e sapeva che il motivo era perché anche *lui* si preoccupava per lei, e questo non era un problema. Più alleati aveva Grace, meglio era.

"Ma ti dirò qualcos'altro", disse Blake senza guardare suo fratello mentre guidava verso il loro ufficio. "Non è che non lo sapessi già, ma Margaret Mason è un cattivo seme. Lei è veleno. Tutte le persone con cui viene in contatto vengono ricoperte dalla sua sporcizia. Ogni parola che esce dalla sua bocca è una bugia. Non riesco a credere che una persona così dolce come Grace sia imparentata con lei. È un miracolo che sia brava e buona come lo è pur avendo sua madre come esempio."

"Qual è la nostra prossima mossa?" chiese Logan, incapace di pensare ad altro che quello che Grace stava vivendo proprio in quell'istante, e a come ogni minuto che passava era un minuto in cui poteva soffrire.

"Torneremo in ufficio per vedere se Nat ha trovato qualche altro indizio degno di nota nel video. Poi, vedremo se gli sbirri hanno già preso suo padre."

Logan si passò una mano tra i capelli e si ricordò di quella mattina quando aveva visto Grace per l'ultima volta. Dopo aver fatto dell'ottimo sesso mattutino, si erano fatti una lunga doccia assieme e una volta vestiti avevano fatto colazione.

Proprio prima che uscisse per andare a Denver, Grace aveva riso con lui per qualcosa di stupido che aveva visto online. Non si era mai sentito così a suo agio con una donna in vita sua. Non importava se facevano l'amore, se cenavano o se se ne stavano seduti senza fare nulla.

La relazione fra loro era tutto ciò che aveva sognato quando era un adolescente... e molto di più. Non poteva perderla adesso.

"Schiaccia l'acceleratore, Blake. Prima finisce questa storia, meglio è."

CAPITOLO VENTIQUATTRO

"Pronto?"

"Chiamata a carico del destinatario da parte di Brad. Accetta la chiamata?" la voce automatica ronzò.

"Che diavolo? Brad? Certo che accetto," disse Alexis confusa.

"Attenda il collegamento", intonò la voce robotica.

"Alexis?" chiese Brad.

"Si sono io. Cosa sta succedendo? Da dove stai chiamando?"

"Ascolta. Sono nei guai. Ho bisogno di aiuto."

"Qualunque cosa. Dove sei?" chiese di nuovo Alexis.

"Penso di essere all'Imperial Hotel di Denver", disse Brad a sua sorella.

"*Pensi?*" chiese incredula Alexis.

"Sì. Ho bisogno che chiami la Ace Security a Castle Rock per me. Dì loro che Grace è nei guai e ha bisogno del loro aiuto."

"Grace Mason? Brad, mi stai spaventando. Dopo quella cena disastrosa, pensavo fossimo tutti d'accordo di non avere più niente a che fare con i Mason".

"È così, ma i piani sono cambiati."

"Cosa sta succedendo, Brad?"

"Alexis, *per favore*. Chiama la Ace Security. Ti darò un numero e potrai dire a chi risponde di richiamarmi."

"Voglio aiutare anch'io", disse lei con voce tremante.

"No. Non voglio che tu sia coinvolta."

"Ma *sono* coinvolta. *Tu* hai chiamato *me*," protestò Alexis.

"Solo perché non ho il loro numero. Per favore, sorella." Implorò Brad. "È importante. Ho bisogno che chiami subito."

"Chiamo anche mamma e papà?"

"No! Ascolta, Grace mi ha detto l'ultima volta che le ho parlato, circa un mese fa, che stava uscendo con uno dei fratelli Anderson. Non ricordo quale."

"Hai parlato con Grace?"

"Sì. Mi aveva chiamato per sentire come stavo."

"È stato carino da parte sua."

"Lo so. Neanche io me lo aspettavo. Non ha detto molto, solo che non era d'accordo con sua madre e che non voleva sposarmi. Che stava facendo del suo meglio per assicurarsi che i suoi genitori non mi disturbassero più."

"Va bene. Lo farò. Per te. Ma giuro su Dio, se Grace Mason o qualcuno della sua famiglia ti rompe i coglioni, dovranno vedersela con me."

"Grazie, lo apprezzo. Ora, prendi un pezzo di carta per scrivere il numero. Presto."

"Va bene... un attimo... va bene, sono pronta."

Brad le diede il numero di telefono dell'hotel e il numero della camera.

"Posso essere lì tra venti minuti", gli disse.

"No. Per favore, Alexis. Non farlo", implorò. "Non voglio che ti avvicini."

"Non mi piace."

"Neanche a me, ma ti garantisco che sono al sicuro, in questo momento. Va bene?"

"Bene," sbuffò Alexis. "Ma mi aspetto un resoconto completo al più presto."

"D'accordo. Adesso chiama il numero e non smettere fino a che riesci a parlare con uno degli Anderson."

"Lo farò. Ti voglio bene, Brad. "

"Ti voglio bene anch'io, sorellina. Ci sentiamo dopo. Grazie."

"Ma di che, fratello. Ci sentiamo presto."

———

"Ace Security", ringhiò Nat al telefono quando squillò.

"Era ora che qualcuno rispondesse. Accidenti, sono ore che provo. Parlo con uno dei fratelli Anderson?

"Sì. E questa è una linea di sola emergenza," mentì Nathan, irritato dall'atteggiamento della persona all'altra parte della linea.

"Ma va, e perché pensi che stia chiamando?" brontolò Alexis. "Senti, mio fratello Bradford Grant mi ha chiamato e mi ha chiesto di mettermi in contatto con voi. Ha detto di dirti che Grace Mason è nei guai e ha bisogno del vostro aiuto. Ho un numero di telefono dove puoi chiamarlo per avere più informazioni. Non mi ha raccontato niente."

"Logan!" Nat urlò, senza preoccuparsi di coprire il telefono con la mano.

"Ahi, cavolo. Fa male. Avverti prima, no?" Borbottò Alexis.

"Ti sto mettendo in vivavoce. Ripeti quello che mi hai appena detto," ordinò Nathan.

"Mi chiamo Alexis Grant. Ho ricevuto una telefonata da mio fratello Brad, che mi ha chiesto di chiamarvi e di farvi sapere che Grace è nei guai. Non ho idea di cosa stia succedendo, ma sembrava fuori di testa, il che non è affatto da lui. Mi ha dato un numero di telefono per poterlo chiamare."

"Dammi il numero," chiese Logan immediatamente.

"Voglio sapere cosa sta succedendo", disse Alexis con fermezza.

"Se non mi dai il numero immediatamente, io..."

Le parole di Logan furono improvvisamente interrotte, seguite dal rumore di una baruffa.

"Pronto?"

"Alexis, vero?"

"Sì."

"Sono Blake. Mio fratello Logan è estremamente preoccupato per la sua ragazza. Grace è scomparsa dal primo pomeriggio. Ha avuto una giornata difficile e qualunque gioco tu stia giocando non gli va giù. Il numero? Per favore?"

"Mi dispiace. Non sto cercando di essere odiosa. Sono solo preoccupata per Brad. Sembrava davvero sconvolto quando mi ha chiamato. Ha detto di essere nella stanza quattrocentosessantadue all'Imperial Hotel."

"Grazie", disse Logan in quella che sembrava una voce sincera mentre scriveva il numero che Alexis gli aveva dato.

"Non so cosa stia succedendo, ma se i Mason sono coinvolti, non ci può essere niente di buono. Non sono in cima alla mia lista delle persone preferite in questo momento", disse Alexis.

"Abbiamo sentito che volevano forzare un matrimonio tra tuo fratello e Grace," commentò amaramente Logan.

"Sì. La signora Mason ha praticamente minacciato di rovinare la mia famiglia se Brad non fosse stato d'accordo."

"In che modo?"

"Hanno detto che avrebbero lasciato trapelare che Brad è gay. Il che è semplicemente stupido, perché lo sanno già tutti... e non importa a nessuno. I disegni architettonici che fa parlano da sé."

"È gay?" chiese Logan.

"Sì. Non lo sapevi? È gay dichiarato fin dalle superiori."

"Forse i genitori di Grace non lo sanno", disse Nathan.

"E se lo sapessero, i loro piani potrebbero saltare" concordò Blake.

"Dobbiamo scoprire cosa stanno facendo", dichiarò Logan.

"Voi due chiamate Brad mentre vi dirigete all'albergo", disse Nathan, "Io rimarrò qui a vedere cos'altro posso scavare. Non sono bravo con i computer come Blake, ma potresti avere bisogno di lui."

"Ehi!" sbottò Alexis.

"Oh, merda. Sì, apprezziamo che tu ci abbia chiamato", disse Logan in fretta. "Ci assicureremo che Brad stia bene."

"Aspetta, io..."

Logan non aspettò di scoprire cos'altro avesse da dire Alexis. Le era grato per aver chiamato, ma aveva bisogno di muoversi. L'unica cosa che contava era Grace, e sembrava che avessero un indizio, ora. Prese immediatamente il telefono e iniziò a chiamare. Voleva muoversi, iniziare a dirigersi verso Denver, ma voleva assicurarsi che Grace fosse proprio lì, prima di agire avventatamente.

Il telefono squillò solo una volta.

"Pronto?"

"Sono Logan Anderson. Parlo con Bradford?

"Grazie a Dio. Sì."

"Dove sei?"

"All'Imperial Hotel nel centro di Denver, camera quattrocentosessantadue."

"Grace è lì con te?"

"Sì."

Logan coprì il cellulare e disse ai suoi fratelli, "Bradford dice che è all'Imperial a Denver. Tienici informati su quello che trovi, Nat. Noi arriviamo." Al suo cenno, Logan e Blake si diressero fuori verso la macchina.

"Cosa sta succedendo? Sta bene? Posso parlarle?" Logan chiese a Brad.

"Sembra che stia bene."

"Che cazzo significa?" morse Logan.

"In questo momento sta dormendo, o qualcosa del genere. E preferirei che restasse così fino a quando arrivi qui."

Blake accese la macchina e Logan mise la chiamata in vivavoce in modo che suo fratello potesse ascoltare. "Spiegati."

"Innanzitutto, devi sapere che non ho nulla a che fare con tutto questo. Sono venuto in hotel per una riunione con un cliente, si è rivelata una sorta di trappola. Sono salito per venire all'incontro ma non appena ho aperta la porta, sono stato tirato dentro e preso a pugni in faccia. Poi qualcuno mi ha afferrato da dietro e mi ha infilato un ago nel braccio. Dopo di che non ricordo più nulla."

"E Grace cosa c'entra in tutto questo?" chiese Logan con impazienza.

"Mi sono svegliato poco fa con la bocca secca impastata e un mal di testa lancinante. Alzandomi dal letto mi sono reso conto che c'era qualcuno accanto a me. Sono rimasto inorridito nel vedere che era Grace."

"Cazzo. Sta bene? Maledizione, fammi parlare con lei," chiese impazientemente Logan.

"Te l'ho detto, è priva di sensi, ma sembra che stia respirando normalmente" Brad si affrettò a rassicurare Logan. "Solo che... cazzo, amico... eravamo entrambi nudi."

"Figli di puttana. Quando metto le mani sui suoi genitori, desidereranno essere morti", disse Logan, la sua voce aspra per la furia che stava tenendo sotto controllo.

"Ora è coperta", Brad si affrettò a rassicurare Logan. "Ho bevuto un bel po' d'acqua e fatto una doccia per cercare di scrollarmi di dosso qualunque cosa fosse che hanno usato per drogarmi. I suoi vestiti sono tutti qui e glieli darò, insieme a molta acqua, non appena si sveglia. Il mio cellulare e il mio portafogli non sono qui, e non riesco nemmeno a trovare quelli di Grace. Ma... c'è qualcos'altro..." La sua voce si affievolì come se non volesse continuare.

"Cos'altro?" Logan scattò.

"C'era una busta sul comò. Appoggiata allo specchio in bella vista."

"Cosa c'è nella busta?" chiese Blake, chiaramente tentando di portare avanti la storia, sapendo che Logan stava per perdere le staffe.

"Foto", disse Brad.

"Cazzo," imprecò Blake. "Quanto oscene?"

"Molto. Ero fuori, amico. Non ricordo *niente di niente*. Devono avermi dato un bel po' di merda perché altrimenti non c'era verso che potessero farmi posare in quel modo senza che me ne accorgessi."

"Gesù", disse Logan sottovoce.

"Ad un certo punto si vede un altro uomo che a quanto pare si è unito a noi e siamo tutti messi in modo da sembrare che lo stessimo facendo a tre. Non ho idea se queste sono tutte le foto o meno. Ma dirò solo questo, se queste foto trapelano, entrambe le nostre reputazioni saranno rovinate, il che presumo fosse l'obiettivo".

"Fermati", disse improvvisamente Logan a suo fratello.

Blake non esitò e fece come richiesto da Logan.

"Tutto ok?" chiese Brad dall'altra parte della comunicazione, non potendo vedere cosa stesse succedendo.

Blake vide suo fratello aprire la portiera della macchina, fare due passi e vomitare sul lato dell'autostrada. "No", disse a Brad. "Non è tutto ok. Presto, prima che mio fratello torni in macchina. Pensi che Grace sia stata violentata?"

"Non lo so. Non appena ho capito che non aveva niente addosso, ho tirato su il lenzuolo per coprirla e sono andato in bagno".

"Sei lì con lei adesso, vero?" Blake chiese con urgenza.

"Sì."

"Non lasciarla."

"Non mi sognerei di farlo", disse Brad. "Stavo aspettando che voi ragazzi mi chiamaste. Ho chiuso la porta a chiave e bloccato il chiavistello. La terrò d'occhio fino al vostro arrivo. È proprio per questo che vi ho fatto chiamare da Alexis."

Logan si passò il dorso della mano sulla bocca e tornò in macchina. Fece un cenno con la testa per indicare a suo fratello di continuare a guidare. Il pensiero che la sua Grace avesse perso i sensi, che fosse stata manipolata e fotografata a sua insaputa e senza il suo permesso... per non parlare del terzo uomo coinvolto... lo disgustava oltre misura. Non si vergognava di Grace, quello mai, ma di quello che poteva esserle successo.

"Ci mancano circa trenta minuti. Venti se riusciamo a cavarcela."

"Grazie per averci chiamato. Saremo lì il prima possibile. Tieni la mia ragazza al sicuro", implorò Logan.

"Lo farò."

Logan riagganciò il cellulare e guardò Blake. Per la prima volta da quando era uscito dall'esercito, sentì di essere il figlio di Rose Anderson. Voleva uccidere qualcuno e vederlo soffrire. Pensò di essere più simile a sua madre di quanto pensasse.

"Non farlo", ammonì Blake.

"Non fare cosa?"

"Non ci pensare nemmeno. Se impazzisci e fai qualcosa di stupido con uno dei suoi genitori o con chiunque altro fosse in quella stanza, Grace ti perderà per la seconda volta nella sua vita. Lei *ha bisogno* di te. Non perdere le staffe."

"L'hanno toccata, Blake", disse Logan con voce dura e fredda.

"Sì, ma è viva e presto sarà tra le tue braccia. Avrebbero potuto ucciderla e nascondere il suo corpo tra le montagne, e non l'avresti mai trovata. Lo sai bene quanto me. Non è quello che volevamo che accadesse, ma è meglio dell'altro scenario. *Mantieni... la... calma.*"

Logan abbassò il mento in un breve cenno del capo. Blake aveva ragione. Era uno schifo, ma aveva ragione. Le ultime sette ore erano state le peggiori della sua vita. Ancora peggio dei mesi che aveva trascorso in attesa di avere notizie di Grace quando era militare. Non poteva perdere di vista il fatto che ora sapeva dov'era Grace e che era viva e respirava. Avrebbero affrontato tutto il resto in seguito.

"Pensi che proveranno a ricattare i Grant con le foto?" chiese Logan, cercando di capire cosa diavolo avevano tramato Margaret e Walter e come pensavano di cavarsela.

"Sì. Se Brad dice che le foto sono pessime, allora devono esserlo."

"Dobbiamo stroncarli."

"Sono d'accordo", rispose Blake.

"Hai qualche idea?"

"Alcune."

"Vuoi condividerle?" Logan chiese a suo fratello. A volte cercare di far parlare Blake era un'impresa. Era sempre stato così, anche da piccolo.

"Sto pensando che, se il ricatto è il loro modo di ottenere ciò che vogliono, probabilmente non è la prima volta che usano questa tattica".

Logan colse il bagliore negli occhi di suo fratello mentre continuava.

"Scommetterei tutto ciò che abbiamo che ci sono altre vittime là fuori."

"Dobbiamo trovarle", disse Logan.

"Sì."

"Pensi che tu e Nat possiate farlo?"

"Ci puoi scommettere. Penso che, una volta riportata Grace a casa, una visita ai Mason ci stia tutta. Dobbiamo parlare con il personale di servizio. E poi anche con alcuni ex dipendenti dello studio di architettura dei Mason. Li prenderemo, Logan. Giuro su Dio. Li abbatteremo nello stesso modo in cui volevano abbattere Grace e i Grant. I loro giorni di ricatti sono finiti."

"Sarebbe proprio ora. Non voglio che questa merda penda sulla testa di Grace per il resto della sua vita. Non ho mai desiderato che qualcuno morisse più di quanto desidero che i genitori di Grace siano spazzati via dalla faccia del pianeta. Neanche nostra madre. Il che è dire tanto".

Blake annuì, d'accordo. "Scopriremo tutti i loro segreti. Lo giuro sulla tomba di papà, Logan, lo faremo."

"Bene. Ora, che ne dici di scoprire quanto velocemente questo rottame riesce a portarci a Denver?"

Logan non disse molto altro mentre correvano verso nord, i suoi pensieri erano solo su Grace e sulla sua incolumità.

CAPITOLO VENTICINQUE

Appena Brad aprì la porta della stanza quattrocentosessantadue, Logan entrò di corsa.

"Grazie a Dio siete qui. Si sta riprendendo proprio ora", disse Brad a Logan mentre gli passava accanto.

Vedendo Grace vulnerabile e intontita sul letto dell'albergo, Logan ebbe la doppia reazione di emettere un sospiro di sollievo e di stringere i denti per la rabbia. Si diresse verso di lei e la raccolse tra le sue braccia. "Ciao. Eccomi. Stai bene, Grace?"

"Logan?"

"Sì, Smarty. Sono io."

"Dove siamo? La mia testa mi sta uccidendo."

"È una lunga storia. Semplicemente rilassati. Sono qui, ora, sei al sicuro."

"Posso avere un bicchiere d'acqua?"

"Stavo morendo di sete anche io quando mi sono svegliato. Ecco", disse Brad, tendendo un bicchiere di plastica pieno d'acqua.

Logan non guardò nemmeno l'altro uomo, tenendo gli occhi su Grace. Aveva il viso pallido e stava socchiudendo gli occhi come se la luce le facesse male alla testa, ma lo riconobbe e sembrava stare bene. E questo era sufficiente per il momento. Prese il bicchiere da Brad e lo tenne sulle labbra di Grace. "Ecco qui. Non bere troppo in fretta."

Lei, ignorando il suo consiglio, inghiottì l'acqua come se non avesse bevuto nulla da giorni piuttosto che da ore. "Ancora", chiese, tendendo il bicchiere.

Una risatina femminile risuonò dalla porta e tutti e tre gli uomini si voltarono verso il suono, pronti a combattere.

"Non ho mai visto Grace Mason comportarsi con così poco decoro", disse Alexis. "Mi piace. La fa sembrare più umana e meno robot."

"Che diavolo ci fai qui, Alexis?" Brad chiese alla sorella minore.

"Sono preoccupata per te, ecco cosa", ribatté lei, con le mani sui fianchi. "Non mi dicevi nulla e neanche questi ragazzi. Così ho deciso di vedere di persona che stavi veramente bene. Scusami se mi preoccupo."

"Porca vacca. Entra qui e abbassa la voce," ordinò Blake, afferrando la donna minuta per un braccio e trascinandola nella stanza. "Da dove sei venuta?"

"Stavo aspettando dietro l'angolo. Vi ho sentito arrivare, ragazzi, e mi sono intrufolata dietro di voi. Eravate troppo preoccupati di arrivare a Grace e non avete fatto attenzione alla porta rimasta aperta. Cosa che forse non dovreste ripetere."

"Ah, merda. Blake, ho dimenticato prima di chiederti di chiamare Alexis per vedere cosa poteva dirci. A parte questo, è chiaro che stai perdendo il tuo tocco", disse Logan con un sorriso, trovando qualcosa di divertente per la prima volta in quella giornata troppo lunga. "Ti sei fatto battere sul tempo da una donna di un metro e un tappo."

"Fanculo", disse Blake a suo fratello senza enfasi.

"Sì, fanculo," ripeté Alexis, sembrando arrabbiata, con le

mani sui fianchi mentre fissava Blake. "Per tua informazione, sto studiando per diventare un investigatore privato. Sono in grado di intrufolarmi, all'insaputa anche dei migliori."

Blake alzò gli occhi al cielo. "Risparmiami questi discorsetti da aspiranti cazzuti."

"Ecco un altro bicchiere d'acqua", disse Brad a Logan, interrompendo la baruffa tra Blake e sua sorella per porgere la tazza appena riempita.

Logan lo porse a Grace e l'aiutò a sedersi più dritta sul letto, assicurandosi di tenerla coperta col lenzuolo. Di nuovo, trangugiò tutta l'acqua e ruttò rumorosamente appena svuotato il bicchiere.

"Oh, scusa."

Alexis ridacchiò al rumore del tutto privo di signorilità proveniente da Grace, ma si azzittì rapidamente appena si accorse che nessuno fece neanche un sorriso.

"Meglio?" chiese Logan.

Grace annuì e chiuse di nuovo gli occhi, appoggiandosi al suo petto come se fossero seduti nel loro letto a casa.

"Grace, ho bisogno che ti svegli e mi parli."

"Mmmm."

"Grace!" Logan la chiamò bruscamente.

"Cosa?"

"Dove sei?"

"Eh?" aprì gli occhi e si guardò attorno.

Logan vide il momento in cui si rese conto che non erano nel suo appartamento. Si irrigidì tra le sue braccia e chiese: "Cosa ci fa tuo fratello qui? E Brad?"

"Anch'io!" Alexis esclamò dalla porta.

Grace alzò gli occhi a Logan. "Che sta succedendo?"

"Cosa ricordi?"

"Niente veramente, io..." Si fermò di colpo e spalancò gli occhi. "Mio padre! Ero andata a incontrarlo. Tu ancora non eri lì, ma ti stavo aspettando. Ha bussato al mio finestrino. Sono scesa e... questo è tutto."

Con ogni parola che le usciva dalla bocca, sembrava diventare più lucida. "Ricordo che ha fatto un sorrisetto. Stava mentendo su tutto, vero?"

"Sembra proprio così", le disse Logan, con compassione facilmente udibile nella sua voce.

"Dove siamo?"

"L'Imperial Hotel a Denver."

"Perché Brad e Alexis sono qui?"

"Guardami, Grace," le disse Logan, mettendo una mano su entrambi i lati della sua testa e sollevandole il mento in modo che non avesse altra scelta che guardarlo. "Stai bene? Ti fa male da qualche parte?"

Una delle cose che gli piacevano di Grace era il suo essere sempre molto ponderata. Pensava prima di agire e prima di parlare. Fece la stessa cosa ora. Logan la osservò mentre fletteva le gambe, si muoveva mentre la reggeva e fletteva entrambe le braccia.

"No. Sto bene."

"Sei sicura? Dai, lascia che ti aiuti ad alzarti." Logan si rivolse a Brad, Blake e Alexis. "Giratevi."

Tutti e tre fecero come aveva richiesto senza protestare.

Grace scese dal letto e si alzò in piedi, proprio in quel momento rendendosi conto che non aveva niente addosso.

"Perché sono nuda?" sussurrò, il panico facile da vedere nell'espressione del suo viso. "Logan?"

"Tra un attimo. Dimmi. E pensaci davvero. Ti fa male da qualche parte?"

Scosse la testa velocemente quella volta. "No. Mi sento solo rigida e mi fa male la testa, ma per il resto no. Cosa *non* mi stai dicendo?"

"Dai, lascia che ti aiuti a vestirti." Logan raccolse i vestiti che Brad aveva piegato e messo su una sedia vicina. Le tenne il gomito mentre Grace si trascinava in bagno, il lenzuolo stretto attorno a lei.

"Torniamo subito", disse agli altri, chiudendo la porta dietro di loro e accendendo il ventilatore del bagno per avere un po' di privacy.

La posizionò in modo che la sua schiena fosse rivolta al grande specchio sul muro. "Fammi vedere, Grace. Lascia andare il lenzuolo."

Si aggrappò al lenzuolo per un momento, fissando Logan. Alla fine lo lasciò cadere e tese le braccia lungo i fianchi. I suoi occhi si riempirono di lacrime, ma rimase immobile, lasciando che Logan la esaminasse.

Logan le mise le mani sulla vita e le lisciò i fianchi. Non trasalì né si allontanò dal suo tocco. C'erano alcuni segni rossi sul suo seno e sulla pancia, ma niente gli faceva sospettare che fosse stata trattata troppo male. "Voltati, tesoro."

Lo fece senza dire una parola, i suoi occhi lo guardavano dallo specchio.

La sua pelle era liscia e pallida, e Logan vide solo qualche altro leggero livido sui fianchi e sulla parte posteriore delle cosce. Si inginocchiò e la fece voltare di nuovo verso di lui. Alzò gli occhi. "Tutto bene?"

Dimostrando di essere molto intelligente, Grace si morse il labbro e chiese a voce bassa: "Sono stata violentata?"

Logan scosse rapidamente la testa. "Non credo. Se non ti fa male lì. Ti porterò da un medico e ci accerteremo, comunque." Logan si alzò, prendendole le mani tra le sue.

"Cosa mi è successo?" chiese lei con voce tremante.

"Dai, vestiti, e usciamo a parlare con gli altri."

"Mi stai spaventando, Logan."

Non riuscì più a trattenersi dal prendere Grace tra le sue braccia. Avvolse il suo corpo nudo tra le sue braccia e la tenne così, semplicemente, dondolandola avanti e indietro, mentre il battito del suo cuore rallentava per la prima volta, da quando aveva saputo che era sparita. Era ancora tutta intera e relativamente incolume tra le sue braccia. Nient'altro importava, al momento. Le sussurrò all'orecchio quanto la amasse mentre le accarezzava la schiena.

Lei sussultò alcune volte, ma si calmò al suo tocco. Alla fine si rilassò. "Sto bene."

"Ti amo, Grace. Non sono mai stato tanto spaventato in tutta la mia vita come quando ho saputo che eri scomparsa. Sei la cosa più importante della mia vita. Odio che abbiamo perso così tanti anni, ma mi farò perdonare."

"Logan, io..."

Lui le mise un dito sulle labbra. "Non adesso. Pensaci. Abbiamo cose di cui dobbiamo parlare e dobbiamo capire cosa fare con i tuoi genitori. Comunque, ricorda che ti amo. Penso di averti *sempre* amato".

Logan si chinò e la baciò sulla fronte prima di cercare le mutandine sul banco. Le tese, aiutando Grace a entrarci dentro, tirandole su fino ai fianchi. Quindi le tese i jeans e l'aiutò a vestirsi, una gamba alla volta. Mise le braccia nelle bretelle del reggiseno, la girò e l'allacciò dietro la schiena, poi le tese la camicia.

Non aveva bisogno di aiuto per vestirsi. Lo faceva da sola da circa venticinque anni, ma Logan aveva bisogno di stabilire quella connessione con lei, e lei aveva bisogno di sentirsi curata. Chissà cosa le avevano fatto quegli sconosciuti e cosa *avrebbero potuto* farle, mentre era priva di sensi a causa della droga che avevano somministrato a lei e a Brad.

Tornarono nella stanza e trovarono Blake, Brad e Alexis in attesa. A Logan non importava che avessero impiegato più tempo di quanto probabilmente avrebbero dovuto. Grace aveva bisogno di tempo e doveva dirle cosa provava per lei.

La condusse sul bordo del letto e si sedette accanto a lei.

"Ho guardato le foto, Logan", gli disse Blake, "Brad aveva ragione. Sono pessime".

"Foto?" chiese Grace, inclinando la testa. "Oh merda."

Logan sospirò, poi le prese le mani. "Sì. A quanto pare, il piano dei tuoi genitori è di ricattare i Grant e Brad per farvi sposare. Vi hanno drogato entrambi e vi hanno fatto delle foto compromettenti."

"Che cosa? Ogni volta che penso che non potrebbero scendere più in basso, lo fanno," disse Grace incredula. "Brad? Stai bene?"

"Sì. Mi sono svegliato prima di te, probabilmente perché peso più di te e l'effetto della droga è sfumato più velocemente. Ero... ehm... anche io nudo. Sul comò c'era una busta con dentro le foto. Ho chiamato Alexis e lei ha chiamato Logan e suo fratello."

Gli occhi di Grace si fissarono sulla busta nella mano di Blake. Si succhiava le labbra nervosamente. "Voglio vederle", disse con fermezza.

"Non credo..."

Grace interruppe bruscamente Logan. "Ti ricordi qualcosa?" chiese a Brad.

Lui scosse la testa. "No. Ero fuori quanto te."

"Dammele." Tese la mano con impazienza.

Blake guardò Logan, come per chiedere il permesso.

"Non guardare lui. Sono di me e Brad. Non devo avere il permesso di nessuno per guardare le mie foto", disse Grace, decisa. Le sue parole avrebbero probabilmente avuto un po' più di peso se non stesse tremando come una foglia e la sua mano non fremesse visibilmente mentre la tendeva davanti a sé.

Logan annuì a suo fratello e Blake porse la busta a Grace. Logan tenne gli occhi e le mani su Grace, desideroso di poterla risparmiare, ma sapeva che non poteva. Ancora una volta, era orgogliosissimo di lei. Sarebbe stato facile per lei lasciare che lui e i suoi fratelli si prendessero cura della situazione, ma rifiutò. Sapeva che non pensava di essere una persona forte, che per lei lasciare che i suoi genitori la manipolassero per anni mentre desiderava disperatamente il loro affetto significava essere debole. Ma il fatto che fosse sempre la stessa bella persona dentro e fuori era una prova della sua forza.

Grace tirò fuori le foto e rimase senza fiato per lo shock e l'indignazione quando vide la prima. Le avrebbe lasciate cadere, ma Logan mise una mano sotto la sua per stabilizzarla.

La mano di Grace tremava mentre guardava una foto dopo l'altra di lei e Brad, ognuna sempre più cruda e disgustosa. Alcune includevano un uomo che non aveva mai visto prima, e sembrava che stessero avendo un *ménage à trois*. Grace chiuse gli occhi e fece un respiro profondo, cercando di calmarsi.

Logan le tolse le foto dalle mani e fu sorpreso che lo lasciasse fare. Grace si voltò e, gettandosi tra le braccia di Brad, esclamò: "Mi dispiace così tanto. Mio Dio. I miei genitori sono dei grandissimi stronzi. Mi dispiace."

L'altro uomo sembrò scioccato per un momento, poi immediatamente piegò le braccia attorno a lei. "Va tutto bene, Grace."

"No, *non* va bene!" Si girò di scatto verso Logan. "Cosa faremo? Sul serio. Una cosa è legarmi e cercare di costringermi ad avere un bambino da rubare e allevare per farlo diventare uno stronzo. Ma coinvolgere *altre* persone nel loro mondo di merda è tutta un'altra cosa".

"Calmati, Grace," disse Logan pacatamente.

"Calmarmi? Hai visto quelle foto! Come puoi dirmi di calmarmi? I miei genitori metteranno in imbarazzo Brad e la sua famiglia. Non va assolutamente bene."

"Grace..."

"No! Sul serio. Come li fermeremo? Sarò mai libera da loro? Dovrò guardarmi alle spalle per il resto della mia vita chiedendomi cos'altro hanno in serbo per me? E per Brad?"

"Grace. Guardami." Logan si alzò di fronte a Grace, le mise le mani sulle spalle e attese che lei incontrasse i suoi occhi. "Non se la caveranno stavolta. È andata loro troppo liscia. Non può essere stata la prima volta che hanno usato il ricatto per ottenere ciò che vogliono". Poteva vedere i pensieri circolare nella mente di Grace, e proseguì. "Forse qualcuno al lavoro o qualcuno del personale domestico...?"

Grace chiuse gli occhi e si massaggiò le tempie. "Sì. Potrei darti alcuni nomi di persone con cui parlare."

"Più tardi", disse Logan con fermezza. "Ora devo portarti in ospedale, poi a casa."

"Ho paura di tornare lì", disse Grace con voce sommessa, supplicando Logan con gli occhi. "So che è casa tua, ma che facciamo se tornano di nuovo a cercarmi lì?"

"Puoi stare nel mio appartamento qui a Denver", si offrì subito Alexis. "Posso andare a casa con Brad e parlare con mia madre e mio padre. Nessuno penserà di cercarti a casa mia."

"Grace?" chiese Logan. "Come preferisci tu. Faremo qualunque cosa ti faccia sentire più a tuo agio".

Lei annuì e si morse il labbro mentre pensava alle alternative. "Va bene. Grazie Alexis. Io... so che probabilmente pensi che sia una stronza, e questa situazione ha davvero superato i limiti, ma lo apprezzo comunque."

"Non credo che tu sia una stronza. Non ti conosco abbastanza bene", disse Alexis a Grace, "ma hai fatto molto che ha riscattato qualsiasi brutto sentimento io possa aver provato dopo quell'orribile cena".

Le due donne si sorrisero.

Logan si rivolse a suo fratello. "Blake, domani contatterò te e Nathan."

Probabilmente mi fermerò a parlare con i Grant per vedere se riusciamo a trovare una strategia per sconfiggere i Mason insieme. Avremo bisogno di tenere pronta una dichiarazione in caso procedano a pubblicare le foto prima di presentare le loro richieste assurde ai Grant".

"Grace? Stai bene?" chiese Blake, sorprendendo Logan.

Lei sbatté le palpebre, come se non fosse sicura del perché lo avesse chiesto. "Sì, sto bene."

L'altro uomo si avvicinò e abbracciò Grace con forza. "Sono contento. Ci hai spaventato. Mio fratello si preoccupa moltissimo per te. Stagli vicino, ok?

"Non c'è bisogno di dirlo. Avevo già in mente di farlo", Grace rassicurò Blake.

"Bene."

"Brad, hai bisogno di un passaggio?" chiese Alexis.

"No. La mia macchina dovrebbe essere ancora qui," le disse suo fratello scrollando le spalle. "Mi hanno preso il telefono, ma le mie chiavi erano ancora nella tasca dei miei pantaloni."

"E tu, Blake? Hai bisogno di un passaggio per tornare a Castle Rock, se lasci che Logan prenda la tua auto", gli disse Alexis.

"Porca miseria. Non ci avevo pensato. Potresti andare con tuo fratello e farmi prendere in prestito la tua macchina," disse Blake con un sorriso speranzoso in faccia.

Alexis rise. "Magari, vero? Nessuno guida la mia Mercedes tranne me. Posso darti un passaggio... ma è tardi... e ho ancora bisogno di parlare con i miei genitori assieme a Brad. Puoi venire anche tu. Hai un posto dove posso dormire quando arriviamo a Castle Rock stanotte?"

Il fratello di Logan guardò quella donna, più giovane di lui. "Quanti anni hai?"

"Perché? Hai paura che non sia abbastanza grande per te?"

"Sembra che tu abbia circa quindici anni."

"Vaffanculo. Ho venticinque anni. Più che grande abbastanza per te, vecchio. Hai un posto in più per dormirci, o cosa?"

"Sì, ho una stanza libera", disse Blake con riluttanza.

"Bene. Allora posso venire e aiutare te e l'altro tuo fratello a capire cosa diavolo sta succedendo e cosa faremo al riguardo."

"Perché?" La domanda di Blake era breve e severa.

La giovane donna si mise le mani sui fianchi. "Perché. È mio fratello, e la reputazione della mia famiglia è a rischio, e posso aiutarvi."

"Tu? Ne dubito."

Logan trasalì dentro di sé. Persino *lui* non era tanto ingenuo da stuzzicare palesemente una donna come suo fratello aveva appena fatto con Alexis.

Lei socchiuse gli occhi e le sue narici divamparono dal nervoso.

"Noi andiamo, Alexis," interruppe Logan prima che l'altra donna esplodesse su Blake. "Mi dici il tuo indirizzo così lo salvo nel mio telefonino? E cosa dobbiamo sapere? Guardie di sicurezza che hanno bisogno di conoscerci, allarmi, qualsiasi cosa?" Sollevato di essere riuscito a distogliere la sua attenzione, Logan ascoltò mentre Alexis dava loro i dettagli del suo edificio, il codice del sistema d'allarme e le chiavi del suo appartamento. Disse che avrebbe chiamato il portiere per informarlo del loro arrivo e che sarebbero rimasti nel suo appartamento per qualche tempo.

Ignorando la 'discussione' che Alexis e Blake ripresero quando fecero per andarsene, Logan prese la mano di Grace nella sua e la condusse fuori dalla stanza per prendere l'ascensore.

Grace si fermò un momento e quando furono in ascensore, avvolse le braccia attorno alla vita di Logan e rimase aggrappata. Nessuno dei due disse una parola quando le porte si aprirono e uscirono nell'atrio, l'uno con un braccio attorno alla vita dell'altra. Rimasero entrambi in silenzio quando salirono sulla macchina di Blake e partirono nella notte tranquilla.

Il tragitto fino al pronto soccorso fu sorprendentemente veloce. Per una volta, non c'era molta gente in attesa e quando l'infermiera del *triage* fu informata che Grace era forse stata violentata, li fece accomodare rapidamente in una stanza privata.

Un grande sollievo avviluppò Logan e Grace, che lo rese palese rilasciando i suoi pugni tenuti stretti fino a quel momento, quando una dottoressa entrò poco dopo che l'infermiera se ne andò. Grace spiegò, in breve, la situazione e il medico prelevò un campione di sangue che poteva essere analizzato per malattie a trasmissione sessuale e per cercare di identificare esattamente quale tipo di droga fosse stata somministrata a lei e a Brad. Fece quindi un rapido esame, incluso il tampone per prelevare eventuali tracce di DNA nel caso Grace fosse stata violentata. Dopo l'esame, la dottoressa disse a Grace che, secondo la sua esperienza professionale, non pensava che Grace fosse stata violentata, ma che la mancanza di danni fisici non era necessariamente una garanzia poiché era priva di sensi durante l'attacco.

Grace annuì e la ringraziò, ovviamente non contenta di ciò che aveva detto la dottoressa, e alcune lacrime le colarono dagli occhi. Logan le era stato accanto durante tutto l'esame e ora le asciugava teneramente le lacrime e la teneva stretta al suo cuore, cercando di mostrarle con le sue azioni quanto l'amava.

Se ne andarono un'ora dopo il loro arrivo, entrambi sollevati che l'esame fosse finito. Non avevano detto molto mentre erano in ospedale e rimasero in silenzio anche mentre annuivano al portiere e si dirigevano verso l'appartamento di Alexis. Fu solo quando la porta si chiuse dietro di loro, e furono al sicuro dentro, che Logan ruppe il silenzio.

"Doccia?"

"Oddio, sì", respirò Grace.

"Sola? Ti dispiacerebbe se mi unissi a te?"

"Unisciti. Per favore."

La doccia non fu erotica; fu più catartica che altro. Mentre Logan apprezzava sempre il corpo di Grace, voleva solo prendersi cura di lei adesso. Dimostrarle quanto fosse importante per lui. Era grato che stesse bene. Le insaponò il corpo e si assicurò di strofinarla accuratamente, ma con attenzione. Quando fu soddisfatto di averla pulita perfettamente dalla testa ai piedi, Logan chiuse l'acqua e l'asciugò con cura.

Infilò la maglietta che indossava sopra la testa di Grace, poiché aveva bisogno di vederla nel suo solito abbigliamento da notte, e sorrise al vedere che l'aveva quasi ricoperta. Si rimise i boxer e la condusse nella stanza degli ospiti.

Anche dopo tutto ciò che era accaduto, o forse a causa di ciò che era accaduto, Logan si sentiva più vicino che mai a Grace. Aveva passato momenti infernali, ma lei stava bene ora e non si era sottratta al suo bisogno di starle vicino, di toccarla, di rassicurarsi che stesse davvero bene. Lei si infilò nel letto e aspettò che la seguisse. Logan si sdraiò sulla schiena e sospirò contento mentre Grace si rannicchiava al suo fianco mettendo un braccio e una gamba sopra il suo corpo, avvicinandosi il più possibile a lui.

"Sei... sconvolto per le foto?" chiese dopo un po', con voce sommessa.

"Sì, ma non per i motivi che forse pensi tu."

Grace sollevò la testa e lo guardò, in attesa.

"Sono arrabbiato perché ti hanno violata. Oh, potrebbero non averti fatto niente sessualmente, ma ti hanno privato della tua volontà. Ti hanno toccato senza la tua autorizzazione, senza che nemmeno te ne accorgessi."

"Pensi che troveremo qualcosa che possa fermare i miei?

Far sì che si dimentichino di me e che vadano avanti con le loro vite?"

"Sì." La risposta di Logan fu immediata e sincera. "Assolutamente. Sconfiggerli è diventata una missione personale per me e per i miei fratelli. Faremo in modo che non ti facciano mai più del male, Grace."

Appoggiò la testa sulla spalla di Logan. "Ti amo. Ti ho amato da sempre, a quanto pare. A volte temo che ti stancherai dei miei genitori che continuano a mettersi costantemente fra noi e che deciderai che è troppa fatica".

"Non succederà, Grace. So tutto su coloro che non sono genitori modello".

"Se diventa troppo..."

"Mai. Grace, noi ci amiamo. Punto. Io amo te, non i tuoi genitori. Ci occuperemo di questa faccenda e andremo avanti con le nostre vite. Va bene?"

Logan la sentì sorridere contro la sua spalla. Sapeva che avrebbe trascorso il resto della sua vita assicurandosi che potesse ridere con lui.

"Va bene. Sissignore. Qualsiasi cosa tu dica."

"Così va meglio. Adesso dormi un po'. Ho l'impressione che saremo molto impegnati nei prossimi due giorni".

"Ti amo."

"Ti amo anch'io, Grace. Dormi, ora."

Logan rimase sveglio molto tempo dopo che Grace cadde in un sonno profondo e curativo, rendendosi conto che era stato estremamente fortunato. Non solo aveva avuto una seconda possibilità con Grace, ma oggi ne aveva avuta anche una terza. Giurò in quel momento che non avrebbe mai più corso alcun rischio sulla sua sicurezza. Non l'avrebbe mai più persa. A tutti i costi.

CAPITOLO VENTISEI

LA SETTIMANA successiva fu un turbine di indagini che vide la collaborazione di Ace Security con la polizia di Castle Rock, e poi l'FBI. Ogni brandello di informazione che Nat e Blake trovavano era un chiodo in più nella bara dei Mason. Ogni giorno Logan scendeva a Castle Rock e lavorava con i suoi fratelli e, sorprendentemente, anche con Alexis, per scavare nella vita nascosta dei Mason.

Blake all'inizio era riluttante a coinvolgere la sorella di Brad, ma lei si era dimostrata molto brava a convincere le persone ad aprirsi a lei. Probabilmente perché sembrava molto più giovane di quanto fosse, e quindi totalmente innocua. Era anche molto brava a capire come convincere chiunque a parlare. Era riuscita a convincere due delle donne che lavoravano nella casa dei Mason a confessare che avevano tentato di licenziarsi anni prima, ma Margaret si era rifiutata di lasciarle andare. Sapevano troppo di quello che era successo dietro le porte chiuse della villa, e quindi aveva praticamente minacciato le loro famiglie per assicurarsi che rimanessero.

Avevano anche scoperto il tipo di gente che Margaret e

Walter incontravano a orari strani. Erano il tipo di persone che vengono pagate in contanti, sottobanco. Nat aveva anche incontrato alcuni dipendenti dello Studio di Architettura Mason che gli avevano parlato di pratiche commerciali discutibili che i Mason usavano per vincere gli appalti, e di misure di sicurezza ignorate nella fase di costruzione.

Avevano anche trovato il terzo uomo nelle foto di Grace e Brad. I tatuaggi sul suo corpo erano stati inseriti in un database di criminali noti, e così era stato identificato. Era un membro di una banda criminale di Denver, con vari reati sulla fedina penale. Non nutrendo lealtà verso nessuno dei Mason, non aveva esitato a dire ai poliziotti come era stato assunto, esattamente quanto lo avevano pagato per partecipare al piano di ricatto, rivelando che né Bradford né Grace erano stati violentati mentre erano drogati.

La testimonianza più solida, e quella che interessava di più all'FBI, proveniva dal contabile dei Mason. Nathan aveva convinto l'uomo che era solo questione di tempo prima che Walter e Margaret si rivoltassero contro di lui e lo incastrassero per incolparlo della rovina della compagnia e delle loro attività illegali. L'uomo accettò di parlare con l'FBI in cambio di immunità.

Grace era più che felice di rimanere a Denver, nascosta nell'appartamento di Alexis, mentre Logan era al lavoro. Era in contatto costante con lui tramite messaggi di testo e telefonate frequenti. Entrambi avevano bisogno di rassicurarsi a vicenda che stavano bene. Logan le aveva comprato un altro telefono cellulare e le aveva portato i vestiti da casa. Felicity l'aveva visitata alcune volte, aiutando Grace a passare il tempo, facendola sentire più normale ad ogni visita che le faceva. Né Logan né Grace erano particolarmente felici di non essere a casa, ma al momento, vivere nell'appartamento di Alexis era la cosa più sicura e intelligente da fare.

I Grant avevano dichiarato che avrebbero prestato pieno

supporto alle indagini e avevano consentito ad Ace Security di installare telecamere e registratori nascosti in casa e in ufficio nel caso in cui i Mason si presentassero da loro con le foto. Avevano accettato di non sporgere denuncia fino al termine delle indagini. Il cappio si stava rapidamente chiudendo attorno ai genitori di Grace, che lo sapessero o no.

Cinque giorni dopo il rapimento, Logan stava stringendo a sé Grace sull'enorme divano di Alexis. "Come te la passi?" le chiese gentilmente.

"Io, solo... è così difficile da credere", gli disse Grace onestamente. "Con tutto quello che è successo, mi chiedo se li ho *mai* veramente conosciuti. Pensi che mi abbiano mai amato? Anche solo un po'?"

"Non sono sicuro che *sappiano* amare", le disse dolcemente Logan. "Voglio dire, come qualcuno **non** possa amare il proprio figlio è un mistero per me. E ci sono passato anche io. So esattamente cosa stai provando."

Grace annuì, capendo. "Penso di essere rimasta con loro perché mi davano piccoli scorci dell'amore che desideravo così tanto."

"Mi dispiace di non aver capito cosa stavi passando allora", le disse Logan. "Pensavo, poiché la tua famiglia aveva soldi, una casa grande e servitori, che dovevi avere una vita perfetta."

"Il denaro non equivale a felicità."

"Adesso lo capisco," le disse Logan.

"E se..." la sua voce si affievolì.

"E se, cosa?" Logan la esortò a continuare.

La sua voce si abbassò finché riuscì a malapena a sentirla. "E se... pensi che, essendo loro figlia, possa finire un giorno ad essere come..."

"No. Assolutamente no. Grace, sei una delle persone più gentili che abbia mai incontrato in vita mia. Ti preoccupi dei cani e dei gatti randagi e ti ho vista coccolare felicemente bambini che non conoscevi nemmeno. Margaret e Walter Mason potrebbero pure averti messa al mondo, ma nonostante tutte le probabilità fossero a tuo sfavore, sei diventata un essere umano bello, amorevole, premuroso e sensibile. Hai ventotto anni. Penso che, se tu fossi stata predisposta a diventare una pazza delirante, ne avremmo già visti alcuni segni. Temi che, essendo io il figlio di Rose Anderson, un bel giorno inizierò a picchiarti?"

"No!" Grace gli disse con enfasi, sollevandosi a lanciargli un'occhiataccia per aver anche solo espresso quel pensiero.

"Allora perché pensi che potresti improvvisamente trasformarti in tua madre?"

"Oh. Immagino che tu abbia ragione."

"Ebbene sì. Che ne dici se facciamo un accordo?" chiese Logan, i suoi occhi teneri e morbidi mentre guardava Grace.

"Che tipo di accordo?"

"Lasciamoci alle spalle i nostri genitori e tutto ciò che ci hanno fatto. Quello che è fatto è fatto e non possiamo cambiarlo. Io e te siamo il futuro. Insieme possiamo lasciarci alle spalle il dolore del passato in modo da poter abbracciare la promessa di ciò che il domani ci riserva. Sì?"

Grace sollevò una mano e la avvolse dietro la sua nuca accarezzandolo con le dita. "Mi piacerebbe."

"Anche a me. Ti amo, Grace. Siamo fatti per stare insieme. Non ho dubbi."

Lei lo guardò negli occhi, non allontanandosi dal contatto visivo diretto. "Fai l'amore con me?"

"Con piacere."

Passò le mani sui fianchi di lei, togliendole la maglietta che indossava, e si bloccò.

I suoi occhi si volsero a fissare quelli di Grace, e disse con voce sbalordita: "Quando l'hai fatto?"

"Due giorni fa quando sei andato a Castle Rock per

aiutare Blake con quel lavoro di scorta, sono andata con Felicity..."

Logan si sporse in avanti e passò leggermente il naso sul nuovo tatuaggio sul lato interno del seno sinistro, esattamente dove le aveva detto che un giorno gli sarebbe piaciuto vederlo. "Fa male?"

"È un po' dolorante."

"È bellissimo."

"Bene, sarà più bello ancora, una volta guarito. Ho scelto il rosa perché, da quando me lo hai suggerito, non sono riuscita a togliermi dalla testa l'immagine".

Logan passò un dito sopra il piccolo uccello in volo che era tatuato sulla sua pelle, sorridendo mentre la pelle d'oca le saliva sul petto e i suoi capezzoli si irrigidivano al suo tocco. "Appena ho un giorno libero, prendo un appuntamento per farmi un tatuaggio. Non posso credere che mi hai battuto sul tempo."

Lei gli sorrise felice.

Logan ebbe improvvisamente un pensiero e le fece un sorriso malizioso. "Questo è *l'unico* tatuaggio che ti sei fatta l'altro giorno?"

Grace non rispose, semplicemente ricambiò il suo sorriso con uno provocante.

Logan si spostò e si aggiustò all'indietro sul divano, facendo sedere Grace a cavalcioni sopra il suo grembo. Le prese la testa tra le mani, la tenne stretta a sé e gli chiese seriamente: "Sei sicura di volerlo fare? Nessuna strana sensazione dopo quello che è successo, o riguardo al fare l'amore con me?"

"Sono sicura. Mi sento al sicuro con te, Logan. Quando stiamo insieme mi sento forte, disinvolta. Stare con te è come essere sul retro della tua moto. Mi sento libera. Libera di fare ciò che mi piace, di essere me stessa."

Logan schiacciò con trasporto la sua bocca contro quella

di Grace. Si contorsero l'uno nelle braccia dell'altro, alla disperata ricerca dell'altro. Prima che la rapissero, facevano l'amore quasi ogni giorno, ma da allora si era trattenuto, incerto su come si sarebbe potuta sentire nell'intimità.

Grace si inarcò, la testa inclinata all'indietro e le mani appoggiate sulle sue ginocchia. Logan si prese del tempo, succhiando e mordicchiando ogni seno, adorando il suo nuovo tatuaggio con gli occhi e con le dita. Lei si contorse sopra il suo grembo, evidentemente amando quello che le stava facendo.

Grace gemette e mosse una mano dietro la testa di lui, tirandolo più forte a sé. "Logan, ti prego. Scopami."

Sapendo che non sarebbero mai riusciti ad arrivare nella stanza degli ospiti, Logan allungò una mano tra loro e si slacciò i jeans, non lasciando andare il capezzolo che stava torturando con la bocca.

Ci vollero un po' di manovre, ma alla fine il suo cazzo eretto balzò fuori liberato dai suoi confini.

Agganciò il dito indice nel bordo delle mutandine di cotone rosa di Grace, tirandole di lato, esponendo la sua fica bagnata e la sollevò sopra di sé.

"Scopami *tu*, Grace. Dai, prendi quello che vuoi. Quello di cui abbiamo entrambi bisogno."

E lei lo fece.

Era come se le sue parole l'avessero liberata. Allungò la mano e afferrò il suo cazzo duro, avvolgendolo con la mano e accarezzandolo dalla base alla punta, poi di nuovo in giù, spalmandogli il liquido seminale lungo la sua lunghezza.

Quindi afferrò la base e lo tenne fermo, mentre portava la punta violacea sulla sua apertura e si abbatté giù su di lui con un movimento rapido.

Logan non seppe dove il gemito di Grace iniziò e il suo finì. Tutto quello che sentiva era la sensazione stretta e bagnata della sua fica che si contraeva attorno alla sua dura lunghezza. Il suo godere era tanto da sembrare quasi dolore. Aveva temuto che non fosse pronta per lui, ma non avrebbe dovuto.

Stava gocciolando, e mentre si alzava e si spingeva giù su di lui, Logan sentiva i suoi succhi ricoprire il suo cazzo e gocciolare sulle sue palle. Non sarebbe stata quella una scopata gentile ed educata. Era una scopata volgare e disordinata. Ed era perfetta.

Grace lo cavalcava con frenesia. Le sue mani posate sulle sue spalle in cerca di equilibrio, con la testa inclinata all'indietro, si muoveva su e giù e avanti e indietro sul suo grembo, assicurandosi che, ad ogni movimento discendente, il suo clitoride fosse in contatto massimo con il suo cazzo.

Si sarebbe potuto sentire usato se non fosse stato per l'elogio continuo e l'amore che uscivano dalla sua bocca.

"Logan. Dio, mi fai godere così tanto. Ti amo tanto. Non avevo idea che potesse essere così bello. Cazzo, sì."

Logan respirava affannosamente quanto lei, ma non se ne accorse nemmeno. Le sue mani erano serrate sui fianchi di Grace, incoraggiandola a muoversi più velocemente su di lui. Si sporse in avanti, mordendo il lato della sua tetta vicino al tatuaggio dell'uccello che rimbalzava su e giù insieme ai suoi movimenti. Sembrava davvero che l'uccello fosse in volo, proprio come aveva fantasticato.

Logan sentì che le cosce di Grace iniziavano a tremare. Sapeva che il suo orgasmo era vicino. Abbassò lo sguardo sul punto in cui erano attaccati e mise la mano destra sul clitoride, spingendo le mutandine sul lato e vedendo per la prima volta il tatuaggio sull'anca. Questi uccelli erano più piccoli di quello sul lato del seno, ma il loro impatto su di lui non fu meno potente. C'erano due piccoli uccelli sul fianco sinistro con inchiostro nero. Le loro ali erano aperte come in volo e i loro becchi erano aperti come se stessero cantando.

"Quello a destra rappresenta te e quello a sinistra sono

io", disse Grace senza fiato, vedendo dove erano i suoi occhi. "Sembra che stiano cantando finché usi la luce ultravioletta e allora si può vedere cosa tengono in bocca. Il mio tiene una L e il tuo tiene una G."

"Cazzo," respirò Logan. "Sono bellissimi. *Tu* sei bellissima. E mia. Vieni per me, Smarty", la incoraggiò, usando il pollice per sfregare il clitoride di Grace.

Logan tenne il pollice sul clitoride mentre lei urlava la sua liberazione, ondeggiando sul suo grembo, causando l'orgasmo di Logan con il suo. Lui rimase dentro di lei mentre entrambi i loro corpi si contraevano.

Grace ebbe un'altra scossa tra le sue braccia mentre il suo pollice passava un'ultima volta sul sensibile fascio di nervi, poi si accasciò sul suo petto, respirando affannosamente, come se avesse corso un chilometro in cinque minuti. Logan seppellì il naso nel suo collo, i capelli di lei gli coprivano il viso, facendolo sentire come se fossero le uniche due persone al mondo.

"Ti amo, Smarty. Vuoi sposarmi?" Logan non aveva pianificato quelle parole, ma in quel momento si rese conto che non voleva altro che lei diventasse Grace Anderson. Ace sarebbe stato orgoglioso di avere Grace come nuora, e Logan sapeva che i suoi fratelli l'avrebbero accolta come una sorella.

Grace si girò a guardarlo con uno sguardo sazio, quasi drogato. Si morse il labbro mentre gli occhi si riempivano di lacrime. Respirò profondamente e annuì. "Non c'è *nulla* che io voglia di più che passare il resto della mia vita con te, Logan."

Entrambi sorrisero e le loro labbra si incontrarono in un dolce bacio vivificante. C'erano ancora molte incognite nella loro vita, ma quelle potevano essere risolte. La cosa più importante era che si amavano.

L'amore vince il male.

Sempre.

CAPITOLO VENTISETTE

UNA MATTINA, settimane dopo il rapimento, Logan ricevette una telefonata. Grace sentì solo il suo lato della conversazione, ma sembrava che ci fossero finalmente sviluppi nel caso.

"Pronto? Ciao, come va? Veramente? Questa mattina? Dove? Molto bene. Vedrò cosa pensa. Grazie di avermi avvisato. A dopo."

"Chi era?" Grace chiese impazientemente non appena riagganciò. "Sta succedendo qualcosa?"

Logan si avvicinò e si sedette sul letto accanto a lei, mettendole una mano sulla nuca, mentre il pollice le accarezzava il tatuaggio come faceva spesso. Le disse: "I mandati di arresto sono stati firmati oggi. La polizia andrà a prelevare i tuoi genitori per rapimento, estorsione, ricatto, e molte altre accuse derivanti dalle loro pessime pratiche commerciali".

Grace emise un sospiro di sollievo e strinse il bicipite di Logan. "Quindi è finita?"

"Sì, Smarty. È finita."

"Possiamo andare a casa?"

Un sorriso largo si formò sul viso di Logan. "Possiamo andare a casa", confermò.

Grace si gettò tra le braccia di Logan e lo abbracciò più forte che poteva. "Grazie a Dio. Non mi dispiace stare qui a Denver, ma non vedo l'ora di tornare in una vera casa."

"Non sono sicuro che possiamo definire il mio appartamento una 'vera casa', Smarty."

"Sai cosa intendo," disse Grace, tirandosi indietro e guardandolo.

"Sì, ma ci ho pensato comunque. Meriti una casa migliore di un appartamento economico. Cosa ne dici di andare a cercare casa con me?"

I suoi occhi brillarono di gioia. "Veramente?"

"Veramente."

"Sì! Certo che sì!"

"Prima che ti entusiasmi troppo, devo farti una domanda. Si tratta di oggi", le disse dolcemente Logan.

L'entusiasmo di Grace si attenuò, ma disse comunque con leggerezza: "Spara".

"Vuoi essere lì quando i tuoi genitori vengono arrestati? Non intendo *proprio* lì, ma a una distanza di sicurezza. Vuoi assistere al fatto mentre si svolge?"

Grace si morse il labbro, indecisa. Una parte di lei non avrebbe mai più voluto rivedere i suoi genitori. Le avevano causato abbastanza mal di cuore da durarle una vita intera. D'altra parte, però, vederli arrestati poteva darle un senso di chiusura. "Io dove mi troverei e come accadrà?" chiese lei piano.

"La polizia e l'FBI andranno a casa loro in mattinata. Se tutto va come previsto, sarà facile e veloce. Non posso immaginare veramente i tuoi genitori che si cimentano in una sparatoria, ma c'è sempre la possibilità che resistano all'arresto, soprattutto considerato quanti anni passeranno dietro le sbarre.

"In quanto a dove ti troverai tu... sarai con me. Blake ha conosciuto uno dei principali investigatori del caso e ha detto che possiamo sederci nella sua macchina mentre il fatto si svolge. Saremmo abbastanza lontani da essere al sicuro, ma abbastanza vicini da poter ancora vedere cosa succede".

"Sarai con me?" chiese Grace, spalancando gli occhi, in cerca di conferma.

"Certo", le disse Logan con convinzione. "Non ti lascerei sola."

"Allora sì. Voglio vedere il momento in cui si rendono conto che ciò che hanno fatto ha delle conseguenze. Hanno vissuto tutta la loro vita facendo quello che vogliono senza che nessuno dicesse o facesse niente. E se qualcuno tentava di fermarli, li minacciavano in qualche modo. Quindi sì, sono pronta a passare alla fase successiva della nostra vita insieme".

"Se in qualsiasi momento ti senti a disagio e vuoi andartene, tutto ciò che dovrai fare è dirlo. Ok?"

Grace annuì. "Ok." Fece una pausa, poi sorrise, "Possiamo fermarci e parlare con un agente immobiliare, dopo?"

Logan buttò indietro la testa e scoppiò in una risata prima di abbracciarla di nuovo. "Adoro come tu riesca a passare dal parlare di guardare i tuoi genitori mentre vengono arrestati per aver reso la tua vita un inferno, al voler iniziare il resto della tua vita senza nemmeno battere ciglio."

"Quanto tempo abbiamo prima che accada?" chiese Grace, con la testa ancora nascosta sul collo di Logan, facendo scorrere le mani lungo la sua schiena e sotto la maglia che indossava.

Ansimò e si tirò indietro. "Il tempo sufficiente per fare una doccia veloce."

"Dovremmo conservare l'acqua", disse scherzosamente Grace, muovendo una mano sul davanti dei pantaloni. Lui immediatamente si fece duro sotto la sua carezza intima.

"Oh sì, dobbiamo fare la nostra parte per salvare l'ambiente" Logan rispose con voce soffocata.

Grace gli diede un'ultima carezza e si alzò togliendosi la maglietta. "L'ultimo che arriva è un uovo marcio." Gli lanciò la maglietta e si avviò veloce verso il bagno, ridendo.

———

Due ore e mezzo dopo, Grace osservava i suoi genitori che venivano portati fuori di casa in manette verso le macchine della squadra di polizia in attesa, e rifletteva sugli ultimi mesi. Come era passata dal sentirsi completamente sola e depressa al sentirsi completamente libera. E amata.

Logan sedeva accanto a lei, il braccio intorno alla sua vita, il mento appoggiato sulla sua spalla, mentre guardavano lo spettacolo di fronte a loro. Grace poteva sentire il suo calore lungo la schiena e il fianco, e anche se riusciva a vedere l'odio e l'amarezza sia negli occhi di Margaret che di Walter, questo non la influenzava affatto.

Non provava nulla verso le persone che l'avevano cresciuta.

Tutti i suoi sentimenti erano racchiusi nell'uomo accanto a lei e nella grazia inattesa che aveva portato nella sua vita.

Distogliendo lo sguardo da un agente che stava mettendo una mano sulla testa di sua madre mentre si sedeva, da criminale quale era, sul sedile posteriore di una delle macchine, Grace alzò lo sguardo su Logan. "Penso che abbiamo bisogno di una casa con almeno quattro camere da letto."

"Quattro camere da letto, eh?" chiese Logan con un piccolo sorriso. "Qualche motivo particolare?"

"Spero che tu voglia avere dei bambini," sussurrò Grace, baciandogli la pelle sotto l'orecchio.

"Voglio avere dei bambini", confermò Logan, poi si spostò finché la sua bocca fu sopra la sua.

Sedevano sul sedile posteriore di un'auto di un detective della polizia di Castle Rock e non si accorsero nemmeno quando Margaret e Walter Mason furono portati via per trascorrere quello che probabilmente sarebbe stato il resto della loro vita dietro le sbarre.

CAPITOLO VENTOTTO

The Denver Post

Il sensazionale processo di tre mesi a Margaret Mason, AD dello Studio di Architettura Mason e membro di spicco della comunità di Castle Rock, è giunto a conclusione la scorsa notte, quando la giuria l'ha dichiarata colpevole di tutte le accuse, che includono estorsione, ricatto e rapimento. Suo marito, Walter Mason, era stato dichiarato colpevole degli stessi crimini il mese scorso.

Molti esperti concordano sul fatto che la testimonianza che ha segnato il suo destino sia stata quella di sua figlia Grace, che ha dettagliato anni di abuso emotivo e psicologico da parte dei genitori.

La sentenza avrà luogo la prossima settimana, quando il giudice dovrebbe dare a Margaret Mason la pena più dura possibile... da vent'anni di reclusione all'ergastolo senza possibilità di libertà vigilata.

Vai a pagina quattro per l'intervista esclusiva con Brian e Betty Grant.

————

"Sei sicura di volerlo fare?" Logan chiese a Grace per la milionesima volta mentre si avvicinavano al carcere della contea di Denver, dove sua madre era detenuta per l'udienza.

"Sono sicura. Ho bisogno di farlo. Voglio che sappia che, per quanto abbia tentato di tenerci separati, tutto quello che ha fatto da quando avevo sedici anni è stato inutile." Alzò la mano e il diamante sul suo anulare luccicò alla luce del sole. "Questo la farà arrabbiare così tanto che non vedo l'ora."

"Non sapevo che tu avessi questo lato malvagio," le disse Logan, afferrandole la mano e baciandogli l'anello sul dito.

"E ho anche un'altra sorpresa per lei."

Una delle sopracciglia di Logan si sollevò in fare di domanda.

"Vedrai. Fidati di me."

"Ovviamente. Dai, finiamola al più presto. Ho il resto del pomeriggio libero e ho in mente cose molto migliori per passare il tempo."

"Pensavo che dovessi andare a Pueblo per qualcosa."

Logan alzò le spalle e un sorrisetto si aprì sulla sua faccia. "Blake e Alexis se ne stanno occupando per me."

"Come se la passano, a proposito?" chiese Grace.

"Nessuna idea. Pensavo che Blake l'avrebbe strangolata da un momento all'altro, ma a quanto pare si è resa molto utile, in realtà. L'ha presa come una specie di stagista, e finora sta andando bene."

"Stanno... insieme?"

"Blake e Alexis?" Logan chiese come inorridito. "No. Lei è totalmente *non* il suo tipo."

"Nemmeno io ero il tuo tipo."

"Sbagliato. Tu per me sei sempre stata perfetta", ribatté lui e la baciò rapidamente. "Il punto è che abbiamo il pomeriggio libero. Quindi andiamo a rinfacciare a tua madre quanto siamo felici, e continuiamo a vivere la nostra vita felice. Sì?"

Camminarono mano nella mano verso il carcere, entrarono, attraversarono i metal detector. Quindi furono condotti in una stanza che sembrava lo stereotipo della sala da visita di una prigione. Il plexiglas separava il visitatore dal prigioniero e c'era un telefono appeso su entrambi i lati della partizione.

Grace era un po' nervosa per l'incontro, ma avere Logan al suo fianco le diede la forza di cui aveva bisogno per non prendere a cuore ciò che sua madre avrebbe potuto dire. Logan accettò di lasciare che Grace prendesse il comando della situazione. Le aveva detto che fino a quando sua madre non avesse cercato di manipolarla emotivamente, avrebbe lasciato fare. Ma nel momento in cui avesse detto qualcosa di doloroso a sua figlia, avrebbe preso il controllo della situazione mettendovi fine.

A Grace andava bene.

Un guardiano grosso e muscoloso condusse Margaret Mason nella piccola stanza. Lei aveva un aspetto terribile, di almeno venti anni più vecchia. Senza i suoi abiti e il trucco elaborato, la sua vera età e la sua brutta anima si vedevano facilmente ora. La guardia le tolse le manette e indicò il cubicolo dove doveva sedersi. Come se fosse ad un gran galà, sua madre incedette verso la sedia e si accomodò con il decoro di chi si sta sedendo ad un tavolo da pranzo elegante. Prese il telefono e Grace fece lo stesso.

"Grace, molto gentile da parte tua venire a vedere la tua

povera madre dopo tutto questo tempo. Vedo che bazzichi ancora i bassifondi."

La frecciatina non turbò affatto Grace; se l'aspettava. "Madre. Spero che ti piaccia il tuo soggiorno."

Margaret lanciò un'occhiataccia a sua figlia attraverso il plexiglas. "C'è un motivo per la tua visita?"

"Sì. Volevo dirti che hai fallito. Ce l'hai messa tutta per separare me e Logan, ma non ha funzionato. Eravamo fatti per stare insieme, e non puoi intrometterti in una cosa del genere. Non importa che tu mi abbia nascosto le sue lettere. Non importa che tu abbia cercato di paralizzarmi emotivamente. Non ce l'hai fatta. E ho vinto io."

Sua madre si accigliò, poi si sporse in avanti e sibilò: "Dal momento in cui ho scoperto di essere incinta sapevo che avresti rovinato la mia vita. Avrei dovuto ucciderti prima che prendessi il primo respiro. Non sei mai stata all'altezza di portare il nome Mason. Mai."

Grace sollevò la mano sinistra, assicurandosi che sua madre vedesse l'enorme diamante che poggiava sull'anulare. "Tutto quello che ho sempre desiderato era che tu fossi orgogliosa di me, madre. Vivevo per il momento in cui avresti sorriso o detto qualcosa di carino. E tu lo sapevi. Mi hai manipolato e mi hai tenuta legata a te e a mio padre con i tuoi giochi emotivi. Nessuna persona decente e sana di mente farebbe questo alla propria figlia. Non lo capisco e non lo capirò mai. Ma non mi interessa più. Ho Logan, i suoi fratelli, Felicity e Cole al mio fianco, e sono felice. Per la prima volta nella mia vita, sono davvero felice. La prossima settimana, quando il giudice ti condannerà, ci sposeremo. Tutte le tue truffe e le minacce non sono servite a niente. Sarò la signora Grace Anderson, e non c'è assolutamente nulla che tu e mio padre possiate fare al riguardo."

La signora Mason divenne di un rosso acceso mentre ascoltava sua figlia.

"Oh, e un'altra cosa che dovresti sapere." Grace si rivolse a Logan e gli mise una mano sulla guancia. Gli parlò, sapendo che sua madre poteva ancora sentirla. "Sono incinta."

Gli occhi di Logan si illuminarono. Grace si sporse e lo baciò. Un lungo, lento, bacio carnale che l'avrebbe messa in imbarazzo se le fosse importato ancora di quello che sua madre pensava di lei.

Si tirò indietro, tenne la mano sul viso di Logan e si voltò di nuovo verso sua madre. "È un maschio. In realtà due. Avremo due gemelli".

Lo sguardo di furia assoluta che apparve sul viso di Margaret Mason non aveva prezzo. Sbatté giù il telefono e si alzò di scatto, facendo cadere la sedia dietro di lei. Grace intravide la guardia che si affrettava al suo fianco per afferrarle il braccio, quando sentì la mano di Logan prenderle il mento per girarle il viso verso di lui.

"Sei seria? Non l'hai detto solo per far arrabbiare tua madre?"

"Sono seria. Mi dispiace che tu l'abbia saputo in questo modo, ma l'ho scoperto solo ieri. Non intendevo nascondertelo, volevo solo esserne sicura. Dato che i gemelli ci sono nella tua famiglia, non posso dire di essere troppo sorpresa dai risultati della risonanza. Tra circa sei mesi e mezzo diventerai padre."

"Cazzo, ti amo." Logan la baciò, poi la tirò al suo petto, stringendola forte.

Grace rise e si agitò nella sua presa. "Dai, andiamo via di qui. Hai detto che hai il pomeriggio libero?"

Già dimenticata Margaret Mason, Logan non rispose e si limitò a tirarla su dalla sedia, a riappendere il telefono che Grace aveva fatto cadere quando l'aveva abbracciata e a dirigersi verso la porta.

Grace non riuscì a smettere di sorridere mentre Logan camminava impaziente verso il suo pick-up, con la mano ben stretta nella sua. Quando lasciarono il carcere e si diressero a ovest anziché a sud verso Castle Rock, Grace chiese: "Dove stiamo andando?"

"Al Four Seasons. Non c'è assolutamente verso che io possa durare trenta minuti per tornare a casa a Castle Rock con te seduta accanto a me e i miei bambini dentro di te. Devo averti subito o perderò la testa."

"Veramente?" Grace squittì in tono eccitato. "Non ci sono mai stata prima!"

Logan rise. "Sembri più entusiasta di vedere l'hotel di lusso che di essere nuda con me."

Alle sue parole, i suoi capezzoli si irrigidirono. Anche dopo tutto questo tempo e tutto ciò che avevano fatto insieme, poteva ancora eccitarla con le sole sue parole. E il pensiero di ciò che Logan poteva farle, e le avrebbe fatto, la fece dimenare sul sedile indolenzendole i capezzoli.

Pensò che fosse la gravidanza, ma i suoi seni erano diventati estremamente sensibili. Un altro effetto collaterale era l'aumento dell'eccitazione e del desiderio per Logan. Quindi fermarsi in un hotel per qualche ora di sesso bollente ed eccentrico le andava benissimo.

"Oh, sono entusiasta di stare al Four Seasons, ma se fosse una gara, vinceresti tu senza il minimo dubbio." Prese la mano di Logan e baciò i due grandi uccelli rosa sul suo avambraccio. Li aveva fatti tatuare proprio come le aveva detto. Ma aveva fatto molto di più che tatuare i due uccelli. Aveva chiesto all'artista di aggiungere un intero albero attorno agli uccelli con l'inchiostro speciale. E nel tronco dell'albero, proprio sotto i due uccelli rosa, c'era un cuore con le loro iniziali dentro. Era bellissimo e solo per i loro occhi.

"Ti amo, Logan Anderson. Se potessi rivivere la mia vita, non cambierei nulla. Rivivrei tutto di nuovo, ogni piccola parte, se significa finire proprio qui, con te".

Logan la guardò e Grace vide brillare nei suoi occhi

l'amore. Per lei. Mise una mano sul suo ventre leggermente gonfio e disse con voce calda: "Ho sempre sognato che un giorno avrei trovato una donna che mi amasse per quello che sono, e che forse avrei avuto una famiglia, ma non ho mai, mai pensato di poter avere una seconda possibilità con te. Mi hai reso l'uomo più felice del mondo, Smarty".

"Stai zitto e guida, Logan. Devi badare alla tua moglie arrapata."

"Sì signora." Teneva la mano sulla sua pancia, sorridendo mentre Grace metteva la sua mano sopra la sua intrecciando le dita con le sue. "Ti amo così tanto, Grace. Grazie per avermi perdonato. Grazie per aver creduto in me. Grazie per avermi dato una seconda possibilità."

———

Quattro ore dopo, mentre Grace si stava immergendo nella grande vasca Jacuzzi, Logan sollevò il telefono e compose il numero di suo fratello.

"Qui Blake."

"Ehi, sono Logan."

"Cosa succede? Come è andata la visita?"

"Grace mi ha detto che è incinta dei miei figli gemelli."

"Cazzo," respirò Blake. "Sul serio?"

"Sì."

"Congratulazioni! Cazzo, è fantastico. Dove sei?" chiese Blake.

"Non a casa. Stasera staremo qui a Denver. Domani abbiamo un appuntamento con il suo dottore così posso vedere l'ecografia e sentire i battiti del cuore dei miei figli per la prima volta."

"Capito. Divertiti con la tua fidanzata", disse Blake felicemente a suo fratello.

"Lo faccio sempre." Ridacchiarono entrambi, poi Logan disse: "Domani sarò in ufficio, ma sul tardi."

"Anche Grace?"

"Sì. Ha già imparato così tanto dalle sue lezioni di marketing e vuole rifare completamente il nostro sito web e creare una pagina Facebook. Ha accennato qualcosa sui pixel, sul traffico web e sugli annunci mirati. Mi è entrato in un orecchio e uscito dall'altro, ma se la rende felice e aiuta la nostra attività, sono assolutamente d'accordo."

"Sei un fortunato figlio di puttana, fratello. Sono troppo felice per te."

"Grazie. Il tuo momento sta arrivando."

"Oh no. Niente appuntamenti al buio, per me. Solo perché hai trovato il tuo amore del liceo, e tutto ha funzionato, non significa che tutti vogliamo essere legati."

"Va be'."

"Cosa significa?"

"Niente. Ci vediamo domani, ok?"

"Bene. A dopo."

Logan riagganciò il telefono e sorrise pensando alla futura mamma che lo aspettava nella vasca. Grace aveva menzionato qualcosa sul provare a fare sesso contro il muro prima che diventasse troppo grossa.

Si avviò verso il bagno, facendo cadere l'asciugamano dalla sua vita. In piedi sulla soglia, guardando la donna più bella che avesse mai visto, Logan ringraziò Dio per la bellezza della sua vita. Oh, sapeva che non se lo meritava davvero, ma a caval donato non si guarda in bocca. La sua vita non avrebbe potuto essere meglio di così e si sarebbe aggrappato alla loro felicità come meglio poteva.

———

"Era Logan?" chiese Alexis dalla scrivania di fronte a Blake.

"Sì. Lui e Grace rimarranno a Denver stanotte. Verranno domani."

"Va bene. Ehi, stavo guardando gli appunti sul caso dei suoi genitori e qualcosa mi infastidisce".

Blake guardò Alexis. Non aveva veramente pensato che gli sarebbe piaciuta molto. Era un paio di anni più giovane di lui, mentre era solito andarsi a cercare donne più grandi ed esperte, ma Alexis cominciava a piacergli. Era intelligente, aveva imparato molto rapidamente le basi di come essere un investigatore e di certo non era brutta.

Era difficile ammetterlo, vista la sua iniziale riluttanza a coinvolgerla nel caso Mason, ma gli piaceva trascorrere del tempo con lei.

Rendendosi conto che lo stava guardando, aspettandosi una reazione, disse, "Che cos'è?"

"Il membro della banda che i Mason hanno assunto per fare quelle terribili foto con Grace e mio fratello..." la sua voce si spense incerta.

"Allora?" chiese Blake.

"La banda di cui fa parte è gli Inca Boyz... Penso che questa banda sia un guaio. So che non è esattamente una rivelazione. Sono sul radar del Dipartimento di Polizia di Denver da anni. Ma con il loro leader, Donovan, dietro le sbarre almeno per alcuni mesi per quello che ha fatto a Brad e Grace, forse possiamo esaminare questi tizi più in profondità e vedere cos'altro hanno fatto."

"Non pensi che ne abbiamo già fin sopra i capelli con il nostro lavoro di scorta e con le investigazioni? È sia una benedizione che una maledizione che Ace Security abbia attirato così tanta attenzione da parte dei media, dopo il calvario di Grace. Non sono sicuro che avremo il tempo di investigare una gang a Denver tanto per divertirci", disse Blake ad Alexis, "soprattutto considerando che la Task Force che si occupa delle gang di Denver non ha trovato ciò di cui ha bisogno per abbatterla".

Quando lei aprì la bocca per rispondergli, lui alzò una mano per fermarla. "Detto questo... Sono d'accordo. Neanche a me sta bene che Margaret sia riuscita a mettersi così facilmente in contatto con loro per assumerli, per fare il suo lavoro sporco. Chissà quante altre 'Margaret' ci sono là fuori che li assumono."

"E quindi... Posso indagare su di loro?" chiese Alexis. Aggiungendo: "Discretamente, ovviamente."

Blake annuì. "Sì. *Discretamente*, Alexis. L'ultima cosa di cui abbiamo bisogno è che vengano a sapere che stai indagando nella loro merda e che decidano di venirti a cercare."

"Non lo sapranno mai. Lo giuro" assicurò Alexis, usando il dito per disegnare una X immaginaria sul proprio petto.

———

Libro 2, *Il riscatto di Alexis* , ora disponibile!

Trovare Elodie
Trovare Lexie (10 Aug 2021)
Trovare Kenna (19 Oct 2021)
Trovare Monica
Trovare Carly
Trovare Ashlyn
Trovare Jodelle

Armi e Amori
Proteggere Caroline
Proteggere Alabama
Proteggere Fiona
Il Matrimonio di Caroline
Proteggere Summer
Proteggere Cheyenne
Proteggere Jessyka
Proteggere Julie
Proteggere Melody
Proteggere il Futuro
Proteggere Kiera
Proteggere i figli di Alabama
Proteggere Dakota

In inglese:
Delta Force Heroes Series
Rescuing Rayne
Rescuing Aimee (novella)
Rescuing Emily
Rescuing Harley
Marrying Emily (novella)
Rescuing Kassie
Rescuing Bryn
Rescuing Casey
Rescuing Sadie (novella)

Rescuing Wendy
Rescuing Mary
Rescuing Macie (novella)
Rescuing Annie (Feb 2022)

Delta Team Two Series

Shielding Gillian
Shielding Kinley
Shielding Aspen
Shielding Jayme (novella)
Shielding Riley
Shielding Devyn
Shielding Ember (Sep 2021)
Shielding Sierra (Jan 2022)

Eagle Point Search & Rescue

Searching for Lilly (Mar 2022)
Searching for Bristol (Jun 2022)
Searching for Elsie (Nov 2022)
Searching for Caryn (TBA)
Searching for Finley (TBA)
Searching for Heather (TBA)
Searching for Khloe (TBA)

Badge of Honor: Texas Heroes Series

Justice for Mackenzie
Justice for Mickie
Justice for Corrie
Justice for Laine (novella)
Shelter for Elizabeth
Justice for Boone
Shelter for Adeline
Shelter for Sophie
Justice for Erin

Justice for Milena
Shelter for Blythe
Justice for Hope
Shelter for Quinn
Shelter for Koren
Shelter for Penelope

SEAL of Protection: Legacy Series

Securing Caite
Securing Brenae (novella)
Securing Sidney
Securing Piper
Securing Zoey
Securing Avery
Securing Kalee
Securing Jane

SEAL Team Hawaii Series

Finding Elodie
Finding Lexie (Aug 2021)
Finding Kenna (Oct 2021)
Finding Monica (May 2022)
Finding Carly (TBA)
Finding Ashlyn (TBA)
Finding Jodelle (TBA)

Ace Security Series

Claiming Grace
Claiming Alexis
Claiming Bailey
Claiming Felicity
Claiming Sarah

Mountain Mercenaries Series

Defending Allye
Defending Chloe
Defending Morgan
Defending Harlow
Defending Everly
Defending Zara
Defending Raven

Silverstone Series

Trusting Skylar
Trusting Taylor
Trusting Molly
Trusting Cassidy (Nov 2021)

SEAL of Protection Series

Protecting Caroline
Protecting Alabama
Protecting Fiona
Marrying Caroline (novella)
Protecting Summer
Protecting Cheyenne
Protecting Jessyka
Protecting Julie (novella)
Protecting Melody
Protecting the Future
Protecting Kiera (novella)
Protecting Alabama's Kids (novella)
Protecting Dakota

BIOGRAFIA

L'autrice

Susan Stoker è annoverata da *New York Times*, *USA Today* e *Wall Street Journal* quale scrittrice di successo, le cui collane di libri includono Badge of Honor: Texas Heroes, SEAL of Protection e Delta Force Heroes. Sposata con un sottufficiale dell'esercito in pensione, Stoker ha vissuto in ogni dove negli Stati Uniti - dal Missouri alla California e al Colorado - e attualmente vive sotto i grandi cieli del Texas. Quale vera sostenitrice del "vissero felici e contenti", Stoker ama scrivere romanzi in cui una relazione romantica si trasforma in amore.

Per ulteriori informazioni sull'autrice e il suo lavoro, visita il sito web www.stokeraces.com

* 9 7 8 1 6 4 4 9 9 1 0 7 7 *